운룡쟁천

조돈형 新무협 판타지 소설
FANTASTIC ORIENTAL HEROES

운룡쟁천 4
조돈형 新무협 판타지 소설

초판 1쇄 찍은 날 § 2009년 5월 12일
초판 1쇄 펴낸 날 § 2009년 5월 16일

지은이 § 조돈형
펴낸이 § 서경석

편집장 § 문혜영
편집책임 § 유경화
편집 § 조수희

펴낸곳 § 도서출판 청어람
등록번호 § 제1081-1-89호
등록일자 § 1999. 5. 31
어람번호 § 제2-1736호

주소 § 경기도 부천시 원미구 심곡동 163-2 서경B/D 3F (우) 420-010
전화 § 032-656-4452 팩스 § 032-656-4453
http://www.chungeoram.com
E-mail § eoram99@chol.com

ⓒ 조돈형, 2008

ISBN 978-89-251-1800-0 04810
ISBN 978-89-251-1372-2 (세트)

※ 파본은 구입하신 서점에서 교환하여 드립니다.
※ 저자와 협의하여 인지를 붙이지 않습니다.
※ 이 책은 도서출판 청어람과 저작자의 계약에 의해 출판된 것이므로,
무단 전재 및 유포·공유를 금합니다.

운룡쟁천 4

조돈형 新무협 판타지 소설
FANTASTIC ORIENTAL HEROES

目次

제30장 묵혈(墨血)	7
제31장 몰려드는 군웅(群雄)들	35
제32장 기습(奇襲)	61
제33장 혈풍(血風)의 전조(前兆)	93
제34장 신위(神威)	129
제35장 열린 비동(秘洞)	177
제36장 난전(亂戰)	213
제37장 해후(邂逅)	245
제38장 구중천(九重天)	277

第三十章
묵혈(墨血)

"감찰단은 물론이고 쇄혼령까지 전멸이라……."
"그렇습니다."
신산이 고개를 푹 숙였다.
"숙살단의 피해는 어느 정도냐?"
하후천의 물음에 숙살단주가 조용히 대답을 했다.
"숙살이대 대주를 비롯하여 전력의 반이 날아갔습니다."
 음성은 조용했지만 미미하게 떨리는 것이 예상치 못한 피해에 그 역시 꽤나 당황한 듯했다. 더구나 아직 수면 위로 드러나지는 않았어도 섭총의 명령을 은연중 무시한 숙살이대의 항명은 분명 문제가 될 터였다.

"잠행록은?"

"행방이 묘연합니다."

"묘연하다?"

"대정련의 손에 들어가지 않은 것은 확실합니다."

"그걸 지금 말이라고 하는 것이냐?"

하후천의 얼굴에 노기가 서렸다.

"죄송… 합니다."

간신히 대답하는 신산의 입술이 파르르 떨렸다.

"쓸데없는 소리 지껄이지 말고 확실한 것만을 말해라. 독비신개는 분명 잠행록을 훔쳐 갔고 네놈들은 그것을 회수하지 못했다. 네 말대로 대정련이 아니라면 대체 어느 놈의 손에 들어간 것이냐?"

"십중팔구 도극성이라는 자의 손에 있을 것입니다."

"도극성? 무명신군의 제자?"

"예. 독비신개가 살아 있는 동안 그와 접촉을 가진 사람은 오직 그놈뿐입니다. 감찰단주와 쇄혼령, 숙살이대를 불귀의 객으로 만드는 과정에서 독비신개가 놈에게 넘긴 것이 틀림없습니다."

"한심한!"

하후천이 끓어 넘치는 노기를 참지 못하고 밖으로 드러내자 그의 몸에서 뿜어져 나오는 무형강기에 방 안의 집기들이 산산조각나며 흩어졌다. 그 파편이 신산과 숙살단주의 몸을 강타하면서 크고 작은 상처를 남겼으나 그저 묵묵히 감내할 뿐이었다.

"무명신군! 우리를 무던히도 괴롭히더니만 이제는 그 제자 놈까지 말썽이군. 잘못했어. 이럴 줄 알았으면 놈의 존재를 알았을 때 아예 끝장을 내버리고 마는 것인데. 후~"

하후천의 입가에 쓰디쓴 미소가 지어졌다.

명색이 무명신군의 제자라 어느 정도 신경은 쓰고 있었으나 설마하니 구중천에 그와 같은 피해를 입힐 줄은 그 역시 전혀 예상치 못했기 때문이었다.

"신산!"

"예, 천주님."

"도극성이란 놈은 그렇다 치고 황산에 꽤나 많은 전력이 모였던 것으로 안다. 가만히 생각해 보면 쇄혼령이나 숙살이대의 전력으로 감당할 수 있는 정도가 아니었어. 나에게 올린 보고에 의하면 큰 문제는 없을 것이라 했는데 어찌 된 것이냐? 어째서 놈들의 움직임을 제대로 파악하지 못한 것이지?"

"해서 흑룡전단을 움직였습니다만……."

"그게 변명이 되지 않아. 흑룡전단이 황산에 도착했을 때 상황은 이미 끝나 있었다. 늦었다는 것이지. 병력을 움직임에 있어 한 치의 오차도 없던 네 능력을 생각해 볼 때 도저히 있을 수 없는 일. 이해가 되지 않는구나. 설마하니 놈들의 움직임을 몰랐을 리도 없고 말이다."

신산의 표정과 행동 하나까지 낱낱이 살피는 하후천의 눈빛은 그야말로 매와 같이 매서웠다.

"그것이······."

신산이 곤란한 표정을 지으며 어물쩡거리자 하후천의 눈빛이 더욱 살벌해졌다.

"내 인내력을 시험하지 마라."

차디찬 한마디에 그 즉시 대답이 흘러나왔다.

"감찰단주의 자존심을 생각하지 못한··· 모든 것이 제 불찰입니다."

"감찰단주의 자존심? 무슨 소리냐?"

"제가 놈들의 움직임을 정확히 파악한 것은 감찰단주가 황산으로 향하던 도중이었고 천주님 말씀대로 감찰단주가 이끄는 전력으론 놈들을 도저히 감당할 수 없다는 것을 알고 있었습니다. 그 즉시 흑룡전단을 움직였으나 안타깝게도 시간적 여유가 없었습니다. 그래도 걱정하지는 않았습니다. 아니, 걱정할 이유가 없었습니다."

"어째서냐?"

"소천주님께서 계셨으니까요."

"음."

"놈들의 전력이 상당하기는 해도 소천주님이 황산 인근에 계시다는 것을 확인한 이상 문제될 것이 전혀 없다고 판단했습니다."

"하면 녀석에게 섭총을 도우라고 미리 언질이라도 한 것이냐?"

"아닙니다. 도움을 받을 사람이 감찰단주인 이상 그가 직접 소천주님께 도움을 요청해야 한다고 생각했습니다. 문제는……."

"도움을 요청하지 않았다?"

"그렇… 습니다. 행여나 고집을 피울까 걱정되어 그간 파악한 놈들의 전력까지 소상하게 알려주며 반드시 도움을 청하라 거듭 당부를 했음에도 결국은 감찰단주가……."

신산이 힘없이 말끝을 흐렸다.

"흠, 그래도 녀석이 황산까지 움직인 것으로 아는데?"

하후천이 고개를 갸웃거리자 숙살단주가 조용히 입을 열었다.

"숙살이대 부대주의 요청에 따른 것입니다. 그때는 이미 감찰단주를 비롯하여 쇄혼령, 숙살이대 대주까지 목숨을 잃고 난 후로 알고 있습니다."

"제 실수입니다. 어떡하든 소천주님을 움직였어야 했습니다."

신산이 머리를 조아리며 말하자 하후천이 고개를 흔들었다.

"됐다. 제 목숨, 제놈이 버린 셈이야. 멍청한."

결국 모든 실수를 섭총의 오판으로 이해한 하후천은 신산에 대한 노여움을 거둬들였다.

"그나저나 잠행록을 회수하지 못했으니 골치 아프게 되었다. 쯧쯧, 자칫하면 대업을 이루기도 전에 일이 꼬일 수가 있겠어. 한데 잠행록이 도극성 그놈의 손에 있는 것은 확실한 것이냐? 절벽에서 떨어졌다고 들었는데."

"떨어진 것이 아니라 놈이 스스로 뛰어내린 것입니다."

"스스로 뛰어내렸다? 하면 당연히 살아 있겠지?"

"예. 절벽 아래가 비록 날짐승도 두려워한다는 와류지만 애당초 놈이 그쪽으로 유인을 한 것이니 어떤 복안이 있었을 것입니다. 그러나 놈은 이미 독비신개를 비롯 수많은 인명을 해친 공적으로 간주된 바, 운신의 폭이 넓지는 않습니다."

"하면 놈의 행방은?"

"쫓고는 있으나 아직은……."

신산이 말끝을 흐리자 하후천이 안색을 굳혔다.

"설마하니 잠행록이 벌써 대정련의 손에 들어간 것은 아니더냐?"

"방금 전에도 말씀드렸지만 절대 아닙니다."

"놈이 잠행록을 가지고 투항을 한다면?"

"대정련에 포진해 있는 우리 쪽 사람들이 알아서 막을 것입니다."

신산의 어조엔 자신감이 넘쳤다.

"지나친 자신감은 좋지 않다. 황산에서 망신을 당한 것도 그런 쓸데없는 자신감이 부른 화가 아니더냐? 만약을 생각해야지. 잠행록이 대정련의 손에 들어간다고 가정을 했을 때 우리에게 남은 시간은 얼마나 될 것 같으냐?"

하후천의 질문에 신산의 표정이 한층 심각해졌다.

"속하가 혼신의 힘을 다해 명단을 숨겼다고는 하나 잠행록의 암호를 풀어내는 것이 불가능한 것은 아닙니다. 대정련에 저와 같은 능력을 지닌 자가 있다면 열흘, 저보다 뛰어나다면 칠팔 일 정도면 풀 수 있을 것 같습니다."

"음."

하후천의 입에서 묵직한 신음이 흘러나왔다.

"열흘 이상이라… 그다지 많은 시간은 아니군."

하후천은 잠행록의 비밀이 드러나는 시간을 열흘 이상이라고 단정지었다. 그것은 곧 대정련에 신산을 뛰어넘을 수 있는 실력자가 없다고 확신하는 것. 신산의 능력에 대한 하후천의 신임은 거의 절대적이라 해도 과언이 아니었다.

"대붕금시의 일은 어찌 되고 있느냐? 설마 그쪽 일까지 틀어진 것은 아니겠지?"

"아닙니다. 생각보다 너무 잘 진행되고 있어 오히려 염려스러울 정도입니다."

"그래? 그렇다면 다행이군."

하후천이 만족한 미소를 지었다.

"현재 복우산에 도착해 있거나 인접해 있는 인원이 천여 명에 육박하고 앞으로도 얼마나 많은 이들이 몰려들지 가늠이 되지 않습니다."

"불나방 같은 것들. 인원이야 많이 몰리면 몰릴수록 좋은 것이고… 사도천과 수라검문도 움직였느냐?"

"예. 사도천이 이미 정예 삼백을 움직였고 수라검문에서도 대대적인 움직임이 있습니다."

"좋군. 제대로 미끼를 물었어."

하후천이 고개를 끄덕이며 만족해할 때 숙살단주가 슬며시 끼어들었다.

"수라검문에서 하오문 쪽을 파고든다고 들었습니다만."

신산이 고개를 끄덕였다.

"그렇네. 하지만 아직 걱정할 단계는 아닐세. 어차피 하오문은 하나의 가지일 뿐이니까."

"독비신개도 그 가지를 타고 들어왔습니다."

신산이 다소 불쾌한 표정으로 숙살단주를 바라보았다.

"걱정하지 말게. 놈들이 그 가지를 타고 오르기도 전에 끝장을 낼 생각이니까."

늘상 부드러운 어조로 말을 하던 신산이 전에 없이 단호한 어조로 대꾸를 하자 하후천이 너털웃음을 지었다.

"허허, 제대로 기합이 들었군. 좋은 자세야. 자, 그럼 말을 해보거라."

하후천의 기세가 일변했다.

"사도천이 먼저냐, 아니면 수라검문이 먼저냐?"

신산이 차분한 어조로 대답했다.

"사도천을 먼저 칠 생각입니다."

"어째서?"

"혹자들은 사도천과 수라검문을 동격으로 보는 경향이 있지만 어림도 없는 말입니다. 수라검문의 힘은 분명 사도천을 앞서고 있습니다. 우선은 사도천을 완벽하게 제압, 흡수를 한 다음 그들로 하여금 수라검문을 치게 하는 것이 순서라 생각됩니다."

"제압하는 것은 모르겠지만 흡수라… 말처럼 쉽겠느냐?"

"철혈사존만 깨뜨리면 문제될 것이 없습니다."

"사마휘 말이냐?"

"예. 사도천에서 그가 차지하는 존재감이란 그야말로 절대적입니다. 그만 은밀히 제거할 수 있다면 사도천은 사흘 이내면 완벽하게 굴복시킬 수 있습니다."

"호~ 대단한 자신감이로구나. 그만큼 사마휘가 대단한 인물이라는 말인데……."

하후천이 숙살단주를 은근히 바라보며 말하자 신산이 고개를 흔들었다.

"숙살단주를 무시하는 바는 아니나 그릇이 다릅니다."

순간, 숙살단주의 전신에서 무시무시한 투기가 끓어올랐다가 사라졌다. 아무리 화가 나도 감히 하후천 앞에서 투기를 드러낼 수는 없는 것이었다.

"저 녀석의 실력도 만만치는 않은데… 네가 아니라면 아니겠지. 그럼 누가 적당하겠느냐?"

"제가 판단컨대 암존(暗尊)께서 움직여야 승부가 가능하지 않나 싶습니다."

"암… 존을?"

하후천이 다소 놀란 표정을 지었다. 그도 그럴 것이 암존이라면 구중천 백팔마제(百八魔帝) 중에서도 가히 열 손가락 안에 들어가는 고수였기 때문이었다.

"암존뿐만 아니라 형제 분들까지 함께입니다."

"그 정도냐?"

"예. 보다 정확하게 말씀드리자면 일대일은 박빙, 별다른 피해 없이 그를 확실히 제압하시려면 최소한 두 분이 함께 나서야 한다고 생각합니다."

"허! 내가 사마휘를 너무 경시했군. 우리에 안주하고 있어도 호랑이는 그래도 호랑이란 말이로군. 알았다. 그들의 자존심상 합공이라면 질색을 하겠지만 상황이 그러니 어쩔 수 없겠지. 일단 그리 조치를 취하도록 하겠다."

"감사합니다."

"감사할 것 없다. 그만한 지원을 해주는데도 실패한다면 그만한 책임을 물을 테니까."

"명심… 하겠습니다."

신산은 순간적으로 자신의 전신을 훑고 가는 하후천의 눈빛에 등골이 서늘함을 느껴야 했다.

"한 가지 더 허락을 받을 것이 있습니다."

"뭐냐?"

"묵혈을 복우산에 투입했으면 합니다."

"묵혈을?"

"예."

"이미 초혼살루에서 루주를 비롯하여 많은 살수들이 투입된 것으로 아는데?"

"그들 역시 뛰어난 살수들이기는 하나 그곳에 모인 이들의 실력 또한 다들 쟁쟁합니다. 묵혈만큼 믿을 수 있는 자는 없습니다."

"그래? 알았다. 사제에게 묵혈을 투입한다고 미리 언질은 해놓거라. 그 성격에 아무런 말도 없이 묵혈을 움직였다면 나중에 한소리 들을 게야."

하후천의 사제이자 구중천의 이인자.

구중천이 복우산에서 꾸미는 모든 일을 관장하는 적혈신마(赤血神魔)의 살벌한 얼굴을 떠올린 신산이 쓴웃음을 지으며 고개를 숙였다.

"알겠습니다."

"그나저나 묵혈은 지금 어디에 있느냐?"

*　　　*　　　*

　서악 화산.

　산기슭까지 짙게 드리웠던 운무가 조금씩 사그라질 무렵, 부지런히 화산을 내려오는 이들이 있었다.

　선풍도골의 노인, 화산파의 장로 유원창(柳圓彰)이 앞장을 섰고 반걸음 뒤로 한 명의 중년인과 세 명의 청년이 뒤따랐다.

　"오늘따라 공기가 맑구나."

　유원창이 폐부 깊숙이 파고드는 시원한 공기를 음미하며 말했다.

　"간밤에 비가 내려서 그런 것 같습니다."

　중년인 역시 길게 호흡을 하며 대꾸했다.

　"그래. 오랜 가뭄 끝의 단비였지. 다들 걱정이 많더니만 다소간 해갈이 되었을 게야."

　"예. 참으로 다행스런 일입니다."

　"그나저나……."

　유원창의 시선이 잔뜩 상기되어 있는 청년들에게 향했다.

　"그리들 좋으냐?"

　"예? 아니, 그냥……."

　그들이 대답을 머뭇거리자 유원창이 짐짓 엄한 표정을 지었다.

"쯧쯧, 설마하니 지금 우리가 놀러 간다고 생각하는 것은 아니겠지?"

"아닙니다."

"대정련에 무수히 많은 명숙들과 동도들이 모여 있다. 너희들의 행동 하나하나가 화산의 명예와 직결되는 바, 행여나 경망스런 행동으로 본 문의 명예에 누가 되어서는 안 될 것이다."

"예, 사조님."

잔뜩 들떠 있던 청년들의 표정이 다소 어두워지며 어깨가 축 처지자 희미한 웃음을 머금은 채 지켜보던 중년인이 그들의 어깨를 어루만지며 말했다.

"이해하시지요, 사부님. 본 문에 들어 처음으로 강호로 나가는 것 아닙니까? 가슴이 설렐 만도 하지요."

"누가 그걸 모르느냐? 몇 번 나다닌 놈들이면 이런 걱정도 안 해. 말썽은 늘 처음 하산한 녀석들이 저지르니까 그렇지. 도정 바로 네 녀석처럼 말이다."

유원창의 핀잔 섞인 말에 민도정(閔道整)의 얼굴이 민망함으로 물들었다.

"하, 사부님도 참. 제가 뭘 말입니까?"

"벌써 잊었느냐? 이십 년 전, 엉뚱하게도 마교도들을 소탕한다고 네가 저지른 일을 말이다. 제자들 앞에서 다 까발려 줄까?"

"그, 그게 언젯적 얘긴데 아직도 그러십니까?"

민도정이 당황스런 표정과 함께 발끈하여 언성을 높이자 유원창이 피식 웃음을 터뜨렸다.

"언젯적 얘기는 무슨. 바로 어제 일처럼 똑똑히 기억이 나는데. 아무튼, 누차 일렀듯이 다들 언행에 각별히 유의를 해야 할 것이다. 뭐, 그렇다고 그렇게 무거운 표정을 지을 것은 없느니라. 노부 역시 처음 하산을 하는 너희들의 기분을 모르는 것은 아닌 터. 정도만 지킨다면 즐거운 여행이 될 것이니 말이다. 다들 알아들었느냐?"

"예, 사조님."

청년들이 일제히 허리를 꺾으며 대답을 했다.

민도정과 눈빛을 교환하며 만족한 미소를 흘린 유원창이 몸을 빙글 돌리며 말했다.

"자, 갈 길이 멀다. 서둘자꾸나."

유원창이 잠시 늦췄던 발걸음을 바삐 놀리고 청년들이 서둘러 그의 뒤를 쫓았다. 하지만 그들의 발걸음은 힘겹게 산을 오르는 한 사내로 인해 금방 멈추고 말았다.

유원창의 눈길이 사내를 훑었다.

제법 거리가 되었으나 살피는 데엔 별 무리가 없었다.

찬찬히 그를 살피던 유원창의 얼굴이 살짝 찡그려졌다. 동시에 혀 차는 소리가 터져 나왔다.

"쯧쯧, 저 몸으로 용케도 움직이는구나."

"그러게 말입니다. 후~ 보는 것만으로도 숨이 콱 막히는데요."

민도정이 고개를 절레절레 흔들며 맞장구를 쳤다.

지금 그들이 바라보고 있는 사내.

보다 보다 그런 거구는 처음이었다. 아니, 단순히 거구라 하기보다는 그렇게 보일 정도로 몸이 비대하다는 것이 맞을 것이다.

두 눈은 볼 살에 파묻혀 거의 보이지 않았고 두툼한 턱살이 목까지 뒤덮었다. 어쩌면 목 자체가 없는지도 몰랐다. 축 처진 가슴은 툇방 마루 노류장화(路柳墻花)의 것을 능가했고 당장에라도 터질 것처럼 부풀어 오른 배는 만삭의 여인과 다르지 않았다. 그에 반에 그 몸뚱이를 지탱하는 두 다리는 몸에 비해서 너무나도 가냘파 당장에라도 부러지지 않을까 걱정을 해야 할 정도였다.

사내는 손에 든 나무 막대기에 의존해 거의 기다시피 하며 산을 오르고 있었는데 그 움직임이 굼벵이보다 느렸다. 서너 걸음 움직이고선 숨을 할딱이고, 다시 서너 걸음을 움직이고 이마에 흐르는 땀을 닦으며 보는 이로 하여금 복장이 터지게 만들었다.

잠시 멈췄던 걸음이 움직이고 사내가 서너 걸음을 꼼지락 댈 때, 일행은 어느새 그의 앞에 도착해 있었다.

"어이구, 도사님. 안녕하십니까?"

사내가 선두에 선 유원창을 보며 황급히 허리를 숙였다.

과거, 화산에 산재했던 무수히 많은 도관으로 인해 화산 자체는 도가의 성지가 되었지만 당금에 이르러 도가와 속가가 섞인 화산파를 딱히 도가라 정의할 수는 없었다.

하지만 여전히 많은 사람들은 화산파의 제자들을 도가의 일맥이라 여기며 존경해 마지않았다. 그것을 잘 알고 있던 유원창은 굳이 이런저런 설명을 늘어놓지 않고 마주 인사를 했다.

"반갑소이다. 한데 어디를 가시기에 그리……."

유원창은 사내의 이마, 볼, 목덜미에서 육수처럼 쏟아져 나오는 땀을 보며 말끝을 흐렸다.

"옥선암(玉仙庵)에 가는 길입니다."

사내가 경건한 표정을 지으며 대답했다.

'그런 곳도 있었던가?'

화산에 그러한 지명이 있다는 것을 기억하지 못한 유원창이 살짝 찌푸려진 얼굴로 민도정을 바라보았다.

알지 못하기는 민도정 역시 마찬가지였다. 그렇다고 명색이 화산파의 사람으로서 모른다고 할 수 없는지라 짐짓 아는 체를 하며 고개를 끄덕였다.

"아~ 옥선암을 찾아가시는군요."

"예. 옥선암에 가서 정성스레 소원을 빌면 소원이 이뤄진다고 해서……."

사내는 조금 민망했는지 얼굴을 붉혔다.

유원창이 순박한 사내의 모습에 빙그레 웃음 지으며 물었다.

"어떤 소원을 빌려고 하시오?"

"제가 워낙 죄를 많이 지은 터라… 참회를 하고자……."

사내가 어두운 얼굴로 고개를 흔들자 화산의 제자들에게 스스로를 반성하고 바른 마음으로 수양을 하라 늘 강조했던 유원창은 뒤따르는 사손들에게 좋은 본보기라 여기며 숙연한 표정으로 고개를 끄덕였다.

"부끄러워하지 마시오. 무릇 죄를 짓지 않는 것이 최선일지나 스스로의 죄를 인정하고 참회를 하는 것 역시 대단한 용기가 필요한 일이 아니겠소. 그래, 무슨 죄를 지었기에 용서를 빌려고 하시오?"

"제가……."

한 걸음 움직이던 사내가 중심을 잡지 못하고 휘청거리자 유원창이 황급히 사내를 부축했다.

"조심하시구려."

"감사합니다. 제 몸이 원체 부실해서… 한데 방금 제가 어떤 죄를 지었는지를 물으신 건지요?"

"그랬소."

"지은 죄도 많지만 앞으로도 지을 죄가 워낙 많아서 말이지요."

"그게… 무슨 말이오?"

순간, 사내의 입가에 엷은 미소가 지어졌다.

그 웃음을 보며 뭔가 잘못되었다는 것을 느낀 유원창이 그를 부축했던 손을 슬며시 빼려 하였으나 사내의 손은 이미 그의 가슴팍에 접근해 있었다.

"무슨 짓이냐!"

유원창이 사내의 손목을 후려치며 황급히 뒤로 물러났다.

난데없는 상황에 깜짝 놀라면서도 민도정과 화산파의 제자들은 삽시간에 사내를 에워쌌다. 그 움직임이 어찌나 날랜지 손목을 흔들거리며 웃던 사내가 짐짓 탄성을 내뱉었다.

"호~ 과연 화산파. 대단들 합니다."

"무슨 짓이냐고 물었다. 네놈은 누구냐?"

유원창이 싸늘한 기운을 뿜어내며 물었다.

사내는 대답 대신 묘한 표정으로 손가락을 까딱거리며 숫자를 헤아리기 시작했다.

"하나, 둘……."

"이놈!!"

"다섯, 여섯… 이제 반응이 올 때가 되었는데……."

사내의 말이 끝나기가 무섭게 그토록 서슬 퍼렇게 노려보던 유원창의 몸이 갑자기 휘청거렸다.

"으으으으."

유원창의 입에서 신음이 흘러나왔다. 안색은 창백했고, 입술은 파리해졌으며 동시에 온몸을 부들부들 떨기 시작했다.
"사, 사부님."
민도정이 유원창을 불렀으나 마치 한겨울 차가운 물속에라도 뛰어든 듯 온몸을 움츠리고 바들바들 떨던 유원창은 공포와 분노가 어린 눈으로 사내를 노려보며 점차 생기를 잃어갔다.
민도정이 필사적으로 진기를 불어넣으며 사부의 생명을 지키고자 노력했으나 유원창은 촌각의 시간도 버티지 못하고 싸늘한 시신이 되어버렸다.
"이놈!"
사부의 죽음을 확인한 민도정이 핏발 선 눈으로 사내를 공격했다. 동시에 그를 에워싸고 있던 화산파 제자들의 무시무시한 공격도 함께 이어졌다.
사내는 고작 서너 걸음 움직이는 것으로 그들의 공격을 완벽하게 무력화시켰다.
"이럴 수가!"
민도정의 입에서 경악성이 터져 나왔다.
그야말로 전광석화.
민도정은 물론이고 그와 함께 공격을 했던 화산파의 제자들은 그토록 비대한 사내의 몸에서 어찌 그런 움직임이 나올 수 있었는지 이해할 수 없다는 표정들이었다.
"그런 표정은 뭐지? 그처럼 느린 공격에 당할 줄 알았던 모양이지?"

"닥쳐랏! 비겁하게 암수 따위나 일삼는 주제에!"

"비겁? 암수? 당한 놈이 바보지."

사내의 조소에 민도정은 거의 이성을 잃을 지경이었다.

"이놈!"

필살의 의지가 담긴 민도정의 공격.

자신을 향해 밀려드는 공격을 바라보는 사내의 눈빛이 차갑게 내려앉았다.

"믿을 수 없다면 믿게 해주면 되는 건가?"

사내가 팔을 살짝 흔들자 옷소매가 부드럽게 흔들리며 민도정의 검을 휘감았다.

옷 따위야 단숨에 베어버릴 수 있을 것이라 여긴 민도정이 조금도 개의치 않고 검을 뻗었으나 그의 예상과는 달리 검은 더 이상 움직이지 않았다.

"훗!"

검을 휘감은 옷소매를 확 잡아당겨 민도정의 중심을 흐트린 사내가 그 즉시 품을 파고들며 가슴팍을 후려쳤다.

"컥!"

민도정의 입에서 외마디 비명이 터져 나왔다.

비틀거리는 몸, 쩍 벌어진 입에선 순식간에 검은 피가 흘러나오고 눈동자는 마구 흔들렸다.

민도정 역시 나름 고수라면 고수였다. 그는 말로 표현할 수 없는 고통과 혼미해지는 의식 사이에서도 자신의 가슴을 파고든 사내의 장력에 의해 가슴뼈는 물론이고 심장마저 산산조각났다는 것을 정확하게 느끼고 있었다. 아울러 심장을 중심으로 지금껏 경험해 보지 못하고, 아니, 들어보지도 못한 음한지기가 전신을 옭아매는 것에 전율을 금치 못했다.

"으으으."

무슨 말인가를 하고 싶은 듯했으나 민도정의 입에서 흘러나오는 말이라고는 그저 미약한 신음뿐이었다.

"사, 사부님!"

사조에 이어 졸지에 사부마저 잃게 된 화산파의 제자들은 거의 제정신이 아니었다.

극한의 공포가 몰려들었으나 그들은 공포에 떠는 대신 그것을 분노로 표출했다.

"죽어랏!"

민도정과는 비교도 할 수 없으되 목숨을 도외시하고 펼치는 그들의 공격은 생각 외로 강력했다. 물론 사내는 신경도 쓰지 않았다.

"치워라."

사내가 귀찮다는 듯 읊조리자 그토록 맹렬히 공격을 하던 화산파의 제자들이 그 자리에서 움직임을 멈췄다. 그런 그들의 가슴팍을 섬뜩한 검날이 꿰뚫고 있었다.

"이제 이 지겨운 놀이도 끝이로군."

천천히 무너지는 이들에게 무심한 시선을 보내던 사내가 빙글 몸을 돌리자 귀신과도 같은 움직임으로 화산파 제자들의 목숨을 끊어버린 이들이 조용히 그의 뒤를 따랐다.

그들이 향하는 곳, 바로 그곳에 흥분과 설레임, 욕망으로 가득한 무림인들의 행렬이 끝없이 이어지는 복우산이 있었다.

*　　*　　*

하남과 호북의 접경지.

황산에서 일을 끝내고 급히 북상하던 영운설 일행이 여장을 푼 곳은 소림사의 속가제자가 운영하는 객점이었다.

늦은 밤, 영운설의 처소에 그녀와 함께 일행을 이끌고 있는 무광 등이 한자리에 모였다.

"대정련에서 연락이 왔다고?"

양도선의 물음에 영운설이 고개를 끄덕였다.

"예. 오긴 왔습니다만, 별다른 내용은 없었습니다. 단지 수라검문의 움직임이 심상치 않으니 좀 더 서두르라고 하더군요."

"수라검문이?"

"예. 선발대는 이미 복우산에 도착한 데다가 계속해서 전력이 증강되고 있다 합니다."

"흠, 아주 작심을 했구나. 잘못하면 일이 커지겠어."

양도선의 표정이 살짝 어두워졌다. 그도 그럴 것이 복우산이 있는 하남은 엄밀히 말하면 소림의 앞마당이나 다름없었다. 아니, 소림뿐만 아니라 대정련에 속한 상당수의 문파들이 위치해 있는 곳이기 때문이었다.

"당연한 일이라 봅니다. 대붕금시에 대한 전설이 사실이라면 그쪽에서도 결코 수수방관하지는 못할 테니까요. 사도천에서도 대거 병력을 움직인 것 역시 같은 맥락일 것입니다."

은선풍의 말에 유운개가 맞장구를 쳤다.

"뿐인가? 이름깨나 있다는 문파는 물론이고 어중이떠중이들까지 모조리 몰려들고 있으니 난리도 이런 난리가 없다네."

"상황이 상황이니만큼 련에서 요구한 대로 조금 더 서두르는 것이 좋을 듯싶소."

관철림이 허벅지 위에 놓아둔 도를 쓰다듬으며 말했다.

그의 말에 영운설이 고개를 흔들었다.

"우리가 아니더라도 련에서 이미 충분한 대응을 하고 있을 것입니다. 솔직히 지금까지의 여정도 꽤나 무리가 있었지요. 조금은 여유를 두는 것이 좋을 것 같습니다."

영운설의 고개가 무광을 향하고 그녀와 같은 생각을 하고 있던 무광이 동조를 했다.

"복우산의 상황이 어찌 돌아가는지 정확하게 알 수는 없으나 뭐, 하루 이틀 늦는다고 별일이야 있겠습니까? 지금은 그저 푹 쉬는 것이 좋을 것 같습니다."

"알았네. 자네들의 의견이 그렇다면 그게 옳은 것이겠지. 허허, 젊은 사람들이 어째 우리 늙은이들보다 여유가 넘치는구려. 그럼 우리들은 이만 일어나겠네."

유운개와 관철림이 서로에게 웃음을 보이고는 모든 이들이 자리에서 일어나자, 영운설이 살짝 눈짓을 하며 양도선을 불러 세웠다.

막 자리에서 일어나려던 양도선이 슬그머니 자리에 앉고 둘만이 남았을 때 영운설이 나지막한 음성으로 물었다.

"그자의 움직임은 어떤가요?"

"누구? 도진 말이냐?"

"예."

"은밀히 관찰을 하고 있으나 아직까지 별다른 행동은 없는 것으로 보인다."

"그렇군요."

영운설이 약간은 실망한 표정으로 고개를 끄덕였다. 그런 그녀의 반응에 양도선이 짧은 한숨을 내쉬며 말했다.

"네 부탁으로 황산에서부터 계속 주시를 했지만 그는 적의 간자로 의심받을 만한 구석이 조금도 없었다."

"……"

"너무 예민하게 반응하는 것은 아닌지 모르겠다. 그를 의심하는 사람은 오직 도극성 그자뿐이었어. 한데 너는 그 친구가 적의 간자일 것이라 확신하는 것 같구나."

"아니요. 확신을 하지는 않아요. 하지만 정확히 할 필요는 있다고 봐요."

"솔직히 이번 일이 무당파에 알려지면 우리의 입장만 곤란하게 돼. 도진 그 친구는 무당파의 유일한 생존자야. 그렇잖아도 운창 진인의 죽음으로 인해 크게 노하고 있을 텐데."

"알고 있어요. 그러니까 사부님께 부탁을 드리는 거고요. 번거로우시더라도 조금만 더 신경 써주세요. 당시의 일을 떠올려 보면 아무래도 이상한 점이 한두 가지가 아니거든요. 분명 뭔가가 있어요."

"후~ 고집은. 알았다."

결국 손을 든 양도선은 쓴웃음을 짓고 말았다.

"아, 그리고 도 공자의 행방은 아직도인가요?"

공자라는 말에 마음이 조금은 언짢았지만 양도선은 굳이 내색하지 않았다.

"대다수의 사람들이 모두 죽었다고 생각하지만 너만큼은 예외구나."

"사부님도 그렇게 생각하시잖아요. 유운개 어르신도 그렇고요."

영운설이 살짝 미소를 지으며 대답했다.

"하긴, 그도 그렇구나."

양도선은 그들 일행이 포룡탄으로 뛰어든 도극성의 시신을 찾기 위해 무려 삼박사일 동안이나 포룡탄과 하류의 물길을 이 잡듯이 뒤졌던 것을 상기하며 쓴웃음을 지었다.
 특히 유운개는 이후에도 인근 지역의 개방도들까지 모조리 동원하여 행여나 흔적이라도 있을까 계속 추적을 했고 개방의 그런 움직임은 아직까지 유효한 터였다.
 "어쨌건 유운개 장로께서 별다른 말씀이 없는 것을 보니 특별한 것은 없는 모양이다. 그나저나 정말 죽지 않고 도주를 했다면 실로 대단한 자가 아닐 수 없구나. 세상천지 어느 곳에도 있다는 개방의 이목을 피할 수 있다니 말이야."
 양도선의 마지막 말에 약간의 조소도 있다는 것을 간파한 영운설은 별다른 대꾸 없이 빙그레 웃음을 지었다.

第三十一章
몰려드는 군웅(群雄)들

"주인장, 여기 죽엽청 두 근 더."
"예~이."

호기롭게 외치는 사내의 음성에 주인장이 걸쭉한 음성으로 대답을 하고는 어린 점소이에게 눈을 부라렸다. 땀을 뻘뻘 흘리며 탁자 사이를 누비던 점소이는 주인장의 눈빛에 더욱 부지런히 움직였다.

"호호호."

자신의 한마디에 납작 기는 점소이와 끊임없이 밀려드는 손님을 보는 주인장 강천(江釧)의 쭉 째진 입은 귓가에 걸려 있었다.

삼대째 이어온 가업이기는 하였지만 그가 주인으로 있는 주점은 복우산 인근에 위치한 여타 주점과 객점에 비해 그다지 목이 좋지 않아 수입이 변변치 않았고 수입이 적으니 시설이나 규모 또한 허름할 수밖에 없었다. 자연적으로 손님 또한 가뭄에 콩 나듯 했다. 악순환을 견디다 못해 전직을 심각하게 고려한 적도 있었지만 얼마 전부터 갑작스럽게 몰려드는 인파는 그런 생각을 하늘로 날려 버렸다.

강천에게 있어 왜 그렇게 갑자기 손님들이 밀려드는지, 그리고 그들의 면면이 춘삼월 꽃구경을 온 관광객들과는 달리 하나같이 무시무시한 인상에 병장기를 소유한 무인들인지는 중요한 것이 아니었다. 그저 평생에 한 번 있을까 말까 한 호황, 어쩌면 다시는 찾아오지 않을 기회에 얼마나 많은 수익을 낼 수 있느냐가 관심사였다.

손님은 정말 끝도 없이 밀려들었다.

"젠장, 뭔 놈의 인간들이 이리 많아."

인파로 북적거리는 주점을 질린 얼굴로 바라보던 네 명의 사내가 주점 안으로 들어갈 생각을 하지 못하고 바로 옆에 급하게 만들어진, 낡고 헐은 데다가 땟국물마저 질질 흐르는 천막으로 들어섰다.

천막 안이라고 빈 것은 아니었다.

그들은 한참 동안이나 기다린 후에야 당장에라도 부서질 듯 조악한 평상 하나를 차지할 수 있었다.

"으! 냄새. 이딴 곳도 주점이라고!"

한 사내가 상과 그들이 앉아 있는 자리에서 올라오는 알 수 없는 냄새에 진저리를 치자 마주 앉은 이가 침을 탁 뱉어내며 고개를 주억거렸다.

"카악~ 퉤! 젠장. 감히 섬서의 대하사웅(大河四雄)을 뭘로 보고!"

그러자 또 다른 이가 쓴웃음을 터뜨리며 턱짓을 했다.

"뭐, 그래도 저놈들보다는 낫잖아."

그가 가리키는 곳에는 그나마도 자리를 얻지 못해 서성거리는 이들의 모습이 보였다.

"낫긴 뭐가… 에잉! 꼬마야!"

불평을 터뜨리던 사내가 점소이를 불렀다.

점소이가 땀으로 번들거리는 이마를 닦으며 다가왔다.

"일단 푹 삶은 돼지고기하고 오리구이, 그리고 술은……."

점소이가 재빨리 말을 잘랐다.

"죄송합니다만 손님들께서 주문하실 수 있는 것은 소면과 만두, 몇 가지 나물뿐입니다."

"뭐야? 지금 장난하냐!!"

점소이를 부른 사내가 벌컥 화를 내자 그 옆에 있던 사내가 그를 달래며 물었다.

"술은?"

"죽엽청이 있습니다."

"다른 술은 없고?"

"동난 지 오랩니다."

점소이의 말에 일행의 안색이 가히 좋지 않았다.

음식이 동날 정도면 술 역시 좋은 술이 있을 리 만무한 터, 남아 있는 죽엽청도 하급 중의 최하급이리라.

"일단 인원에 맞게 있는 대로 가져와 봐. 최대한 빨리."

"예."

얼른 대답을 한 점소이는 바람과 같이 사라졌다. 하지만 시원스런 대답과는 달리 술과 안주가 나오는 데도 한참이 걸렸다.

사내들의 예상대로 점소이가 내온 죽엽청은 제대로 숙성이 되지 않은, 아니, 어쩌면 너무 숙성이 돼서 떨떠름하게 변한 것인지 도무지 알 수 없을 정도로 형편없는 것이었다. 안주라고 내온 나물 역시 싱겁고 짠 것이 음식을 만든 주방장의 멱살이라도 틀어쥐고 싶은 심정이었다.

그래도 시장이 반찬이라고, 그들은 오만상을 찌푸리면서도 꾸역꾸역 술을 들이켜고 안주를 먹었다.

몇 잔의 술이 돌고 조금은 갈증을 해결한 일행이 주변을 둘러보며 나직이 대화를 나누었다.

"그나저나 이게 잘하는 건지 모르겠어."

"뭐가?"

"보물도 좋지만 괜히 욕심부리다가 황천길로 직행하는 것은 아닌지 걱정이 된단 말이야."

"뭐야? 설마 천하의 동찬(東燦)이 겁을 먹은 거야?"

"누, 누가 겁을 먹었다고 그래!"

동찬이 짐짓 눈을 부라리자 농을 던졌던 고정항(高丁沆)이 멋쩍은 웃음을 흘리며 고개를 돌렸다.

"흐흐흐, 솔직히 겁은 좀 난다. 주변을 봐봐. 다들 한가락 하게 생긴 놈들뿐이잖아. 게다가 한두 명도 아니고."

"그만한 각오 없이 어떻게 보물을 얻어? 쉽게 얻을 수 있다면 보물이 될 수도 없지. 그렇게 목숨이 아까우면 이대로 돌아가던가."

"아니… 난 그냥……."

스스로를 대하사웅이라 칭하는 일행, 그리고 사실상 우두머리라 할 수 있는 마조명(馬朝鳴)이 정색을 하자 고정항이 머쓱한 표정을 지었다.

"너무 화내지 마. 조심해서 나쁠 것은 없잖아. 사실 대붕금시 때문에 난리도 아니니까. 한다 하는 놈들은 물론이고 어중이떠중이까지 모조리 몰려들고 있어."

원선(沅船)이 마조명에게 술을 권하며 말했다.

"그러니까 더욱 각오를 다지자는 거지. 우리라고 언제까지 섬서에만 있으라는 법은 없잖아. 나는 이번 기회를 잘 살려서 섬서의 대하사웅이 아니라 강북의, 무림의 대하사웅으로 거듭날 생각이다. 반드시 말이야!"

마조명이 단숨에 술잔을 비웠다.

"좋아! 인생 뭐 있어! 가보는 거지."

"그래, 까짓것 해보자고!"

결의에 찬 마조명의 음성과 표정에 동화된 일행이 결의를 다지며 일제히 잔을 들이켰다.

그렇게 몇 배순이 돌고 잠시 무거웠던 분위기가 사그라질 무렵 원선이 조용히 질문을 던졌다.

"그나저나 대정련이 끼어들었다던데, 알고 있어?"

"그래. 그들뿐만이 아니라 수라검문, 사도천의 병력도 이미 이곳에 도착했다는 소문이 돌고 있어. 그 인원이 대정련을 압도한다는 말도 있고."

"망할 놈들. 그만한 힘을 가졌으면서도 욕심은……."

동찬이 이를 부득 갈았다.

"당연한 거 아냐? 그들 누구라도 대붕금시의 보물을 얻을 수 있다면 팽팽한 힘의 균형이 당장 그쪽으로 쏠릴 테니까. 최소한 자신들이 얻지 못하면 다른 곳도 얻지 못하게 몽니라도 부릴 심산일걸. 안 그래?"

원선이 마조명을 향해 동의를 구했다.

"그래도 대정련이 제일 유리할 것 같다. 복우산이라면 그들의 근거지와도 가까운 데다가 계속 인원도 충원된다고 하고. 소문에 의하면 대정련의 군사가 직접 나선다고 하더만."

"대정련의 군사라면… 설마 팔룡?"

고정항이 고개를 갸웃거리며 묻자 마조명이 고개를 끄덕였다.

"그래. 나도 방금 전에 들었는데 자미성의 주인, 천하제일미(天下第一美)이자 천하제일지(天下第一智), 그녀가 온다는군."

"세상에!"

"그녀가 정말 온단 말이야?"

영운설이 복우산에 온다는 말에 다들 놀라움을 금치 못했다.

아직 본격적으로 무림에 모습을 드러낸 것은 아니었지만 영운설의 명성은 이미 하늘을 찌르고 있었다.

"놀라긴 일러. 그녀를 호위하는 사람이 누군지 알아?"

"호위하는 사람?"

"그게 누군데?"

고정항 등이 궁금증을 참지 못하고 질문을 던졌다.

명색이 두목인지라 조금 전, 동료들이 자리가 나기를 기다리고 있을 때 이곳저곳을 기웃거리며 은근슬쩍 귀동냥을 하고 온 마조명이 동료들의 반응에 짐짓 거드름을 피우며 뜸을 들이더니 착 가라앉은 음성으로 대답했다.

"소림맹룡. 그도 온다는군."

"우와!"

"이거 장난이 아닌데."

영운설은 물론이고 소림사의 무광까지 온다는 소식에 마조명의 동료들은 기절할 듯 놀랐다.

꽤나 호들갑을 떨었건만 이미 모든 것을 알고 있다는 듯 주변에선 별다른 반응이 없었다. 아니, 애당초 그들의 존재에 대해 신경을 쓰는 사람이 없었다.

섬서의 대하사웅!

마조명 등은 스스로를 대단하다 여길지 몰라도 복우산에 오른 이에겐 그야말로 존재감 자체가 없는 이들이었다.

"한데 그들은 언제 이곳에 도착한대?"

"그건 잘 모르겠어. 벌써 도착했다고 하는 사람들도 있고 며칠 더 걸린다는 사람들도 있고 말이야."

"대정련이 급하긴 급했네. 황산까지 움직인 놈들을 이리 바삐 불러 올린 걸 보면 말이야."

"맞아. 그러고 보니 그들이 황산에서 뭔가 일을 벌였다는 소문이 있었어. 도대체 무슨 일이었기에 팔룡 중 두 명이나 움직였을까?"

동찬이 고개를 갸웃거리자 고정항이 슬며시 주위를 둘러보며 말했다.

"뭔 일인지는 모르겠지만 듣자니 아주 난리굿을 펼쳤다고 하더라. 황산에 한바탕 피보라가 몰아쳤나 봐. 대정련의 피해가 엄청났다고 하던데."

"피보라? 상대가 누구였는데?"

"정확히는 모르겠어. 이런저런 말들이 너무 많이 돌아서 말이야. 수라검문과 붙었다는 말도 있고, 사도천이란 말도 있고. 뭐, 검각이라는 말도 있고 말이야."

"검각? 검각은 또 왜?"

"쯧쯧, 이렇게 둔해서야. 당대의 검후가 백인비무를 하고 있잖아. 그런데 그 장소가 때마침 황산이었단 말이지. 그러니까 그런 소문이 도는 것이 아니겠어?"

"아!"

그제야 이해한 동찬이 민망했는지 얼굴을 붉혔다.

"개인적으로 생각하기엔 수라검문하고 붙은 것 같더라. 대정련에 그만한 피해를 입힐 수 있는 곳은 사실상 수라검문뿐이잖아."

원선의 말에 마조명이 고개를 흔들었다.

"난 사도천이라고 보는데."

"사도천?"

"무석에서의 일을 잊었어? 사도천에서 영운설의 생가인 무석영가를 쓸어버린 일 말이야."

"사도천에선 공식적으로 부인을 했잖아."

"부인한다고 그게 사실이라는 법은 없지. 게다가 수라검문과 마찬가지로 사도천 역시 대정련에 그만한 피해를 입힐 수 있는 힘도 있고. 뭐, 그래도 그들이 뜬금없이 황산에서 치고 받고 싸운 것은 도대체가 설명이 되지 않지만."

마조명은 스스로 얘기를 하고도 이해하지 못하는 부분이 있는지 입맛을 다셨다.

"몰라. 아무튼 황산의 일에 대해선 뭐 하나가 제대로 밝혀진 바는 없어. 아, 있기는 있다. 무당파의 장로 하나가 황천길로 갔고 그놈을 골로 보낸 운룡기협인가 뭔가 하는 놈 역시 그 대가로 요꼴이 됐다는 것 말이야."

동찬이 손날로 자신의 목덜미를 치는 시늉을 연거푸 해대며 낄낄댔다.

바로 그때였다.

동찬은 몸이 갑자기 허공으로 치솟더니 어느 한곳을 향해 빨리듯 날아갔다.

주변에 있던 동료들은 물론이고 동찬 스스로도 어찌 된 일인지 이해하지 못한 괴사(怪事).

얼굴이 일그러질 정도로 강력한 압박과 함께 순간 이동을 한 동찬이 겨우 정신을 수습했을 때, 그는 불같이 뜨거우면서도 절로 한기가 느껴지는 낯선 노인의 얼굴을 발견할 수 있었다.

"누… 캑!"

질문을 던지려던 동찬은 순간적으로 숨통이 막히며 비명을 질렀다. 그의 멱살을 틀어쥐고 있던 노인이 압박을 가한 것이었다.

동료의 비명을 듣고 비로소 상황을 인식한 마조명 등이 단숨에 상을 엎고 일어나 무기를 꺼내 들며 살기를 뿜어댔다.

"그 손 놔라!"

"저 늙은이가 감히!"

말투는 살벌했지만 그들 역시 무림에서 굴러먹는 인간들. 노인의 정체가 심상치 않다는 생각에 극도로 조심하는 모습이었다. 하지만 노인은 신경조차 쓰지 않고 오직 동찬만을 바라보고 있을 뿐이었다.

"묻겠다."

노인이 조용히 입을 열었다.

그 음성이 어찌나 싸늘한지 막 그를 공격하려던 마조명 등은 물론이고 흥미롭게 추이를 지켜보던 주변 인물들의 움직임까지 단박에 얼어붙게 만들었다.

"토씨 하나라도 틀리면 죽는다."

노인의 음성에선 그 어떤 감정도 느껴지지 않았다.

"거짓말을 고해도 죽는다."

동찬이 황급히 고개를 끄덕였다. 노인의 기세에 눌린 그의 안색은 창백하기 그지없었다.

"너나 먼저 뒈져랏!"

스산한 외침과 함께 번뜩이는 칼날이 노인의 목덜미를 노리며 날아들었다.

마조명의 눈짓으로 어느샌가 노인의 뒤로 돌아간 고정항

의 칼이었다.
 예리한 파공성.
 생각보다 빠르고 위력이 담긴 공격에 그들 일행을 그저 허황된 꿈을 가지고 탐욕에 젖어 복우산으로 몰려든 하류잡배로 보던 이들의 입에서 감탄성이 터졌다. 그러나 그 탄성이 끝나기도 전에, 고정항의 칼이 노인의 목덜미에 접근도 하기 전, 일진광풍이 천막을 휘감았다.
 꽝!
 "끄악!"
 묵직한 폭음과 함께 동반되는 끔찍한 비명성.
 동시에 천막은 난장판으로 변해 버렸다.
 술과 안주가 놓여 있던 상과 집기들이 모조리 엎어지고 어설프기는 했어도 굵은 밧줄로 단단히 고정한 천막까지 홀러덩 벗겨졌다. 그리고 그 천막 위에 고정항의 시신이 처참히 처박혀 있었다.
 "이, 이럴 수가!"
 마조명이 멍한 눈으로 이제는 사람이라 할 수 없는, 그저 단순한 고깃덩이라 해도 무방한 고정항의 시신을 보며 두 눈을 부릅떴다. 또한 노인을 향해 기세 좋은 공격을 감행했던 고정항이 어째서 저런 꼴로 처박혔는지 알 수 없었던 사람들 역시 그들이 마시고 즐기던 술과 안주가 얼굴과 옷을 더럽혔어도 꼼짝도 하지 못했다. 그저 경악과 불신이 가득한 눈으로 고정항과 그를 그렇게 만들었으리라 예상되는 노인을 번갈아 바라볼 뿐이었다.

"한 번만 더 귀찮게 하면 모두 죽는다."

조금 전과 같은 음성이었지만 그 한마디에 모두의 움직임이 멎었다.

고수를 알아보지 못한 결과가 어떤 것인지 고정항의 죽음으로 뼈저리게 느낀 마조명 등은 물론이고 덩달아 천막 안에 있던 이들 또한 숨소리조차 내지 못했다.

물론 모든 사람이 그런 것은 아니었다.

세상 어디든 자신의 힘을 내보이지 못해 안달하는 사람은 종종 있는 법이었고 지금이 그랬다.

"어이, 영감. 그 모두에 이 몸도 포함되는 것은 아니겠지?"

방금 전, 노인을 공격했던 고정항이 어떤 꼴을 당했는지 알고 있던 이들의 시선이 목소리의 주인을 따라 움직였다.

그는 천막 안의 사람이 아니었다.

육 척 거구에 몸뚱이만큼이나 큰 칼을 어깨에 툭 걸치고 오만한 자세로 걸어오는 사내. 하나, 그의 몸에서 뿜어져 나오는 패기는 그 오만함이 단순한 오만함이 아니게 만들었다. 게다가 그를 따라 모습을 드러낸 사내들의 기세 역시 만만치 않았다.

"거력패왕(巨力覇王) 도천풍(刀天風)이다."

"오! 패도문이다!"

사내의 정체를 알아본 이들이 놀라 부르짖었다.

거력패왕 도천풍.

약관의 나이로 허창(許昌)의 밤거리를 통일하고 거력패왕이라는 칭호를 얻은 뒤, 스물다섯에 부친으로부터 지역 무관과 비교해서도 보잘것없었던 패도문을 물려받아 나름 강력한 문파로 키워낸 인물.

암흑가 출신답게 성격이 급하고 잔인하며 또한 시비가 붙으면 피를 보지 않고는 결코 끝내지 않는 집요함도 갖춘 자였다.

그런 그가 패도문에서도 최고의 실력을 자랑하는 수하 열둘을 데리고 복우산에 나타난 것이다.

"이 몸도 포함되느냐고 물었다."

도천풍이 오연한 자세로 물었다.

노인의 고개가 그를 향해 천천히 움직였다.

고정항은 눈 깜짝할 사이에 목숨을 잃고 말았다.

그 누구도 대체 그가 어떻게 목숨을 잃었는지 알지 못했다.

그러나 도천풍은 그런 허접스러운 인간과는 비교도 되지 않을 정도의 고수.

과연 어찌 될 것인가?

사람들은 숨을 죽였다.

노인은 무심한 얼굴로 도천풍을 바라보았다. 순간, 도천풍은 자신도 모르게 칼을 휘둘렀다.

패도문의 문주로서, 거력패왕이라는 별호와도 전혀 어울리지 않는 기습이었다.

하지만 그것이야말로 도천풍이 고정항과는 수준이 다르다는 것을 보여주는 것이었으니, 노인과 시선이 마주치는 순간 그는 온몸을 관통하는 공포감에 사로잡히는 것과 동시에 갈가리 찢겨지는 자신의 모습을 떠올렸고 그런 위기감에 본능적으로 칼을 휘두른 것이었다.

뭔가 잔뜩 기대를 했던 사람들의 표정이 실망감으로 변했다. 설마하니 도천풍 정도 되는 인물이 시정잡배처럼 기습을 감행할 줄은 몰랐던 것이다. 애당초 그가 과거에 허창의 암흑가 출신이라는 것을 떠올린 몇몇은 그럼 그렇지 하는 얼굴로 비웃음을 흘렸다.

어쨌건 도천풍의 번개 같은 기습으로 싸움은 시작되었다.

싸움이 오래가리라 생각한 사람은 아무도 없었다.

방금 전, 노인의 신비한 실력을 직접 보기는 했어도 거력패왕 도천풍이란 이름은 그것을 잊어버리도록 만들기에 충분했다.

하지만 상황은 그들의 예상과는 전혀 다르게 흘러갔다.

"윽!"

도천풍의 두 눈이 찢어질 듯 부릅떠졌다.

이름 그대로 태산을 무너뜨리고 만근 거석을 단숨에 박살낼 정도로 무시무시한 힘을 지녔다는 그의 칼이, 시건방지기가 하늘을 찌르는 노인의 정수리를 단숨에 가르고 몸마저 양단을 해야 당연한 칼이 멈춰져 있었다. 그것도 그의 의지가 아닌 다른 이의 힘에 의해 허공에서 멈춘 것이다.

"마, 말도 안 되는!"

"세상에!"

사방에서 비명과도 같은 외침이 터져 나왔다.

도저히 믿기지 않는다는 표정. 더러는 자신이 본 것이 꿈이 아닌지 두 눈을 비비는 자들도 있었다.

그들의 놀라움 따위는 직접 경험하는 도천풍에 비할 바가 아니었다.

붉게 충혈된 눈, 꽉 다문 입술, 이마와 팔뚝에 터질 듯 솟아오른 핏줄이 그가 얼마나 곤경에 처했는지를 단적으로 보여 주고 있었다.

그에 반해 단지 두 손가락으로 그의 도를 잡아낸 노인의 표정엔 변함이 없었으니.

'이럴 수가 있나! 고수다. 그것도 절대고수!!'

온몸의 피가 차갑게 식었다.

등줄기를 타고 찌르르 울리는 전율에 정신이 아득했다.

잘못 건드려도 한참을 잘못 건드린 것이었다.

"방금… 네놈도 포함되냐고 물었느냐?"

나직이 던진 노인의 물음에 도천풍은 대답할 수가 없었다. 이미 노인의 몸에서 흘러나온 무형의 기운이 그의 몸을 옭아

맨 상태라 대답을 하려고 해도 입이 뗄 수가 없는 것이다.
"대답을 해주지."
땅!
노인의 말이 끝남과 동시에 손가락 사이에 잡혀 있던 도천풍의 칼날이 그대로 부러져 나갔다.
도천풍의 눈동자가 마구 흔들리고 창백해진 얼굴엔 경련이 일었다. 놀라움을 넘어서 공포에 사로잡힌 표정이었다.
부러진 칼날이 노인의 손짓에 의해 도천풍의 왼쪽 무릎을 파고들었다.
"윽!"
외마디 비명과 함께 도천풍의 무르팍이 꺾였다.
그것이 끝이 아니었다.
그와 동시에 노인의 발이 그의 머리를 짓눌렀다.
쾅!
지축을 울리는 울림.
그 소리에 놀란 이들의 몸이 일제히 흠칫거렸다. 단지 지켜보고 있는 것임에도 마치 자신이 당하는 듯한 표정들이었다.
"대답이 되었느냐?"
노인이 물었다. 하지만 노인의 발에 짓이김을 당해 이가 부러지고 입술이 찢어졌으며 코는 물론이고 광대뼈까지 함몰되어 그대로 의식을 잃은 도천풍의 입에서 대답이 나올 리가 없었다.

 도천풍을 대신해 반응을 한 사람은 느닷없이 전개된 상황에 미처 끼어들 틈을 찾지 못하고 멍하니 바라보고만 있었던 패도문의 제자들이었다.

 "감히 문주님을 해치다니!"

 "죽여랏!"

 노인을 공격하는 이들은 도천풍이 고르고 골라 데리고 온 수하들로 비록 개개인의 무공이 도천풍에 비할 바는 아니나 그래도 상당한 무공을 자랑했다. 게다가 하나둘도 아니고 그 숫자가 열둘이나 되었다.

 문주의 복수를 위해 살기로 번들거리는 눈으로 공격을 시작했지만 그들은 결코 이성을 잃지 않았다. 도천풍을 눈 깜짝할 사이에 제압한 괴물 같은 고수와 싸우는 상황에서 이성을 잃고 날뛴다는 것은 그야말로 미친 짓임을 아는 것이었다.

 패도문의 제자들은 마치 사냥을 하듯 서로 눈짓을 주고받으며 노인이 피할 방위를 완벽하게 차단하며 칼을 휘둘렀다.

 사방에서 밀려드는 합공은 웬만한 고수라도 위협을 느낄 정도로 빠르고 날카로웠으며 패도적이었다.

 다만 상대가 그 정도의 공격엔 눈 하나 깜짝하지 않는 인물이라는 것이 그들의 불행이라면 불행이었다.

퍽!

가죽 공 터지는 소리와 함께 누군가의 신형이 허공을 갈랐다.

그를 시작으로 기세 좋게 노인을 공격했던 이들의 입에서 연속적으로 비명이 터져 나오기 시작했다.

"크악!"

"커헉!"

사방에서 공격해 들어온 만큼 비명도 사방에서 울려 퍼졌다.

대항 따위는 애당초 존재하지도 않았다. 그저 처절한 비명만이 난무할 뿐이었다.

쾅!

일직선으로 날아간 사내가 주점 문에 부딪치는 것으로 싸움은 끝이 났다.

고작 한 호흡 만이었다.

노인을 공격했던 패도문의 제자들이 모조리 바닥에 눕자 숨죽이며 싸움을 지켜보던 이들은 자신들도 모르게 침을 꿀꺽 삼켰다. 그들 중 단 한 사람도 노인이 어떻게 적을 쓰러뜨렸는지 알지 못했다. 그들이 본 것이라곤 그저 패도문의 제자들이 노인을 향해 달려들었고 달려들 때보다 더욱 빠른 속도로 튕겨져 나오더니 칠공에서 피를 흘리며 쓰러지는 모습이 전부였다.

기이한 침묵이 주변을 휘감고 있었다.

비록 절대고수는 아니었으나 나름 유명세를 떨치고 있던 거력패왕 도천풍과 패도문의 고수들이 벌레처럼 짓이겨진 상황에서 감히 입을 여는 사람은 존재하지 않았다. 그저 자신도 그들과 같은 꼴이 되지나 않을까 두려워할 뿐이었다.

노인이 좌중을 휘둘러보다가 여전히 손에 잡혀 있는 동찬에게 시선을 돌렸다.

"황산에서 어떤 일이 벌어졌는지 말해보거라. 더도 덜도 말고 아는 것만 말하거라. 거짓은 용서치 않는다."

경고 따위는 필요하지도 않았다. 이미 죽음의 공포에 오줌까지 지리고 있는 동찬은 노인의 말이 떨어지기가 무섭게 그가 알고 있는 모든 것을 쏟아내기 시작했다.

동찬의 말이 이어지는 동안 노인은 아무런 말도 하지 않았다. 하나, 꽤나 오랫동안 그를 모시고(?) 있던 철각비영 옥청풍은 노인의 몸에서 일어나는 미묘한 감정의 변화를 읽고 있었다. 그리고 동찬의 말이 끝났을 때, 그 변화는 옥청풍뿐만 아니라 앞으로 어떤 일이 벌어질지 몰라 전전긍긍하고 있는 사람들까지도 느낄 수 있을 정도가 되었다.

"틀림… 없는 말이더냐?"

"제, 제가 어느 안전이라고 감히 거짓을 고하겠습니까?"

동찬이 황망한 표정을 지으며 고개를 숙였다.

"다, 다른 이들에게도 물어보십시오. 제 말이 틀림없을 겁니다. 그, 그렇지 않소?"

동찬이 살려달라는 표정으로 주변을 돌아봤다. 아무도 그와 눈을 마주치려고 하지 않았지만 노인이 시선을 그들에게 돌리자 소문에 대해 알고 있던 모든 이들이 미친 듯이 고개를 끄덕이며 동찬의 말에 힘을 실어주었다.

"그… 래, 그랬단… 말이지. 그렇게……. 멍청한 놈 같으니라고… 그토록 허무하게……."

지금껏 무표정했던 노인의 얼굴에 처음으로 감정이라는 것이 생겨났다. 아울러 그의 전신에서 실로 감당키 힘든 기운이 쏟아져 나오기 시작했다. 가장 가까이에 있던 동찬이 그대로 혼절을 할 정도로 압도적인 기운.

"감히… 감히!!"

노인은 치미는 노기를 이기지 못하고 발을 굴렀다.

쾅!

"크으으으!"

"윽!"

노인을 중심으로 거대한 충격파가 사방을 휩쓸기 시작하고 그 힘을 감당하지 못한 이들의 입에서 비명이 터져 나왔다.

"결코 용서치 않을 것이다."

   *   *   *

"뭐야? 어느 놈이 내 욕을 하는 거지?"

아침 운기를 끝내고 온몸을 휘감고 도는 활기찬 기력에 만족스런 웃음을 흘리던 도극성이 귓구멍을 후비며 인상을 찌푸렸다.

찡그린 얼굴도 잠시였다.

"좋은데."

독비신개를 구하는 과정에서 그를 무던히도 괴롭혔던 초혼잠능대법도 깨졌고 삼원무극신공도 칠단계에 접어들었다. 그것은 곧 그동안 익힌 모든 무공을 완벽에 가깝게 시전할 수 있다는 것을 의미하는 것이었고, 이후에도 부지런히 연공을 한 덕분에 그는 지금 처음 무림에 발을 딛고 있을 때와는 차원이 다른 고수로 발전하는 중이었다.

"후~"

하루가 다르게 실력이 변모하는 자신의 모습을 만끽하던 도극성이 크게 심호흡을 하며 자리에서 일어났다.

한바탕 연극으로 황산을 무사히 탈출한 이후, 도극성은 독비신개가 목숨을 걸고 탈취해 온 잠행록을 가슴에 품고 그의 유지를 받들어 소림사로 향했다. 독비신개가 무림에서 믿을 수 있다고 밝힌 오직 세 사람. 그중 불성을 찾기 위함이었다.

하지만 지금 그가 향하는 곳은 소림사가 아니라 복우산이었다. 행여나 있을지 모르는 추격을 피해 나름 변장을 하면서 최대한 은밀히 북상을 하던 중 무림을 휩쓸고 있는 대붕금시에 대한 이야기를 들었기 때문이었다.

도극성은 독비신개로부터 대붕금시로 인한 소란이 구중천의 음모라는 것을 알고 있었다. 그랬기에 처음엔 관심조차 두지 않았으나 하필이면 소벽하, 영운설이 그 일에 관계가 있다는 것을 알고 말았다. 결국 어쩔 수 없이 복우산으로 방향을 틀 수밖에 없었고 앞으로 하루 반나절이면 복우산에 도착할 터였다.

"제기랄! 또 엉뚱한 일에 휘말리는 것은 아닌지 모르겠군."

소벽하, 영운설과의 인연으로 어쩔 수 없이 복우산으로 향하게 되기는 했어도 도극성은 썩 내키지 않는 표정이었다.

그도 그럴 것이 영운설이, 아니, 대정련이 움직였다면 그곳에서 화산파의 사람들을 다시 만나게 될 것이고 특히 황산에서 본의 아니게 최악의 관계가 되어버린 무당과 개방의 제자들도 만나게 될 것이다.

지금까지 겪어본 바에 의하면 그들은 상식이 통하지 않는 사람들이었다. 그저 자신들이 보고 들은 것만 절대선으로 여기며 남의 의견엔 콧방귀도 뀌지 않는 아집에 사로잡힌 고지식한 인간들.

"어차피 부딪치지 않으면 그만이니까."

영운설에게 대붕금시의 일이 그저 구중천의 음모라는 것

만 조용히 알려주면 끝이라는 생각에 도극성은 애써 불안한 마음을 다잡았다. 하지만 그의 의도대로 모든 일이 진행될지는 그 자신도 자신할 수가 없었다.

第三十二章
기습(奇襲)

"오셨습니까?"

앉아 있던 이들이 천막을 헤치며 들어오는 노인을 보며 벌떡 일어났다.

인사를 받는 둥 마는 둥 성의없이 고개를 끄덕인 노인은 자리에 앉기가 무섭게 흑룡전단 단주 공손추(公孫錐)를 향해 질문을 던졌다.

"준비는 끝났느냐?"

"예."

공손히 대답한 공손추가 흑룡전단 부단주 냉무(冷武)에게 시선을 던졌다.

천막 끝, 거대한 지도를 걸어놓고 준비하고 있던 냉무가 차분히 가라앉은 음성으로 설명을 시작했다.

"사도천은 철혈사존 사마휘의 거처인 지존궁(至尊宮)을 중심으로 각 문파의 대표가 거처하는 오각(五閣), 칠전(七殿), 십이당(十二堂)으로 이루어져 있습니다. 현재 사도천에 진주해 있는 인원은 약 육백에서 칠백 사이로 예측되고 있습니다."

"꽤나 많군."

누군가의 입에서 조금은 놀란 듯한 음성이 흘러나왔다.

"각 문파의 본거지에 있는 인원들까지 합하면 세 배는 더 됩니다. 그나마도 대붕금시로 인해 책임을 맡은 현음궁주와 현음궁, 그리고 각 문파에서 차출된 정예들이 자리를 비운 덕에 약 삼백이 줄은 숫자입니다."

"많긴 해도 부담될 정도는 아니야. 그렇지 않은가?"

흑룡전단을 지원하기 위해 움직인 구중천의 호법 소일첨(蘇一幨)이 입술을 삐죽이며 물었다.

"물론입니다."

공손추가 자신있게 대답했다.

그가 수장으로 있는 흑룡전단의 인원만 팔백에 숙살단을 비롯하여 상당한 인원이 차출되었고 백팔마제로 상징되는 호법 중 이십이나 지원을 나왔다. 말이 좋아 이십이지 그들 개개인의 무공이 각 문파의 우두머리와 비견될 정도였으니 엄청난 전력이 아닐 수 없었다.

게다가 사도천에서 숨죽인 채 명이 떨어지기만을 기다리는 간자들의 숫자 또한 상당한 터. 합심해서 대항해도 어림없는데 안에서 자중지란까지 더해지면 사도천 정도야 문제가 될 것이 없었다.

"이기고 지는 따위를 걱정할 필요는 없다. 얼마나 빠른 시간에 끝장을 내느냐가 중요한 것이지."

가장 늦게 도착한 노인, 독청응(獨淸鷹)의 한마디에 공손추는 물론이고 소일첨까지 조심스런 표정을 지었다.

천주도 함부로 할 수 없다는 십대장로 중 한 명인 암존 독청응. 그의 권위는 실로 엄청난 것이었다. 물론 권위만큼이나 실력 또한 타의 추종을 불허했다.

"계속하여라."

독청응의 말에 잠시 입을 다물고 있던 냉무가 다시 설명을 시작했다.

"이번 작전에 있어 가장 핵심은 역시 사마휘를 얼마나 빨리 잠재울 수 있느냐 하는 것입니다."

냉무가 가리킨 곳은 사도천의 중심에서 약간 위에 위치해 있는 지존궁이었다.

"그곳은 내가 맡을 것이다."

독청응이 내뱉듯 말했다.

그 한마디면 끝이었다.

냉무는 토를 달지 않고 말을 이어갔다.

"지존궁을 제외하고 신경을 써야 하는 곳은 부천주들이 있는 오각입니다. 현재 오각에는 북명신문의 풍도건과 광풍곡주 오활, 사혈림주가 머물고 있습니다. 현음궁주는 복우산으로 떠났고, 유명밀부에 머무르고 있던 유명밀부 부주 역시 복우산으로 합류하는 것으로 알고 있습니다."

"그곳은 우리가 맡을 것이다."

소일첨이 자신만만하게 외쳤다.

"광풍각에는 흑룡삼대가, 북명각과 사혈각에는 흑룡사대가 지원될 것입니다. 아울러……."

냉무가 말끝을 흐리자 공손추가 독청웅의 눈치를 슬쩍 살피며 말을 이었다.

"제가 흑룡일대와 이대를 이끌고 어르신을 지원하게 될 것입니다."

"음."

잠시 미간을 찌푸렸지만 독청웅 역시 별다른 말을 하지는 않았다. 여러 문파가 연합을 하였다지만 사도천의 핵심은 뭐니 뭐니 해도 사마휘와 그가 방주로 있는 적룡방이기 때문이었다.

"탈출로는?"

"하오문을 동원하여 사방 백 리를 감시케 하고 있습니다."

"하오문? 그놈들로 되겠느냐?"

"이미 숙살단이 자리 잡고 있습니다."

근자에 보인 활약이 조금 부진하기는 했어도 숙살단이라면 어느 정도 안심이 되는지 독청웅이 고개를 끄덕였다.

냉무는 이후에도 이런저런 세부사항에 대해서 말을 늘어놓았다.

독청웅은 별다른 관심을 보이지 않다가 말이 조금 길어질 듯하자 조금은 짜증나는 어투로 말을 끊었다.

"그래서, 공격은 언제더냐?"

"자정입니다."

"자정? 꼭 그때까지 기다려야 하느냐?"

공손추가 살짝 미소를 보였다.

"지금 바로 움직여도 상관은 없습니다."

공손추의 말이 끝남과 동시에 기이한 열기가 주변을 휘감았다. 무인의 피가 들끓고 있는 것이었다.

독청웅이 자리를 박차고 일어났다.

"가자."

     *   *   *

"알아… 보았느냐?"

착 가라앉은 음성에 옥청풍은 자신도 모르게 몸을 떨었다.

"예."

"놈들의 말이 사실이더냐?"

"예. 조금씩 틀린 말도 있었지만 전체적으로 사실이라고 보는 것이……."

"결국 죽었다는 말이로군."

옥청풍은 한참 동안이나 머뭇거리다가 고개를 끄덕였다.

"아마도… 그런 것 같습니다."

"그 아이가 무당파의 말코도사를 죽였다는 말을 들었다. 뭐, 그럴 수도 있겠지만 내가 아는 한 아무런 이유도 없이 함부로 그럴 녀석은 아니었어. 아니, 애당초 녀석이 그곳에 갔다는 것도 이상하고. 아무튼 네가 듣고 알아온 것을 말해보거라."

"일의 시작은 아무래도 그의 고향인 무석에서 시작된 것 같습니다. 당시 그의 고향집과 무석영가는……."

노인의 말에 옥청풍은 반나절 동안 죽어라 돌아다니며 조사한 사안에 대해 늘어놓기 시작했다.

"…해서 독비신개가 목숨을 잃기 전 그와 접촉한 것은 틀림없는 사실이라 볼 수 있습니다. 문제는 그의 주장대로 독비신개를 공격한 사람이 그가 아닌 무당파의 장로로 변한 구중… 천의 간자인가 아닌가 하는 점입니다. 그는 자신의 결백을 주장했지만 대정련에선 그를 믿지 않았습니다."

"……."

"그가 누명을 쓴 것이 틀림없다라는 가정을 했을 경우 무엇보다 독비신개가 빼내왔다는 명부의 존재가 사건 해결의 핵심이라 할 수 있습니다. 어쩌면 무당파의 장로가 구중… 천의 간세라는 것이 적혀 있을 수도 있을 테니까요. 하지만 그는 침묵했습니다. 침묵의 대가는 죽음이었고요."

"어찌… 죽었다더냐?"

순간, 옥청풍은 눈 깜짝할 사이에 주변을 잠식해 버린 살벌한 기운에 몸서리를 치며 더듬더듬 입을 열었다.

"며, 명부의 존재를 추궁하는 자들에게 합공을 받았다고 합니다만, 그의 실력이 실로 놀라워서 뭇 고수들을 연파하며 한참이나 버텨냈다고 했습니다. 그러나 팔룡 중 한 명인 무광을 비롯하여 당시 대정련의 병력을 이끌었던 수뇌들의 합공을 견디지 못하고 절벽 아래로 추락하고 말았습니다."

"절… 벽?"

한줄기 희망을 바라고 있음이 느껴지는 음성에 옥청풍은 입술을 지그시 깨물었다.

"안타깝게도 그가 뛰어내린 절벽 아래는 포룡탄이라는 곳으로 인간으로선 감히 상상도 할 수 없는, 한 번 휩쓸리면 그 누구도 살아남지 못하는 거친 와류가 있는 곳이라 했습니다. 생명을 건지기는커녕 시신조차 찾기 힘들다고 하더군요."

설명이 끝날 즈음 옥청풍의 음성은 점점 기어들어 갔다.

노인의 명을 받고 그가 할 수 있는 최대한의 노력을 기울여 정보를 캤다.

사람들이 모이는 곳에서 은밀히 정보를 얻었고 심지어 개방의 제자들을 납치까지 해가면서 당시의 상황을 조사했으나, 지난날 황산에서 벌어진 일, 구중천과 독비신개의 비화는 대정련 내에서도 상당히 기밀을 요하는 정보였고 그만큼 접근하기가 힘들었다. 게다가 이런저런 소문이 워낙 난무하는지라 어떤 정보가 제대로 된 것인지 파악을 할 수가 없었다.

하지만 옥청풍은 해냈다.

그 짧은 시간 동안 옥청풍은 필사적으로 정보를 모으고 분석과 판단을 하며 도극성의 죽음과 관련된 사실을 완벽에 가깝도록 파악했다.

개방이나 대정련의 정보 조직이 알면 기겁을 할 일이었지만 사실 그런 결과물을 낼 수 있었던 것은 그가 지닌 은밀한 힘, 공공문(空空門)의 힘이 있었기 때문이었다.

"역시 구중천 때문이었구나."

한참 만에 흘러나온 노인의 탄식성에 옥청풍은 고개를 갸웃거리지 않을 수 없었다.

조사를 하면서, 그리고 노인에게 설명을 하면서도 대체 구중천이 어떤 단체인지 알 수가 없었기 때문이다.

그저 무림에 대정련을 움직이게 만들 정도로 만만치 않은 힘을 지닌 신비 세력이 등장한 것은 아닌가 막연히 짐작을 해보기는 했으나, 구중천을 언급했던 개방의 제자들까지도 구중천이 어떤 단체인지는 알지 못했고 그건 공공문 역시 마찬가지인 터라 도무지 감을 잡을 수가 없었다.

한데 노인의 반응은 구중천에 대해 익히 잘 알고 있는 것처럼 보이지 않는가!

지금 노인의 기분이 어떨지 너무나 잘 알기에 두려움이 샘솟듯 솟구쳤으나 그 이상으로 궁금증이 치밀어 올랐다.

결국 궁금증을 참지 못한 옥청풍이 잔뜩 주눅 든 음성으로 질문을 던졌다

"혹시… 구중천에 대해 알고 계셨습니까?"

노인의 시선이 옥청풍을 향했다.

그 시선 속에서 느껴지는 서늘한 기운에 옥청풍은 몸을 부르르 떨고 말았다.

그에게 시선을 거둔 노인이 천천히 고개를 끄덕였다.

"알지. 너무도 잘 알지."

옥청풍은 알 수 없는 긴장감에 침을 꿀꺽 삼켰다.

무림에서 차지하는 노인의 존재를 상기해 볼 때 자신이 왠지 거대한 비밀을 엿보게 될 것 같은 기대감 때문이었다. 하지만 그의 기대와는 달리 노인의 입에선 전혀 엉뚱한 말이 흘러나왔다.

"지금부터 복우산 주변을 철저히 살펴라. 틀림없이 수상쩍은 행동을 하는 놈들이 있을 게다."

"예? 무슨 말씀이신지……."

"내가 지켜본 바에 의하면 이번 일 역시 구중천이 연관되

어 있다. 분명 수작질을 하고 있을 것이다. 바로 그놈들을 찾으란 말이다."

"아무리 그렇더라도 그렇게 막연하게… 게다가 혼자 어찌……."

옥청풍이 난처한 표정을 지으며 말을 잇지 못하자 노인이 콧방귀를 뀌며 말했다.

"네놈이 우두머리로 있는 공공문을 동원하면 간단히 해결 될 것이 아니더냐."

꽝!

노인의 한마디에 옥청풍의 몸이 그대로 굳었다.

안색은 파리해지고 놀란 두 눈은 마구 흔들렸다.

지금껏 그 누구도 알아채지 못한 자신의 정체를 어찌 알았단 말인가!

과거 나름의 영화를 누린 적도 있었지만 그 이름 자체가 유명무실해진 지 이미 오래로, 당금 무림에서 공공문이란 이름을 알고 있는 사람은 거의 없었다. 아니, 백번 양보해서 누군가 공공문이란 이름을 알고 있다고 해도 그곳의 문주가 자신이라는 것을 알 만한 사람은 단연코 없었다. 위에서 아래로 철저하게 점조직으로 이루어진 데다가 활동 자체가 워낙 은밀해야 하는 문파의 성격상 공공문에 속한 문도들은 자신의 동료조차 제대로 알지 못하기 때문이었다.

한데 아무도 모르는 자신의 정체를 노인은 너무도 정확하게 알고 있었다.

"어, 어찌 제가 고, 공공문……."

옥청풍은 말을 잇지 못했지만 노인은 별것 아니라는 듯 간단히 대꾸했다.

"그리 놀랄 것 없다. 네놈이 익히고 있는 신법 말이다."

"……."

"공공문의 문주에게 전해오는 등천무영신법(登天無影身法)이지 아마? 여의수(如意手)라는 당치 않은 이름의 수법(手法)도 있고."

"……."

너무도 완벽하게 파악을 하고 있는 통에 옥청풍은 뭐라 할 말이 없었다.

"공공문이 도적놈들이 모여서 만든 백해무익한 문파인 것은 틀림없지만 그래도 정보력 하나는 제법이지 않느냐?"

"다 옛날 이야기입니다."

공공문을 싸잡아 깎아내리는데 기분이 좋을 리가 없던 옥청풍이 다소 볼멘 음성으로 툴툴거렸다.

그런 것에 신경 쓸 노인이 아니었다.

"그래서… 못하겠다는 것이냐?"

노인의 기운이 일변하자 옥청풍의 표정이 대번에 변했다.

"아, 아닙니다."

옥청풍이 꼬랑지를 내리자 노인이 다시 물었다.

"지금 당장 동원할 수 있는 인원이 몇이나 되느냐?"

"대략 열댓 명 정도는 될 것입니다."

"모조리 동원해라. 반드시 놈들의 움직임을 찾아내야 할 것이다. 반드시 말이다."

노인의 음성이 점점 커지고 형형하게 빛나는 눈빛에서 흘러나오는 기운을 감당하지 못한 옥청풍의 낯빛이 창백해졌다.

"아, 알겠습니다. 반드시 찾아내겠습니다."

노인에게서 뿜어져 나오던 기운은 옥청풍이 식은땀을 흘리며 연신 고개를 끄덕인 이후에야 사라졌다.

'제기랄!'

옥청풍은 나지막이 한숨을 내뱉으며 어째서 자신이 이런 꼴이 되었는지 한탄 또 한탄을 할 뿐이었다.

*   *   *

"사부를 뵙습니다."

한 사내가 잘 굽혀지지도 않을 것 같은 허리를 접으며 인사를 했다.

"그래. 왔구나."

인사를 받는 노인이 반가운 얼굴로 말했다. 하지만 그 반가움 속에 드러난 눈빛은 결코 우호적이지 않았다.

"그간 고생이 많았다. 네가 뛰어난 활약을 펼쳐 준 덕에 본문의 위상이 크게 올라갔느니라."

"고생이랄 것이 있겠습니까? 그저 사부님의 가르침에 누가 되지 않도록 최선을 다했을 뿐입니다."

"그래? 고마운 말이로구나. 아무튼 애썼다."

"감사합니다."

"따라오너라. 인사를 드려야 할 분이 계시다."

노인이 빙글 몸을 돌리고 사내가 묵묵히 그 뒤를 따랐다. 순간, 사내에게 한줄기 전음이 흘러들었다.

[다녀오셨습니까, 대사형.]

사내의 안색이 살짝 변했으나 그것을 눈치 챈 사람은 아무도 없었다.

[막내냐?]

[예, 대사형.]

[오랜만이다. 다들 잘 있었지?]

[……]

[왜 말이 없지? 무슨 일 있는 거냐?]

[상황이 별로 좋지 않습니다.]

[좋지 않다니?]

[근래 들어 사부가 대사형과 저희를……]

[잠시… 조금 있다가 듣도록 하자.]

앞서 가던 노인의 발걸음이 살짝 처지는 것을 눈치 챈 사내가 황급히 전음을 끊었다.

"어째 분위기가 싸하군요."

사내가 슬며시 주변을 살피며 말했다.

"결전을 앞두고 있으니 그럴 수밖에. 꾸물대지 말고 빨리 따르거라."

"예."

보기만 해도 눈살을 찌푸릴 정도로 비대한 사내, 화산에서 유원창과 민도정 일행을 격살한 바로 그 사내가 멋쩍은 웃음을 흘리며 걸음을 재촉했다.

"네가 묵혈이냐?"

노인의 음성은 듣는 이로 하여금 절로 고개를 숙이게 만들 정도의 위엄이 있었고 형형이 빛나는 눈빛은 폐부까지 속속들이 살피는 것 같았다.

"묵혈이 신마님을 뵙습니다."

묵혈이 한쪽 무릎을 꺾으며 최대한 정중히 예를 차렸다.

"네 활약은 익히 들어 알고 있었다. 오는 길엔 화산파 장로 놈의 모가지를 꺾었다고?"

"운이 좋았습니다."

"훗, 초혼살루의 특급 살수의 입에서 운이라는 말이 나오다니 우습구나."

"송구합니다."

묵혈이 행여나 적혈신마의 심기를 상하게 한 것은 아닌지 걱정하며 머리를 조아렸다. 하지만 묵혈이 그간 얼마나 많은 공적을 쌓았는지 익히 알고 있던 적혈신마는 조금도 개의치 않는 표정이었다.

"됐다. 그나저나 정말 대단하구나. 그런 몸으로 천하제일살수라는 소리를 듣고 말이야."

적혈신마는 터질 듯 비대한 묵혈의 몸을 보며 감탄을 터뜨렸다.

"아닙니다. 사부께서 계시거늘 어찌 제가 그런 과찬을 받을 수 있겠습니다. 감당키 힘든 말씀입니다."

천하제일살수라는 말에 사부의 미간이 꿈틀거렸음을 알아챈 묵혈이 당치 않다는 표정으로 머리를 조아렸다.

"사내놈이 겸양 떨 것 없다. 묵운혈월 음곡! 초혼살루의 루주가 대단한 인물이기는 하지만 어찌 천살성의 정기를 받고 태어난 너와 비교할 수 있겠느냐? 그렇지 않나?"

적혈신마의 질문이 자신에게 돌려지자 음곡은 애써 웃음을 흘리며 대답했다.

"신마께서 제대로 보셨습니다. 청출어람(青出於藍)이라! 비록 제가 거두고 가르친 제자이기는 하나 일신에 지닌 살예(殺藝)는 이미 못난 사부를 뛰어넘은 지 오래되었지요."

'못난 사부' 운운하는 음곡의 말에서 오직 그만이 눈치 챌 수 있는 적의를 느낀 묵혈은 쓴웃음을 짓고 말았다.

기습(奇襲) 77

그 느낌 하나로 방금 전 막내 사제가 무슨 말을 하려 했는지 굳이 듣지 않아도 알 수 있었다.

"허허허, 제자 사랑은 사부라더니만 뿌듯하겠어. 제자 놈들이라고 키워봐야 다 쓸모없는 것들뿐이라… 이만한 제자를 둔 자네가 부럽군."

"과찬이십니다."

"솔직히 자꾸만 간섭을 하려 하는 군사의 행보가 마음에 들지는 않지만 초혼살루와 초혼살루가 배출한 이 시대 최고의 살수가 곁에 있으니 든든하군."

"그리 여겨주신다니 그저 감사할 따름입니다."

음곡과 묵혈이 동시에 머리를 조아렸다.

"자, 인사는 이쯤 해두고……."

적혈신마의 시선이 흑천전단(黑天戰團)의 단주에게 향했다.

"얼마나 모였느냐?"

적혈신마의 질문에 구 척 장신에 얼굴이 온통 상처투성이인 흑천전단 단주 마영성(馬影聲)이 입을 열었다.

"현재 복우산에 몰려든 인원은 대략 사천을 넘어섰습니다."

"호~ 좋아. 아주 제대로 낚았군. 하긴, 그만한 미끼도 없었으니 말이야."

적혈신마가 흐뭇한 표정을 짓다가 계속하라는 신호를 보

냈다.

"그중 신경 써야 할 놈들은 아시다시피 대정련과 수라검문, 그리고 사도천의 병력이라고 보시면 됩니다."

"오대세가는? 그놈들은 움직이지 않았느냐?"

적혈신마와 함께 이번 작전의 한 축을 맡고 있는 호법 명인결(明忍抉)이 물었다.

"그자들 역시 도착한 지 오랩니다. 하나, 오대세가는 전통적으로 대정련에 우호적입니다. 아니, 한편이라고 봐도 무방하니 이번 일 역시 함께 행동할 것이라 봅니다."

"그렇기도 하지."

명인결이 이해했다는 표정으로 고개를 끄덕이다 다시 물었다.

"그래, 놈들의 숫자는 얼마나 된다더냐?"

"현재까지 파악된 전력을 말씀드리자면 우선 대정련의 병력은 오대세가의 인원을 포함하여 약 오백에 이르고 수라검문의 인원이 약 삼백, 사도천의 병력이 약 삼백오십에 이르는 것으로 파악이 되었습니다."

"예상은 했지만 생각보다 많군. 어차피 살아서 돌아갈 놈들은 별로 없을 것이니 잘되었어."

적혈신마가 활활 타오르는 듯한 붉은 수염을 쓰다듬으며 만족해했다.

"입구를 개방할 준비는 되었겠지?"

"예. 내일 오전 중으로 입구를 가리고 있던 진법이 해제될 것이고 비부로 들어가는 출입구가 사람들에게 모습을 드러낼 것입니다."

"대정련이나 수라검문에서 사람들의 출입을 제한하지는 않겠느냐?"

명인결이 물었다.

"저들의 관계로 봐서 그러할 일은 없을 것이라 보입니다만, 혼란을 방지한다는 명목하에 암묵적으로 그런 행동을 할 가능성도 있다고 봅니다. 하지만 쉽지는 않을 것입니다."

마영성의 자신있는 표정에서 뭔가 준비를 했다고 여긴 명인결이 묵묵히 고개를 끄덕이자 적혈신마의 질문이 이어졌다.

"기관매복의 설치는 어느 선까지 복구되었느냐?"

"약 삼 할 정도입니다."

"고작 삼 할?"

적혈신마의 표정에 실망의 기운이 어렸다.

"최대한 서둘렀지만 시간이 너무 촉박해서 어쩔 수가 없었습니다."

"하긴, 원래의 계획대로라면 지금 비부가 열려서는 안 되는 것이었지. 아쉽군. 촉박해도 너무 촉박해."

적혈신마가 연신 혀를 찼다.

그도 그럴 것이 구중천이 대붕금시의 비밀을 풀고 비부에

든 것은 이미 꽤나 오래된 일이었다. 그리고 그들을 막아서는 각종 기관매복을 뚫기 위해 들인 시간과 피해는 이루 말할 수가 없는 것이었다. 어림잡아 백 명도 넘는 인원이 목숨을 잃었고 그 이상의 부상자가 속출했다. 더욱 기가 막힌 것은 그런 고생을 하고서도 비부에서 얻은 것이라곤 아무것도 없었다는 것이다.

"그래도 삼 할이면 나름 성과는 있었군. 꽤나들 죽어나가겠어. 아, 물건들은 준비가 다 되었느냐?"

"예. 적당히 나누어서 풀었습니다. 전설 운운할 정도는 아니나 하나같이 귀하지 않은 것이 없습니다. 그 물건들을 접하는 순간, 다들 눈이 뒤집힐 것입니다."

마영성이 자신있게 말했다.

그의 말에 이의를 제기한 사람은 아무도 없었다.

비록 그들 자신은 비부에서 온갖 피해를 당하면서도 아무것도 건지지 못했지만 내일 아침 비부에 든 사람들로 하여금 광분에 휩싸이게 만들고 서로 물고 뜯게 만드려면 적당한 미끼가 필요했다.

황금이나 보석 등이 좋겠지만 역시 가장 효과가 뛰어난 것은 각종 무공비급과 병장기일 것. 구중천은 이번 작전을 위해 그들이 보관하고 있던 무공과 무기들을 아낌없이 풀었다. 물론 그것들 대다수를 회수할 자신이 있기에 가능한 일이었다.

"병력은 언제쯤 진입시킬 생각이십니까?"

명인결이 적혈신마에게 물었다.

"마 단주가 최대한 공작을 펼치겠지만 복우산에 모인 이들 모두가 비부 안으로 들어선다는 것은 불가능할 걸세. 뭐, 절반만 들어도 어마어마한 것이겠지. 이후에도 시간을 줄 생각일세. 얼마 되지 않지만 놈들을 괴롭힐 기관매복도 있고 함정도 있는 데다가 서로 아귀다툼할 기회도 줘야지. 어느 정도 시간이 되었다고 생각하면 우선 비부 근처에서 얼쩡거리는 놈들을 정리하고 움직여야겠지. 이보게, 루주."

"예, 신마님."

음곡이 공손히 대답했다.

"우리가 본격적으로 움직이기 전에 우선적으로 초혼살루가 애를 좀 써줘야겠어. 어쩌면 이번 작전은 자네들이 얼마큼 놈들을 혼란케 하느냐에 달려 있다고 해도 과언이 아닐세."

"맡겨주십시오. 이미 만반의 준비를 갖추고 있습니다."

"너의 활약도 기대하고 있겠다."

적혈신마가 자신에게 시선을 던지자 묵혈은 별다른 대꾸 없이 그저 살짝 고개를 숙이는 것으로 대답을 대신했다.

"비부의 일은 명 호법과 마 단주에게 맡기도록 하지."

"걱정하지 마십시오. 아주 끝장을 내버리겠습니다."

마영성이 가슴을 탁탁 치며 호기롭게 외쳤다.

"노부는 출구에서 기다리도록 하겠네. 얼마가 살아 나올지는 알 수 없으나 심심치 않게 해주었으면 좋겠군."

지옥도가 펼쳐질 비부에서 살아남은 사람들이야말로 진정한 고수로서 그만큼 막강한 실력을 가지고 있을 것이다. 적혈신마가 손수 그곳을 맡겠다고 하는 것은 그만큼 위험을 감수하겠다는 말과 다르지 않았다.
 "부단주와 흑천일대로 하여금 보필토록 하겠습니다."
 마영성이 얼른 입을 열었다.
 "좋을 대로 해라. 갈 호법도 합류를 할 것이니 그 정도면 충분할 것이야."
 적혈신마가 허락하자 마영성이 뒤에 서 있던 부단주 능위소(陵僞笑)에게 고갯짓을 했다.
 어느덧 오십 줄에 접어든, 흑천전단에서 가장 연장자인 데다가 어쩌면 실력 면에선 단주인 마영성을 뛰어넘었다고 알려진 부단주 능위소가 적혈신마를 보필하여 움직일 준비를 위해 조용히 물러났다. 더불어 명인결 주변에 있던 여섯 명의 호법들도 서로에게 눈짓을 하며 각자의 역할을 나누었다.

　　　　　*　　　*　　　*

 "공격하랏!"
 흑룡삼대 대주 좌포열(左暴烈)이 쩌렁쩌렁 울리는 음성으로 명을 내렸다.
 "허!"

자신의 명을 기다리지도 않고, 게다가 수하들이 어찌 움직이는지 파악도 하지 않은 채 홀로 적진으로 뛰어드는 좌포열을 보며 소일첨은 기가 막히다는 표정을 지었다.

곰 같은 덩치에 성질 급하기가 불과도 같다는 말은 들었지만 설마하니 저 정도로 무식하게 치고 나갈 줄은 몰랐던 것이다.

하지만 좌포열의 명에 따라 일사불란하게 움직이는 흑룡삼대를 보며 조금은 생각을 달리하게 되었다.

좌포열의 동생 부대주 좌포정(左暴靜)은 열혈의 형과는 달리 꽤나 침착한 인물이었다.

그는 형을 대신하여 흑룡삼대를 완벽하게 조율했다.

"광풍각을 중심으로 일조는 좌측, 이조는 우측, 삼조는 전방을 뚫는다. 사조와 오조는 일조와 이조를 지원하며 광풍각으로 접근하는 이들을 차단하고 육조는 퇴로를 차단하며 도주하는 놈들을 주살하라."

좌포정의 명에 따라 이백에 육박하는 흑룡삼대원들이 일사불란하게 움직였다. 마치 잘 정비된 군대가 일시에 분열을 하듯 거의 동시에 목표한 방향으로 내달렸다.

"대단하군."

소일첨은 한 치의 빈틈도 없이 빠르고 정확하게 행동하는 흑룡삼대를 보며 놀란 눈으로 바라보다 수하들을 이끌고 정면으로 먼저 치고 나간 좌포열의 뒤를 묵묵히 따르는 좌포정의 뒷모습에 결국은 감탄성을 내뱉고 말았다.

그렇다고 언제까지 감탄만 하고 있을 수는 없었다.

흑룡삼대가 지금 공략을 하는 광풍각의 주인은 광풍곡주 오활.

명색이 사도천의 여섯 우두머리 중 하나인 그의 무공을 감안했을 때 좌포열이나 좌포정으로선 조금 버거울 수 있었다.

이번 사도천의 공략에서 가장 중점을 둔 것은 외부에 대한 비밀 유지였지만 그러면서도 피해를 최소화하는 것 또한 중요한 일이었다. 그러기 위해서라도 최대한 빨리 오활을 잠재울 필요가 있었다.

생각이 그쯤 이르렀을 때 소일첨의 신형은 이미 좌포열을, 그리고 좌포정이 이끄는 흑룡삼대 대원들의 머리 위를 뛰어넘고 있었다.

"오활은 어디에 있느냐!"

소일첨의 신형이 사라진 곳으로 그의 외침이 꼬리를 물고 있었다.

북명신문의 문주 풍도건이 머물고 있는 북명각.

광풍각이 흑룡삼대의 공격을 받는 것과 거의 동시에 그곳 역시 흑룡사대의 부대주 도창(途艙)이 이끄는 병력이 밀어닥쳤다.

갑작스레 밀려든 적으로 인해 북명신문은 큰 혼란에 빠졌으나 이내 전열을 수습하여 나름 치열한 전투가 펼쳐졌다.

그중에서도 백미는 역시 부상당한 몸으로 적에게 포위를 당한 채 홀로 분전하는 북명신문의 문주 풍도건의 활약이었다.

"후우~ 훅!"

풍도건이 거칠게 숨을 몰아쉬며 호시탐탐 기회를 노리는 적을 살폈다.

지금까지 얼마나 많은 적을 쓰러뜨렸는지 기억이 나지 않았지만 적어도 열댓 명은 넘으리라는 것은 짐작할 수 있었다.

말이 좋아 열댓 명이지 철저하게 이인일조가 되어 덤벼드는, 게다가 그들 개개인의 무공이 북명신문의 제자들과는 비교조차 되지 않을 정도로 뛰어나다는 것을 감안하면 결코 적은 숫자는 아니었다.

무엇보다 배신자의 칼날을 옆구리에 꽂은 채 그만큼 버텼다는 것은 거의 기적과 다름없었다.

"으으으."

언제부터인지 입에서 신음이 흘러나왔다.

인간의 것이라기보다는 상처 입은 야수의 흐느낌.

머리에서 발끝까지 적신 붉은 피는 이미 피아의 구분을 할 수가 없었다.

점점 희미해져 가는 시선으로 주변을 둘러보았다.

집요하게 밀려드는 적을 맞아 필사적으로 저항하던 북명

신문의 제자들 중 힘들게나마 서 있는 사람은 손에 꼽을 정도였다.

어림잡아도 벌써 육십 명도 넘는 인원이 목숨을 잃었다.

그렇다고 적의 숫자가 많이 줄은 것도 아니었다. 자신이 쓰러뜨린 인원을 제외하면 피해를 입혔다고 하기에도 민망할 정도였다.

'배신만… 배신만 없었다면.'

북명신문의 문주 풍도건은 결정적인 순간, 자신을 배반하고 옆구리에 칼을 박아 넣은 가염(假厭)을 떠올렸다.

설마하니 북명신문의 최고 연장자이며 대장로인 가염이, 어릴 적 자신을 무릎 위에 올려놓고 웃음 짓던 가염이 적을 맞아 달려가는 자신을 공격할 줄은 꿈에도 몰랐다.

무방비 상태로 허용한 공격에 갈비뼈가 부러지고 내장에 치명적인 부상을 당했다.

배반자는 가염만이 아니었다.

또 다른 장로 한 명과 호법 둘, 그리고 그들을 따르는 십수 명의 간자들이 아군을 공격했다. 그 바람에 북명신문의 전력이 급속도로 약해졌고 결국 형편없이 밀리게 되는 상황을 맞이하고 말았다.

풍도건의 시선이 전장 한쪽에서 치열한 혈투를 벌이고 있는 누군가에게 향했다.

배신자인 가염과 그를 응징하기 위해 나선 장로 주건명.

북명신문을 배신하고 문주인 풍도건에게 치명적인 상처를 입힌 가염을 쓰러뜨리기 위해 분광패도 주건명은 정말 필사적으로 싸웠다.

독문도법 혈우십삼도의 미완성 무공까지 써가며, 완성된 것이 아니기에 자신에게 돌아오는 피해 역시 만만치 않음에도 주건명은 조금도 거리낌없이 무공을 펼쳤다.

그러나 풍도건에 이어 북명신문 최고의 고수로 인정받고 있던 가염의 실력은 주건명이 어찌하기엔 너무도 강했다. 더구나 그동안 쓰고 있던 가면을 벗어던지고 본신의 실력을 마음껏 발휘하는 그의 무공은 과거와 비할 바가 아니었다.

'주 장로……'

풍도건의 눈빛이 안타까움으로 물들었다.

오래 지켜보지 않아도 싸움의 결과는 뻔했다.

점차 느려지는 몸놀림과 어지러워지는 손발의 움직임에서 그는 주건명이 이미 한계를 넘어섰음을 알 수 있었다. 그리고 그건 풍도건 자신도 마찬가지였다.

"후~ 과연 강하군. 하지만 이제 끝났어. 더 이상 저항할 놈들도 없고."

전장을 살피는 도창의 입가에 희미한 미소가 지어졌다.

절묘한 순간에 터진 간자들의 활약으로 생각보다 쉽게 승기를 잡을 수 있었고 북명신문을 궤멸시킬 수 있었다.

지원을 나온 호법들이 부상당한 풍도건과 싸우는 것을 수

치로 여겨 다소 난감하기도 했으나 대신 북명신문의 수뇌들을 모조리 제압한 덕에 마지막으로 버티고 있는 사람은 문주인 풍도건과 금방이라도 땅에 쓰러질 것 같은 주건명이 전부였다.

풍도건에게 적지 않은 피해를 입기는 했어도 대승이라 해도 좋으리만큼 완벽한 승리였다.

"이제 끝내야겠지."

피에 물든 칼끝을 치켜든 도창이 풍도건을 공격하는 수하들과 합류하기 위해 움직였다.

잠시 소강상태를 유지하던 싸움은 그의 가세로 분위기가 일변했다.

"쳐랏!"

도창이 명령을 내리며 정면에서 달려들자 풍도건의 좌우에서 기회를 엿보던 사내들이 기합성인지 비명인지 애매한 괴성을 토해내며 칼을 휘둘고 동시에 배후에서도 공격이 시작됐다.

네 개의 칼날이 오직 하나의 목표를 향해 날아들었다.

풍도건의 눈빛이 차갑게 빛났다.

피할 곳도 없었고 피하고 싶지도 않았다.

온몸을 뒤덮은 상처, 그리고 그곳에서 흘러나온 피로 인해 정신마저 흐릿해진 상태였다. 무엇보다 이미 괴사가 시작된 옆구리의 상처는 두고두고 그의 발목을 붙잡았다.

그러나 이대로 쓰러질 순 없다는 그의 의지가, 북명신문의 문주라는 자존심이 자꾸만 약해져 가는 그의 투지를 일깨우고 있었다.

쨩!

도창의 칼과 풍도건의 칼이 허공에서 정면으로 맞부딪쳤다.

"크으!"

풍도건의 입에서 신음이 흘러나오고 몸이 크게 휘청거렸다.

정상적인 몸이라면 있을 수 없는 일이겠으나 지금의 그에겐 도창은 감당하기가 버거운 상대였다. 그나마 거푸 공격을 허용하지 않은 것이 다행이라면 다행이었다.

황급히 발걸음을 놀려 간신히 중심을 잡은 풍도건이 후미에서 찐득한 살기를 뿜어내며 접근하는 적을 향해 칼을 휘둘렀다.

도창의 공격으로 인해 휘청거리는 풍도건의 모습을 보며 회심의 미소를 짓던 사내는 난데없이 날아든 반격에 제대로 방어도 해보지도 못하고 심장을 베이며 절명하고 말았다.

그 기세를 이어가며 또다시 칼을 휘두르는 풍도건.

좌측에서 그를 압박하던 자의 칼이 그대로 부러져 나가고 거기에 더해 목이 허공으로 치솟았다.

분수처럼 뿜어지는 피로 인해 풍도건의 얼굴이 붉게 물들었다.

풍도건이 혀를 날름거리며 얼굴을 적신 적의 핏물을 할짝였다.

진하디진한 혈향과 비릿한 맛이 오감을 자극했다.

그 모습이 어찌나 끔찍한지 막 공격을 하려던 이들이 움찔거리며 기회를 놓칠 정도였다.

"크하하하! 덤벼라! 모조리 죽여주마!"

풍도건이 괴소를 지르며 미친 듯이 날뛰었다.

그 살벌한 기세에 처음 공격에서 우위를 차지했던 도창마저 쩔쩔맬 정도였다.

하나, 그런 기세는 오래가지 못했다.

끝까지 버티던 주건명이 가염의 공격에 최후의 단말마를 터뜨리며 무너지고 말았을 때, 폭풍 같은 기세로 적을 몰아치던 풍도건의 모습 또한 참혹하게 변해 있었다.

네 명의 적을 더 쓰러뜨리기는 했으나 그는 더 이상 인간이라 할 수 있는 모습이 아니었다.

전신을 피로 물들인 채 거친 숨을 몰아쉬는 그의 왼팔은 어느새 잘려 있었고 심장 바로 위엔 누군가가 필사적으로 박아넣은 칼이 흉측하게 박혀 있었으며 쩍쩍 갈라진 상처에선 연신 붉은 피가 쏟아져 내렸다.

풍도건이 천천히 고개를 돌려 주건명의 모습을 찾았다.

안타깝게도 주건명은 이미 싸늘한 시신으로 변해 버린 후였다.

 주건명의 죽음을 확인한 순간, 영원히 멈추지 않을 것 같았던 풍도건의 움직임도 딱 멈추었다.

 툭.

 십수 명이 넘는 적을 베어버린 칼을 던진 풍도건이 점점 의식이 사라져 가는 눈으로 도창을 응시했다.

 아마도 직접 끝을 내달라는 의미이리라.

 도창의 칼이 번뜩이자 풍도건의 신형은 그동안의 무시무시했던 신위가 무색할 정도로 힘없이 무너져 내렸다.

 "망할!"

 죽음의 순간, 풍도건의 입가에 희미하게 떠오른 웃음을 본 도창은 압도적인 승리였음에도 왠지 모를 패배감에 사로잡혀 자신도 모르게 욕설을 내뱉고 말았다.

第三十三章
혈풍(血風)의 전조(前兆)

푸드드득!

사도천에서 적의 기습을 알리는 무수한 전서구가 날아올랐다.

전서구는 사도천을 이루는 각각의 문파와 복우산으로 떠난 사도천의 정예, 그리고 사도천 최후의 보루가 숨 쉬고 있는 곳을 향해 힘찬 날갯짓을 했다.

하지만 오늘 밤, 사도천을 짓누르는 암운은 비단 땅에만 국한된 것은 아니었다.

본격적인 싸움이 시작되기도 전, 사도천의 하늘은 이미 구중천에서 날려 보낸 매들이 장악하고 있었다.

우아하게 선회를 하며 목표물을 노리던 매들은 사도천에서 날아오른 전서구를 발견하고는 매섭게 달려들기 시작했다.

순식간에 절반이 넘는 전서구가 날카로운 매의 발톱에 짓이겨졌고 일차 공격에서 살아남은 전서구들 역시 필사적으로 날갯짓을 했으나 눈 깜짝할 사이에 모조리 떨어지고 말았다.

단 한 마리의 전서구도 하늘을 벗어나지 못했으니 그것은 곧 사도천에서 직접 탈출에 성공한 사람이 없다면 밤사이 벌어진 참상은 완벽하게 은폐가 된다는 것을 의미했다.

"마지막인가?"

날카로운 매의 발톱에 걸려 파르르 떨고 있는 전서구의 목을 지그시 비틀어 버리는 사내의 음성은 나른하기 짝이 없었다.

"한심하군. 남들은 신나게 날뛰고 있을 텐데."

사내의 눈에 화광이 충천한 사도천의 모습이 들어왔다.

불빛에 의한 것인지 아니면 피를 보고 싶은 유혹을 참기 힘들어서 그런 것인지 목이 꺾여 축 늘어진 전서구를 냅다 집어 던지는 그의 얼굴은 붉은 기운으로 번들거리고 있었다.

    *   *   *

"북명신문이 무너졌습니다."

"광풍곡도 궤멸 직전입니다."

동시다발적으로 올라오는 보고는 절망적이었다.

"사혈림, 사혈림은 어떻다더냐?"

자리에서 벌떡 일어난 대장로 예당겸이 다급히 물었다.

"그쪽 상황도 가히 좋지 못한 듯 보입니다. 적의 기습이 너무도 갑작스러웠던 데다가 간자들 때문에……."

예당겸의 얼굴이 무참히 일그러졌다.

뒷말은 들어보지 않아도 알 만했다.

이미 그의 발아래에도 적룡방의 오랜 충신이자 장로인, 그러나 난데없이 암습을 시도했다가 목숨을 잃은 배반자가 쓰러져 있었으니까.

바로 그때였다.

"적룡일대와 이대가 무너졌습니다. 삼대가 버티고는 있지만 힘들 것 같습니다."

온몸에 피칠갑을 한 사내가 뛰어들어 오며 다급히 보고를 했다. 한눈에 보아도 그가 얼마나 치열한 접전을 펼쳤는지 확연히 알 수 있었다.

"얼마나 버틸 수 있을 것 같으냐?"

"일각 이상은 힘들 것 같습니다."

순간, 예당겸의 눈이 찢어질 듯 부릅떠졌다.

"뭐라! 일각?"

"예."

"조양(趙洋)은, 장로들은 대체 뭘 하고 있다더냐?"

예당겸이 발작적으로 소리쳤다.

근자에 예당겸을 대신하여 장로들을 이끌고 있는 조양이 싸움에 합류한 터. 그토록 빨리 무너진다는 것은 상상도 할 수 없는 일이었다.

"조양 장로님은 이미 목숨을 잃으셨습니다. 또한 여러 장로님들께서 필사적으로 버티셨지만 적이 너무 강해서… 거의 모든 분들이 목숨을 잃으셨고 지금 살아 계신 분은 공지충(恭智充) 장로님과 용상곤(龍像昆) 장로님뿐입니다."

"음."

적룡방에서도 세 손가락 안에 드는 조양을 비롯하여 대다수의 장로들이 목숨을 잃었다는 말에 예당겸은 절망적인 신음을 내뱉고 말았다.

"일각이라……."

태사의에 앉아 묵묵히 사태를 지켜보던 사마휘가 조용히 입을 열었다.

"적에 대해선 아직이오?"

"도무지 알 수가 없습니다. 처음엔 수라검문 놈들이 아닌가 의심했는데 보고에 따르면 그도 아닌 것 같고. 그렇다고 모양새 따지기 좋아하는 대정련이 쳐들어올 리도 없고 말입니다."

고개를 흔드는 예당겸의 얼굴은 낭패감에 사로잡혀 있었다.

"당금에 우리를 이토록 핍박할 수 있는 세력이 있다니 믿을 수가 없군."

"아주 오랫동안 준비한 것으로 보입니다. 이런 일은 결코 하루아침에 이루어질 수 없는 일입니다."

예당겸이 쓰러진 간자를 보며 얼굴을 굳혔다.

한 문파에, 그것도 어디 한쪽 구석의 별 볼일 없는 문파도 아니고 사도천의 중심이라 할 수 있는 적룡방의 장로가 간자라는 것은 결코 간과할 일이 아니었다.

"그나저나 괜찮으십니까?"

예당겸이 피로 물든 사마휘의 어깨를 보며 걱정스런 눈빛으로 물었다.

"걱정 마시구려. 이 정도로 쓰러지지는 않소."

사마휘가 빙긋 웃으며 말했다.

하나, 간자임을 떠나 적룡방의 장로의 공격이었다. 그것도 거의 무방비 상태로 당한 공격. 물론 공격을 당하는 순간 일어난 호신강기가 몸을 보호했지만 그 상처가 가벼울 리는 없었다.

사마휘의 쓴웃음에 예당겸의 표정이 심각하게 어두워졌다.

"이 싸움, 힘들 것 같지 않소?"

예당겸이 의미를 묻는 시선을 보내자 사마휘가 점점 가까워오는 함성 소리를 잠시 의식하다가 입을 열었다.

"준비를 해야 할 것 같소이다."

"무슨… 말씀이십니까?"

"무슨 의미인지 아시지 않소?"

사마휘와 예당겸의 시선이 허공에서 뒤엉켰다.

"놈들은 틀림없이 무림의 패권을 노리고 있소. 그렇지 않다면 저런 자가 생겨날 일이 없을 터."

사마휘가 잠시 동안 간자를 응시하며 말을 이었다.

"비록 기습과 내부에 잠복하고 있던 간자들로 인해 우리의 전력이 최상이 아니었다고는 하나 천하의 그 어떤 곳도 우리 사도천을 이런 식으로 무너뜨릴 수 있는 곳은 없소. 하지만 놈들은 해냈소이다."

"아직 끝난 것은 아닙니다!"

예당겸이 분노로 덜덜 떨리는 음성으로 소리쳤다.

"끝났소."

사마휘가 단호히 고개를 흔들었다.

그는 예당겸이 발끈하려는 것을 무시하며 말을 이어갔다.

"놈들은 오랜 세월 동안 준비를 했을 것이오. 오늘 보여준 압도적인 힘이 그 증거라 할 수 있을 터. 힘이라는 것이 그토록 쉽게 길러지는 것이 아니라는 것은 대장로도 알 것이오. 한데 놈들은 그 힘을 이용해 마침내 우리 사도천을 공격했소. 놈들이 진정 원하는 것이 무엇인지는 모르나 그 첫 번째 목표가 불행하게도 우리가 되고 말았구려."

 불행이란 말을 할 때 보여준 사마휘의 서글픈 절망감을 느꼈는지 예당겸은 피가 나도록 입술을 깨물며 침묵했다.

 "오늘은 놈들에게 당했소. 아주 철저하게 당했소. 하지만 앞으로는 아니오. 애당초 힘이 부족했음은 변명의 여지가 없었으나 우리가 이토록 쉽게 당한 것은 놈들에 대한 정보가 전무했던 것도 하나의 이유가 될 수 있을 것이오. 뭐, 이제는 그 반대가 되겠지만. 대장로."

 "예, 천주님."

 "앞서 말했듯 싸움은 끝났소. 하나, 우리의 싸움은 끝났지만 사도천의 싸움은 끝난 것이 아니오."

 "……."

 예당겸은 불길한 눈빛으로 사마휘를 응시했다. 마치 그가 무슨 말을 하려는지 알고 있다는 표정이었다.

 그의 예감은 정확히 들어맞았다.

 "장영… 그 아이에겐 제대로 이끌어줄, 힘이 되어줄 어른이 필요하오."

 '역시.'

 예당겸의 얼굴이 딱딱하게 굳었다.

 사도천의 싸움이 끝나지 않았다는 말을 들을 때부터 폐관수련을 떠난 장영의 얼굴이 떠올랐다.

 명목상은 사도천을 이루는 각 문파의 공동전인으로 되어

있지만 사실상 적룡방의 적자라 할 수 있는 후계자.

"한데 그게 왜 제가 되어야 한다는 말씀이십니까? 그건 이 늙은이가 아니라 천주께서 해야 할 일입니다."

예당겸의 말에 사마휘는 천천히 고개를 흔들었다.

"벌써 많은 이들이 이곳에서 목숨을 잃었소. 본 방의 제자들뿐만 아니라 광풍곡과 북명신문, 사혈림의 동지들이 목숨을 잃었소. 한데 그들의 수장을 자처하는 내가 어찌 홀로 목숨을 구걸하겠소. 있을 수 없는 일이오."

"어찌 구걸이라 생각하십니까? 와신상담이라는 말도 있듯이 지금은 우선 목숨을……."

"그만 하시오. 난 이미 뜻을 굳혔소."

"천주!"

"명령이라면 듣겠소?"

"싫습니다. 거부하겠습니다."

예당겸은 단호히 고개를 흔들었다.

"그럼 할 수 없구려. 함께 죽는 수밖에. 후~ 녀석이 홀로 이 짐을 짊어지려면 꽤나 힘들 것이오. 복수는 더욱 요원할 것이고."

고개를 설레설레 흔들며 말을 하는 사마휘는 그들에게 닥친 일을 마치 다른 사람에게 일어난 일처럼 말했다.

"정말 이러실 겁니까, 천주!"

"난 이미 뜻을 굳혔소. 대장로가 내 명을 듣지 않는다면 어쩔 수 없겠지만 내가 놈들을 피해 도망가는 일은 없을 것이오. 아, 참고로 녀석에게 주어야 할 마지막 무공까지 사장되겠구려. 쯧쯧, 이럴 줄 알았으면 진작에 줄 것을 그랬나? 아직은 때가 아니라 생각하여 뒤로 미루고 있었는데."

사마휘가 품에서 조그만 책자 하나를 꺼내 들며 말했다. 그것을 보는 예당겸의 눈동자가 마구 흔들렸다.

사황진경(邪皇眞經).

책자의 이름이었다.

오십 년 전, 수라검문과의 싸움에서 끝까지 사도천을 지켜낸 당시 사도천주이자 역대 적룡방주 중 최고의 무공을 자랑했던 갈현(葛泫)이 남긴 천고의 절학. 엄밀히 말하자면 갈현의 무공이 아니라 약 칠백 년 전, 무림에 거대한 족적을 남긴 사황(邪皇) 종리소(鍾離燒)의 무공이라 할 수 있었다.

갈현은 종리소가 남긴 사황진경을 얻은 덕에 수라검문의 공격에서 사도천을 지킬 수 있었고 사마휘도 철혈사존이라는 명성을 얻었다.

"녀석이 사황이 담긴 두 개의 물건 중 하나인 환혼주의 힘을 제 것으로 만든다고 해도 이것이 없으면 꽤나 힘들 것이오."

사마휘는 더 이상 관심이 없다는 듯 사황진경을 탁자 위에 휙 던져 버렸다.

"선택은 대장로가 하시오. 여기에서 나와 싸우다 죽던지 아니면 어떻게든 살아남아 녀석에게 이것을 전해주고 후일을 기약하든지. 난 더 이상의 명령도 당부도 하지 않겠소."

"천주!"

선택할 여지를 주지 않고 몰아붙이는 사마휘의 말에 예당겸의 얼굴이 처참하게 일그러졌다.

애써 그 얼굴을 무시한 사마휘가 자리에서 벌떡 일어나 태사의를 후려쳤다.

꽝!

태사의가 수십 조각으로 박살이 나며 흩어지고 사마휘가 다시금 발을 구르자 거친 마찰음과 함께 한쪽 바닥이 푹 꺼졌다.

예당겸은 바닥이 꺼지며 나타난 공간과 그 공간으로 이어지는 계단을 보며 나지막한 신음을 내뱉었다. 만일에 대비해 만들어놓은 비상탈출구로 그것에 대해 아는 사람은 오직 천주와 그뿐이기 때문이었다.

"모르긴 몰라도 탈출이 쉽지는 않을 것이오. 그래도 이곳을 이용하면 확률은 더욱 높겠지. 알아서 하시구려. 난 이만 가봐야겠소. 아무래도 날 찾는 손님이 오는 것 같아서 말이오."

사마휘의 말에 예당겸의 몸이 흠칫 떨렸다. 그 역시 점점 다가오는 거대한 기운을 어렴풋이나마 느낄 수 있었다.

예당겸이 아무런 말도 없이, 그저 안타까움과 슬픔, 분노로 점철된 얼굴로 전신을 부르르 떨자 막 걸음을 옮기던 사마휘가 부드러운 표정으로 입을 열었다.

"친구로서, 수하로서 그동안 참으로 고마웠소. 허허, 이쯤 되면 편안히 쉬게 해줘야 하는데 제대로 된 휴식은커녕 오히려 지옥과도 같은 가시밭길을 걷게 만들었구려. 참으로 미안하오. 그래도 어쩌겠소? 믿고 맡길 수 있는 사람이 대장로뿐인 것을. 녀석을 잘 부탁하오."

말을 마친 사마휘는 예당겸의 대답도 듣지 않고 빙글 몸을 돌렸다. 그런 사마휘를 보며 예당겸은 그가 할 수 있는 최대한으로 정중히 예를 갖췄다.

'맡겨… 주십시오.'

평생 동안 충심으로 모신 주군의 죽음 앞에서 눈물 따위는 흐르지 않았다. 그저 눈물 대신 적에 대한 증오를 폐부에 차곡차곡 쌓으며 사마휘가 남긴 사황진경을 품에 조심히 갈무리할 뿐이었다.

"컥!"

상대가 누구인지도 모르고 기세 좋게 달려들던 사내는 자신이 어째서 달려가던 속도보다 훨씬 더 빠르게 뒤로 튕겨져 나가는지, 칠공에서 피를 뿜어내며 쓰러지게 된 것인지 이해를 하지 못했다.

덤벼들던 적을 그저 손짓 한 번으로 날파리 잡듯 날려 버린 사마휘가 자신을 향해 엄청난 기세를 보이며 다가오는 존재를 향해 천천히 걸어갔다.

그를 향해 흑룡일대의 고수들이 달려들고자 하였으나 어떤 신호가 있었는지 갑자기 움직임을 멈추고 물러났다.

그들뿐만 아니라 적룡대의 마지막 생존자들을 거세게 몰아붙이던 이들까지 손속을 멈추면서 치열하게 펼쳐지던 싸움이 일시 소강상태를 맞이했다.

"바, 방주님!"

얼마 되지도 않는 병력으로 필사적으로 대항하고 있던 장로 용상곤이 분루를 뿌리며 다가왔다.

그의 주변으로 고작 십여 명의 생존자가 따라붙었다.

사마휘는 담담한 미소로 그들을 바라보았다.

크게는 사도천에 속해 있었지만 용상곤을 비롯하여 그들 모두는 적룡방의 제자들. 온몸에 크고 작은 부상을 당하면서도 투기를 잃지 않는 그들의 눈동자를 보며 사마휘는 마음이 아팠다.

"고생들 많았네."

"죄, 죄송합니다."

용상곤이 고개를 떨구었다.

"고개를 들게. 이만큼 싸운 것만으로도 자네들은 칭찬을 받아 마땅하네. 적들도 그것을 알 것이야."

아닌 게 아니라 흑룡일대와 이대를 이끌고 지존궁을 공격한 공손추는 생각보다 강력했던 적의 저항에 꽤나 놀라고 있었다. 특히 마지막까지 살아남은 몇몇의 무공과 투지는 실로 감탄을 자아낼 만한 것이었다. 물론 피해는 크지 않았지만 그들 몇을 어쩌지 못해 지존궁의 공략에 있어 예상보다 훨씬 많은 시간을 허비할 수밖에 없었다.

"이제는 내가 맡지. 자네들은 좀 쉬게나."

사마휘가 용상곤의 어깨를 툭 치며 말했다. 그러자 이곳저곳에서 당당한 외침이 터져 나왔다.

"쉴 만큼 쉬었습니다."

"아직 끝나지 않았습니다."

그러나 더 이상의 싸움은 부질없다는 것은 누구나 알고 있었다. 그저 인정하기 싫을 뿐이었다.

사마휘가 피식 웃음을 터뜨렸다.

"그럼 끝까지 가보도록 하지."

* * *

"접니다."

"들어오너라."

옥청풍이 어둠에 잠긴 방 안으로 조심스레 들어왔다.

"찾았느냐?"

가만히 침상에 앉아 있던 노인이 물었다.

"그런 것 같습니다."

순간, 옥청풍은 어둠에서 번뜩이는 노인의 눈동자를 볼 수 있었다.

"그런 것 같다니?"

"이상한 움직임을 감지하기는 했으나 그자들이 어르신께서 찾는 구중… 천인지는 확인하지 못했습니다."

"자세히 말해보거라."

"예. 보고에 따르면 정확히 반 시진 전, 일단의 무리가 은밀히 움직이는 것이 포착됐다고 합니다. 비록 개개인의 연령, 복장이나 행색이 따로따로였지만 그들에게선 어르신께서 말씀하신 대로 뭔가 이질적인 기운이 풍긴다고 했습니다. 특히 은연중에 드러나는 실력은 모르긴 몰라도 대정련이나 수라검문을 능가하는 느낌이라고 하더군요."

노인에게서 아무런 반응이 없자 옥청풍이 한마디를 덧붙였다.

"느낌 하나에 생사가 오락가락하는 녀석들의 말인만큼 비교적 정확할 것입니다."

"인원은?"

"흩어져서 움직이는 통에 정확히 파악하기는 힘들어도 대략 백오십은 될 것 같다고 합니다."

"백오십이라……."

노인의 눈이 살짝 찌푸려졌다.

대붕금시의 일이 그의 예상대로 구중천이 벌인 일이라고 가정했을 때 백오십의 인원은 너무 적었다. 당장 복우산에 집결한 군웅들만 해도 사오천은 되는 터. 개개인의 실력이 아무리 뛰어나도 터무니없는 숫자였다.
 '일부겠군.'
 노인이 침상에서 일어났다.
 어쨌건 일부이긴 해도 구중천의 꼬리는 포착한 것이고 몸통은 꼬리를 잡고 나면 자연적으로 드러날 것이었다.
 "어느 쪽으로 움직인다더냐?"
 "계속 움직이는 터라 정확히 말씀드릴 수는 없으나 노군봉 북쪽 계곡으로 이동 중이라 했습니다."
 "북쪽이라……."

                    *   *   *

 "크으으으."
 묵직한 비명 소리와 함께 사마휘의 신형이 마구 흔들렸다.
 쿵쿵쿵.
 걸음을 옮길 때마다 다섯 치 깊이의 발자국이 뚜렷이 새겨졌다.
 "허허허!"
 정확히 아홉 걸음을 물러난 뒤에야 겨우 중심을 잡은 사마휘는 자신의 호신강기를 뚫고 들어와 박힌 공작우(孔雀羽)를 보며 어이없는 웃음을 흘렸다.

자신이 익히고 있는 호신강기는 사황진경 상편에 적힌 무공으로, 비록 완벽하게 익히지는 못했다 하더라도 웬만한 무기나 장력, 암기 따위론 결코 뚫을 수 없을 정도로 막강했다.

한데 뚫렸다.

방금 전까지만 하더라도 무수한 암기를 모조리 튕겨내 버린 호신강기가 너무도 쉽게 뚫리고 만 것이다. 물론 좌우에서 밀려드는 합공을 감당하느라 신경이 조금 분산되었음을 감안하더라도 도저히 이해할 수 없는 노릇이었다. 게다가 그 호신강기를 뚫고 들어온 암기가 고작 깃털에 불과한 것이었으니.

"대체 이것이 무엇이기……."

자신의 가슴에 박힌 깃털을 뽑아 들던 사마휘는 깃털의 중심을 관통하는 뼈대를 보고 표정이 굳었다. 아니, 정확히 말하면 뼈대를 이루고 있는 옥, 오직 곤륜산에서만 난다는 전설의 곤옥(崑玉)을 보면서 놀란 것이다.

동시에 한줄기 글귀가 떠올랐다.

'공작비시산혈(孔雀飛屍山血).'

사마휘가 거친 호흡을 내뱉으며 자신을 노려보는 노인과 손에 든 공작우를 번갈아 바라보다 탄식하듯 말했다.

"그렇군. 당가의 가주를 제외하고 천하에 그대와 같이 암기를 자유자재로 다룰 수 있는 인물이 몇이나 될까? 진작 알았어야 하거늘."

비록 자신에게 별다른 해를 입히진 못했고, 그렇다고 자신이 절대적인 우위를 가진 것도 아니었지만 공격을 당할 때마다 가슴 한 켠이 서늘해지는 위험을 느낄 정도로 뛰어난 암기술을 지닌 고수는 결코 많지 않았다. 거기에 더해 곤옥으로 만들어진 공작우를 암기로 사용하여 호신강기를 뚫어버릴 수 있는 인물은 기억하건대 오직 한 사람뿐이었다.

"암존 독청응. 당신인가?"

사마휘의 물음에 독청응이 고개를 끄덕였다. 한데 순순히 시인을 하는 독청응의 안색은 가히 좋지 않았다.

이유는 간단했다.

처음, 그는 동생들과 합공을 하라는 구중천주의 당부를 무시하고 홀로 사마휘를 상대했다.

암존이라는 별호답게 독청응은 실로 보기 힘든 암기술로 사마휘를 몰아붙였다.

그의 손에 들린 모든 것이 치명적인 암기로 변했다.

길바닥에 굴러다니는 자그마한 돌부터 시작하여 누렇게 말라붙은 나뭇잎, 힘겹게 고개를 쳐들고 있는 잡초까지도 그의 손에 잡히면 그 어떤 신병이기보다 강력한 위력을 뽐냈다.

그럼에도 그는 우위를 잡지 못했다.

한참 동안이나 공격을 퍼부었음에도 단 하나의 암기도 사마휘에게 피해를 줄 수는 없었다. 그가 뿌린 모든 암기가 사마휘가 휘두르는 검에 먼지로 화하거나 전신을 보호하는 호신강기에 튕겨져 버린 것이다.

설상가상으로 독청응은 상대의 역공으로 만만치 않은 부상을 당하고 말았다.

왼손이 찢어지고 오장육부가 상했다.

무슨 일이 있어도 끼어들지 말라고 엄명을 내린 두 동생이 때마침 도와주지 않았으면 어쩌면 목숨이 위태로울 수도 있었다.

솔직히 처음부터 공작우를 사용했더라면 그 정도까지 밀리지는 않았을 것이나 어쨌건 자신만만했던 처음과는 달리 동생들의 합공으로 간신히 위기를 넘긴 독청응은 그가 자신을 알아보는 것을 그다지 달가워하지 않았다.

한마디로 창피한 것이었다.

"무림오존은 검존 순우관을 제외하고 모두 홀로 강호를 주유하는 것으로 알고 있었는데, 암존 그대를 보니 헛소문에 불과했군."

"……."

독청은 별로 대꾸하고 싶은 마음이 없는 듯 침묵을 지켰다.

무림오존 중 창존과 도존 역시 구중천에 속한다는 것을 말해줄까 잠시 생각도 했었으나 그럴 이유가 없었다.
"어쨌거나 놀랍군. 무림오존 정도 되는 인물을 마음대로 부릴 수 있는 곳이 있다니. 그대가 속한 곳이 어딘가?"
"……"
"승리를 자신하지 못하는 건가?"
"……"
"이쯤 되면 당신들의 정체쯤이야 알려줘도 되지 않겠나? 천하의 사도천을 이리 만든 그 막강한 힘의 실체를 말이야."
사마휘가 주변을 쓸어보며 말했다.
이미 용상곤과 그의 수하들은 싸늘한 시신으로 변한 지 오래였다.
"구중천."
독청웅이 처음으로 입을 열었다.
"구중… 천?"
사마휘의 눈썹이 꿈틀댔다. 들어본 적이 없는 이름이었다.
"후~ 구중천이라… 대정련이나 수라검문도 고생깨나 하겠군. 이런 압도적인 힘을 지닌 신흥문파라……"
순간, 독청웅의 입꼬리가 살짝 치켜올라 갔다.
"신흥문파라 생각하는가?"
"무슨 뜻이지?"
"구중천은 수라검문이나 사도천 따위와 비교당할 곳이 아니란 말이다."

"하면 네놈들은……."

사마휘의 말은 더 이상 이어지지 않았다. 좌우에서 그를 포위하고 있던 독염(獨焰)과 독전(獨電)이 서서히 그를 압박해 들어왔기 때문이었다.

독청웅도 그들의 움직임을 제지하지 않았다.

인정하기 싫지만 사마휘의 수준은 자신보다 위였고 원했건 원하지 않았건 이미 합공을 하고 말았다. 기왕 합공을 한 이상 빨리 싸움을 끝내고 싶은 마음뿐이었다.

독청웅의 손에 어느샌가 서른아홉 개의 공작우가 들려 있었다.

사마휘의 표정이 더없이 진중해졌다.

한 번 뿌려지면 천하를 피에 잠기게 만든다는 최고의 암기 앞에서 여유란 있을 수 없는 것이다.

게다가 좌우에서 전해지는 기세 또한 장난이 아니었다.

좌측에선 독염이 지옥마저 태워 버릴 정도로 무시무시한 불꽃을 뿜어내고 있었고 우측에서 한 자루 검을 곧추세우고 있는 독전은 그 스스로가 검으로 화해 사마휘의 목숨을 취하려 했다.

시간을 끌지 않겠다는 듯 그들 모두 일격필살의 기운이었다.

사마휘 역시 싸움을 오래 끌 생각은 없었다. 아니, 오래 끌고 싶어도 그럴 수가 없었다.

공작우의 위력은 단지 호신강기라도 무용지물로 만드는 것에 그치는 것이 아니었다. 공작우의 뼈대가 되는 곤옥은 단순한 곤옥이 아니라 무려 칠 년 동안이나 절독(絶毒)에 담가놓은 것으로, 일반인은 스치기만 해도 그 즉시 절명할 정도로 무시무시한 독을 품고 있었다.

독은 이미 심장까지 침투한 상태였다.

필사적으로 억제를 하고는 있어도 시간이 얼마 남지 않았다는 것을 사마휘는 너무도 잘 알고 있었다.

"타핫!"

가장 먼저 움직인 사람은 독염이었다.

우우우웅!

독염의 손에서 피어오른 불길이 공기를 녹이며 밀려들었다.

단지 모습을 드러낸 것만으로도 그 열기에 숨이 턱턱 막히고 살이 타 들어가는 느낌이었다.

사마휘가 황급히 검을 세웠다.

검에서 마치 안개와도 같은 핏빛 기운이 흘러나와 그의 전신을 감싸는 것과 동시에 독염이 발출한 불길이 혈무 속으로 사라지는 사마휘의 몸을 강타했다.

쾅!

거대한 폭음과 함께 혈무가 살짝 흔들렸다.

혈풍(血風)의 전조(前兆)

하나, 그뿐이었다.

그토록 무시무시했던 열기는 사막의 신기루처럼 흔적도 없이 사라지고 대신 엄청난 반탄력이 독염에게 흘러들었다.

"무, 무슨 놈의 호신강기가!"

무려 열 걸음이나 뒤로 물러나고서야 그 힘을 흘려보낸 독염이 황당하다는 듯 소리쳤다.

놀란 것은 독염뿐만이 아니었다.

독염이 사마휘를 공격하는 것과 같이하여 독전 역시 그 혈무 속으로 검을 뻗었다.

실로 눈부신 쾌검.

움직이는가 싶은 순간 그의 검은 어느새 혈무 속으로 파고들어 사마휘의 심장을 노렸다.

독전은 사마휘의 죽음을 확신했다.

알고도 당할 정도도 빠른 검을 지녔다고 자부하는 바, 염화지력에 정신을 빼앗긴 사마휘의 목숨을 취하지 못하는 것은 있을 수 없는 일이었다.

한데 실로 말도 안 되는 일이 일어났다.

검에서 뿜어진 기운으로 염화지력을 튕겨낸 사마휘가 살짝 몸을 틀어 심장을 파고드는 검날을 겨드랑이 사이에 끼워 버리더니 왼손으로 장력을 발출함과 동시에 몸을 빙글 돌리자 겨드랑이에 낀 검은 너무도 쉽게 부러지고 말았다.

독전은 생각지도 못한 상황에 괴성을 지르며 부러진 검을 회수하고 황급히 몸을 틀었다.

퍽!

그의 어깨 위로 사마휘가 날린 한줄기 장력이 스치며 지나갔다.

우선은 급한 대로 공격을 피했다고 여긴 독전이 재차 반격을 하려는 찰나 엄청난 고통이 머리끝에서 발끝까지 관통하며 지나갔다.

"이런 개 같은……."

경악에 찬 독전의 눈이 고통의 근원이라 할 수 있는 자신의 아랫배로 향했다.

거기엔 언제 와서 박혔는지 부러진 검날 하나가 아랫배를 관통하고 있었다.

그 검날이 방금 전, 겨드랑이에 끼어서 부러진 자신의 검날이라는 것을 알아본 독전이 어처구니없는 표정을 지을 때 독염이 깜짝 놀라며 달려왔다.

"아우!"

"고, 공격을!"

독전이 오만상을 찌푸리며 사마휘를 공격하는 독청웅과 합공을 하라는 손짓을 보냈다.

독청웅의 공작우가 춤을 추기 시작한 것은 독전의 검이 사마휘의 겨드랑이에 끼는 순간이었다.

만약 그의 움직임이 조금만 늦었어도, 손을 떠난 공작우가 사마휘의 목덜미를 스치고 지나가지 못했다면 단지 아랫배에 검날이 박히는 것으로 끝나지 않았을 것이다.

'과연 암존이군.'

사마휘는 자신의 전신 요혈을 노리며 짓쳐드는 공작우를 보며 한순간도 긴장의 끈을 놓칠 수가 없었다.

공작우의 움직임이 참으로 묘한 것이, 좌우로 살랑거리며 떨어지는 깃털처럼 흐느적거리다가도 어느 순간엔 섬전과도 같은 속도로 날아들며 위협을 가했다.

보통의 암기라면 그저 호신강기를 일으켜 막아내면 그만이겠지만 공작우에겐 그마저 소용이 없었다.

사마휘는 꿈틀대며 날아드는 공작우를 일일이 검으로 쳐내거나 피할 수밖에 없었다. 문제는 그렇게 떨어뜨린 공작우가 몇 개 되지 않는다는 것이었다.

공작우는 마치 살아 있는 생명마냥 마음껏 허공을 유영하며 천하를 삼분하는 사도천 천주의 무시무시한 검을 조롱했다.

그렇다고 사마휘가 일방적으로 밀리는 것은 아니었다.

공작우가 생명이 깃든 것처럼 보이는 것은 그것들 하나하나에 독청웅의 기가 담긴 것으로써 사마휘의 칼에 부딪쳐 튕겨 나가거나 파괴되는 순간, 그 역시 상당한 타격을 받고 있었다. 또한 기로써 암기를 조종한다는 것이 말이 쉬운 것이지 사마휘 정도의 고수와 싸우면서 수십 개의 암기를 조종한다는 것은 천하의 암존이라도 무리가 있어 독청응이 위기에 처할 때마다 이어지는 독염의 적절한 협공이 없었다면 어쩌면 싸움은 벌써 끝났을 수도 있는 일이었다.

"으음."

검신을 녹일 듯 타오르던 불길이 순식간에 사그러들었지만 그 열기까지 없어진 것은 아니었다.

사마휘가 고통의 신음을 흘리며 열기에 대항할 수 있는 빙한지공(氷寒之功)을 일으켜 그 기운을 검에 흘려보냈다.

그가 익힌 빙한지공의 위력은 한여름에도 흐르는 물을 얼려 버릴 정도로 엄청난 것이었지만 지금은 고작 상대가 일으킨 열기를 제거할 수 있을 뿐이었다. 그만큼 독염의 염화지력은 무시무시한 위력을 지니고 있었다.

처음, 호신강기로 독염이 일으킨 불길을 간단히 막아냈던 사마휘는 시간이 가면 갈수록 거세어지고 이제는 그 호신강기마저 녹여 버릴 듯 무섭게 타오르는 불길을 보며 고개를 흔들었다. 지금껏 보도 듣도 못한 염화지공에 기가 질린 것이었다.

'현음한빙공(玄陰寒氷功)에 견줄 만한 염화지공이라니… 대체 저만한 염화지공(炎火之功)이 있었던가?'

결코 있을 수 없었다.

비록 완벽하게 익힌 것은 아니지만 사황이 남긴 현음한빙공은 천하제일빙공이라 해도 과언이 아닐 정도로 극강의 위력을 지녔다.

그런데도 밀렸다.

그것도 자신이 일으킨 불길도 제대로 수습하지 못하는 수준의 인물에게. 실로 미칠 일이었다.

바로 그때였다.

한줄기 섬전이 그의 머리를 치고 지나갔다.

혼미했던 머릿속이 환해지는 느낌과 더불어 한 가지 무공이 떠올랐다.

'있다!'

과거엔 존재했지만 이제는 사라지고 없는 무공. 아울러 세상에 다시 드러나서는 안 되는 무공.

"서, 설마!"

있을 수 없는 일이었다. 아니, 있어서는 안 되는 일이었다.

고개를 흔드는 사마휘의 안색이 창백해졌다.

하지만 손에서 일던 불길이 어느새 전신으로 번져 활활 타올라 하나의 거대한 불길로 화한 독염의 모습은 그것 이외에는 설명이 되지 않았다.

"마… 화분혼공(魔火焚魂功)?"

사마휘가 경악에 찬 얼굴로 외치자 인정이라도 하듯 불길이 더욱 거세게 타올랐다.

"마화분혼공이 맞구나!"

사마휘의 외침에 독청웅이 비릿하게 웃음 지었다.

"그래도 안목은 있군. 설마하니 마화분혼공을 알아볼 줄이야. 방금 전 말하지 않았느냐. 구중천은 수라검문이나 사도천 따위와 비교당할 곳이 아니라고 말이다."

"거짓말! 구중천이 아니다. 네, 네놈들은……."

사마휘는 차마 말을 잇지 못했다.

"구중천이 아니라면 뭐란 말이지?"

독청웅이 재밌다는 듯 그의 말을 기다렸다.

"암.흑.마.교. 맞느냐?"

사마휘는 대답을 하면서도 제발 아니기를 빌었다. 그러나 독청웅은 짧고 간단히 그의 바람을 짓밟았다.

"알면 됐다."

이미 대답을 알고 있으면서도 막상 오백 년 전에 사라졌던 암흑마교의 재림을 접하게 된 사마휘는 크게 흔들지 않을 수가 없었다.

근래 들어 사도천이 위세가 커지고 막강한 힘을 지녔다고는 하더라도 감히 암흑마교와 비할 수는 없었다.

과거 암흑마교가 홀로 전 무림을 상대하면서도 압도적인 힘을 발휘했다는 것을 생각하면 애당초 비교 자체가 우스운 것이었다.

"본 교··· 구중천이 무림에 모습을 드러내면서 첫 번째로 선택한 곳이 사도천이었다. 그만큼 인정한 것이니 너무 억울

해하지 말아라."

 독청웅은 전혀 위로가 되지 않을 말을 하면서 두 동생에게 신호를 보냈다.

 불길에 휩싸인 독염은 이미 준비를 마쳤고 첫 번째 공격에서 큰 부상을 당한 독전도 몸을 추스르고 독기를 뿜어내고 있었다.

 "네놈을 상대하면서 우리 형제에게 합공의 명이 떨어졌을 때 솔직히 수치스러웠다. 나 혼자 충분히 상대할 수 있을 것이라 자신했지. 하지만 어째서 그 같은 명이 내려왔는지 이제는 이해가 간다. 네놈은 강했다. 우리가 합공을 해야 할 만큼 충분히."

 "후~ 영광이라 해야 하나."

 "아니, 당연한 것이다. 설마하니 사황의 무공이 다시 세상에 나올 줄은 몰랐다."

 사마휘는 독청웅의 말에 살짝 놀랐으나 곧 너털웃음을 터뜨렸다.

 "오백 년 전에 사라진 암흑마교가 부활을 했거늘 사황의 무공이라고 왜 다시 부활하지 못할까. 하나, 한 가지는 알아두도록. 내가 사황의 진전을 잇기는 했으나 진정한 후계자라고는 할 수 없다."

 "무슨 뜻이냐?"

 "보게 될 것이란 말이다, 진정한 사황의 후계자를. 그리고 사도천의 후계자를 말이다."

"탐랑성? 팔룡 어쩌구 하는 아이 말이냐? 좋아, 그 녀석이 얼마나 클지 기대하지. 물론 볼 수는 없겠지만."

그 말을 끝으로 아직 날개가 꺾이지 않은 스물세 개의 공작우가 허공으로 비상을 하고 세상 그 어떤 불꽃보다 강력한 불길이 사마휘를 향해 서서히 움직였으며 독전의 검 또한 접근을 했다.

공작우에 묻은 독에 의해 오장육부는 물론이고 심장까지 중독되어 제대로 내공을 운용하지 못한 사마휘는 사황진경 하편에 적힌, 목숨을 버릴 각오가 아니면 절대로 일으키지 말라는 경고 문구까지 적혀 있던 역천혈류공(逆天血流功)을 운기하기 시작했다. 그러자 금방이라도 쓰러질 것 같았던 사마휘의 전신에서 뭐라 표현하기 힘든 기세가 끓어오르더니 눈에선 감히 마주하기 벅찬 혈광까지 뿜어져 나왔다.

[조심해라. 사황의 무공이다.]

독청웅이 긴장된 어조로 경고를 보냈다.

오백 년 전에 무림을 제패했던 암흑마교가 그들보다 먼저 무림을 휩쓴 사황의 무공을 연구하는 것은 당연했고 그 기록은 지금까지 남아 있었다. 어쩌면 현 무림에서 사황의 무공에 대해 가장 잘 알고 있는 이들이 바로 암흑마교의 인물들이라 할 수 있었다.

"사황이고 나발이고 모조리 태워주마!"

독염의 광기 어린 외침과 함께 거대한 불길이 사마휘를 덮쳐 갔다.

 피리리릿!

 허공을 유영하던 공작우가 그 어떤 때보다 날카로운 파공성을 내며 사마휘의 전신 요혈을 노리며 날아갔다.

 불꽃의 힘을 등에 업고 비상하는 공작우는 마치 커다란 공작이 날개를 활짝 펴고 비상하는 모습으로 착각하게 할 정도였다.

 휘류류류류.

 거대한 불꽃이 회오리가 되어 사마휘를 휘감았다.

 순식간에 그의 모발이 타고, 의복까지 타올랐다.

 그러나 두 눈을 부릅뜨고 역천혈류공을 운기하는 사마휘는 미동조차 하지 않았다.

 마침내, 공작의 머리라 할 수 있는, 가장 앞장서 그를 향했던 공작우가 우아한 궤적을 그리며 그의 미간을 꿰뚫으려는 순간, 사마휘의 칼이 움직였다.

 사령단섬폭(邪靈斷閃爆).

 사황 종리소가 남긴 최강의 절초.

 비록 그 성취가 팔성에 불과했지만 위력만큼은 하늘을 가르고도 남음이 있었다.

 퍽!

 사령단섬폭이 일으킨 기세만으로도 사마휘의 미간을 노리

던 공작우가 흔적도 없이 사라지고 말았다.

깃털이야 그렇다 쳐도 숙련된 대장장이가 사흘은 매달려야 형태가 변한다는 곤옥마저 한 줌 먼지로 만들 정도로 무시무시한 기세.

사마휘가 한 걸음 내딛으며 칼을 움직였다.

가히 천 근의 힘이 담긴 발에 사도천의 자존심을 걸고, 무겁게 움직이는 칼에 목숨을 담았다.

사황의 무공에 사마휘의 의지가 실린 힘은 실로 엄청났다.

그를 향하던 불길이 미친 듯이 흔들리고 공작우가 퍽퍽 날아가 떨어졌다.

독청응의 안색이 확 바뀐 것은 절반에 달하는 공작우가 흔적도 없이 사라지고 독염이 일으킨 불길이 눈에 띄게 약해졌을 때였다.

'목숨을 걸지 않으면 진다.'

합공을 하고도 패할 수 있다는 엄청난 위기감이 전신을 휘감고 그의 위기감이 형제들에게도 전해졌을 때, 독청응과 그의 형제들은 본원진기가 훼손당하는 것을 각오하면서 다시금 공격을 가했다.

폭발하듯 주변을 휩쓰는 도세에 막혀 흔적도 없이 사라지던 공작우가 서서히 제 움직임을 찾고 사그라들었던 불길도 재차 타올랐다. 사마휘와 마찬가지로 자신의 목숨을 걸고 검과 하나가 되어 허공으로 뛰어오른 독전이 마치 지상에 내리

꽂히는 뇌전처럼 검을 앞세워 사마휘의 정수리를 향해 짓쳐 들었다.

그 순간, 사마휘는 무표정한 표정으로 칼을 휘둘렀다.

눈에 일던 혈광은 어느새 사라졌다.

생기가 느껴지지 않는 텅 빈 눈동자.

하나, 칼에 실린 힘마저 사라진 것은 아니었다.

힘이 허공에서 부딪쳤을 때, 견딜 수 있는 것은 아무것도 없었다.

쿠쿠쿠쿵!

파파파팍!

엄청난 충격파가 사방을 강타하기 시작했다.

구중천을 막다가 산화한 적룡방 무인들의 시신이 갈가리 찢겨 나가고 병장기가 하나의 암기가 되어 폭사되었다.

전각들을 불태우던 불길이 순식간에 사그라들었고 그 거센 불길에도 굳건히 버티던 기둥들이 일제히 쓰러졌다.

"……."

그 엄청난 광경에 입을 여는 사람은 아무도 없었다. 그저 자신들이 표현할 수 있는 최대한의 경이로움을 담아 결말을 지켜볼 뿐이었다.

"크으으."

충돌의 충격파가 가라앉고 가장 먼저 신음을 내뱉은 사람은 독염이었다.

마치 육간에 걸린 고기처럼 전신을 피로 물들인 독염은 땅바닥을 기다시피 하며 미친 듯이 피를 토해냈다.

붉은 피가 아니었다.

치명적인 내상을 당했는지 그가 토해내는 피는 붉다 못해 검을 지경이었다.

다음은 허공에서 사마휘의 정수리를 노렸던 독전이었다.

원했던 공격을 성공시키진 못했지만 사마휘의 어깨를 끊어버리는 데에 성공한 독전은 흔적도 없이 사라진 검의 손잡이를 잡고 공포에 질린 눈으로 전신을 부르르 떨며 털썩 주저앉았다.

겉으로 보기엔 독염보다 상태가 나아 보였지만 사마휘가 일으킨 도기에 팔다리의 심줄이 모조리 잘려 나가 다시는 검을 들 수 없는 폐인이 돼버렸다.

그나마 가장 양호한 사람은 사마휘의 몸에 끝내 아홉 개의 공작우를 격중시킨 독청웅이었다.

백지장보다 더 하얗게 질린 얼굴, 입가에 흐르는 핏줄기가 그 역시 가볍지 않은 부상을 당했음을 말해주고 있었으나 사마휘가 일으킨 기세의 대부분을 독염이 감당해 준 덕에 치명적인 부상을 면할 수가 있었다.

독청웅의 시선이 불길에 휩싸여 활활 타오르고 있는 사마휘의 시신을 향했다.

사도천의 천주이자 사황의 후계자로서 최후의 자존심을

지켜낸 사마휘는 한 점 후회도 남기지 않고 사도천의 무수한 전각들과 함께 서서히 재로 변해가고 있었다.
 "음."
 한 줌 재로 변해가는 사마휘를 바라보는 독청웅의 눈엔 승자의 기쁨이나 자부심 따위는 존재하지 않았다.

第三十四章
신위(神威)

"……."

노인의 시선이 자신에게 향하자 옥청풍이 멋쩍은 미소를 지으며 말했다.

"저도 돕겠습니다."

그런 옥청풍을 물끄러미 바라보던 노인의 입꼬리가 살짝 올라갔다.

"되었다. 지금까지로도 충분해."

"하지만 놈들의 숫자가……."

"그만."

노인이 말을 끊었다.

"네가 도와줘야 할 만큼 노부는 약하지 않다. 상대가 얼마가 되었든 결과는 변하지 않는다."

어찌 보면 참으로 광오한 말일 수 있었다. 하지만 옥청풍은 감히 부정할 수 없었다. 노인은 그런 말을 할 자격이 충분했으니까.

옥청풍은 더 이상 토를 달지 않고 머리를 조아렸다.

"물러가 있겠습니다."

말이 끝나자마자 연기처럼 사라지는 옥청풍의 신형.

실로 무림 최고의 대도라는 말이 무색하지 않을 신묘한 움직임이었다.

"쓸데없는……."

노인은 물러난 옥청풍이 얼마 떨어지지 않은 숲에 은신하는 것을 느끼며 혀를 찼다. 여차하면 자신을 돕겠다는 생각이기에 나름 기특한 마음이 들기는 했으나 상대가 구중천이라면 옥청풍의 무위로는 도움은커녕 번거롭기만 할 것이 틀림없었다.

저 멀리 동녘하늘에서 여명이 밝아오고 있었다.

노인은 뒷짐을 지고 여명의 불빛에 몸을 싣고 은밀히 이동하는 일단의 무리를 바라보고 있었다.

숫자는 어림잡아 삼십여 명.

옥청풍이 파악한 숫자보다 상당히 적기는 했으나 몇몇이 따로따로 움직였다고 하니 시간이 지나면 나머지 인원 역시 무리에 합류할 터였다.

'오는군.'

노인은 일체의 기척을 숨기고, 그러면서도 꽤나 빠르게 이동하는 그들을 바라보며 서늘한 웃음을 지었다.

그것도 잠시, 웃음이 지워진 노인의 얼굴엔 뼈를 깎을 듯한 냉기가 깔려 있었다.

노인을 향해 움직이던 무리, 정확히 말해 흑천일대가 부대주 상천문(尙穿雯)의 손짓에 일제히 걸음을 멈추었다.

"누구냐?"

상천문이 물었다.

상당히 경계를 하는 듯 나직한 음성은 꽤나 신중했다.

어둠이 걷히기도 전, 깊은 산속 인적없는 곳에 홀로 서 있는 노인의 모습이라면 충분히 조심할 만했다.

노인은 아무런 대답도 없이 상천문을 응시했다.

노인의 서늘한 눈빛을 접한 상천문이 흠칫 몸을 떨었다.

'뭔 놈의 눈빛이······.'

살기를 띤 눈빛도 아니었고 화를 내는 눈빛도 아니었다.

그저 무심히 바라보는 눈빛이었다.

한데도 그 눈빛에 자신의 모든 것이 발가벗겨진 듯한 느낌을 받았다.

아무리 기억을 더듬어봐도 지금껏 그러한 눈빛을 가진 사람을 본 적이 없었다.

지금 모시고 있는 적혈신마의 눈빛도 매서웠지만 느낌 자체가 달랐다.

상천문은 숨이 막힐 듯한 긴장감에 자신도 모르게 침을 꿀꺽 삼켰다.

한데 바짝 긴장한 그와는 달리 그의 수하들은 별다른 느낌이 없는 듯했다.

"해치웁니까?"

한 수하가 물었다.

힐끗 그를 바라보던 상천문이 살짝 고개를 끄덕였다.

노인이 누구인지도 몰랐고 또 그의 입에서 별다른 얘기를 듣지 못했지만 이렇듯 홀연히 나타나 길을 막았다는 것 자체가 적이라는 말이었다. 어차피 지나가야 하는 길인 데다가 노인의 실력을 알아보는 것도 나쁘지는 않았다. 물론 마음속으로 자신의 예감이 빗나가기를 빌고는 있었지만.

"이름 정도는 남기게 해줄 아량은 있다."

상천문의 허락을 받은 사내가 허연 이를 드러내며 으르렁거렸다.

"……."

노인에게서 아무런 반응이 없자 그렇잖아도 째진 눈이 아예 보이지 않을 정도였다.

"그냥 죽여달라는 말이로군."

사내는 살기 띤 눈으로 노인을 바라보다 몸을 움직였다.

단 두 걸음 만에 노인에게 육박하는 사내를 보며 동료들이 격려의 환호성을 내질렀다.

 그 환호성이 경악성으로 바뀌는 것은 실로 순식간이었다.

 퍽!

 매달아놓은 고깃덩이를 패는 듯한 둔탁한 소리와 함께 노인을 향해 달려갔던 사내가 그 자리에 주저앉았다.

 비명은 없었다.

 사내가 절명하는 것과 동시에 흑천일대는 누가 시킨 것도 아닌데 저마다 한 발씩 뒤로 물러났다. 그리곤 침묵으로 노인을, 그리고 상천문을 바라보았다.

 상천문은 무릎을 꿇은 채 머리를 땅에 처박고 절명한 수하를 보며 오만상을 찌푸렸다. 빗나가길 바랐던 불길한 예감은 어김없이 들어맞고 말았다. 문제는 노인의 실력이었다.

 '대체 어떻게 된 것이지?'

 상천문은 자신의 수하가 어찌 쓰러졌는지 보지 못했다. 분명 뭔가가 있을 것이라 여겨 두 눈을 부릅뜨고 노인의 움직임을 살폈으나 제대로 파악을 할 수가 없었다.

 '엄청난 고수가 틀림은 없는데······.'

 도저히 노인의 실력이 가늠되지 않았다.

 낭패였다.

 현재 그가 이끌고 있는 선발대의 숫자는 정확히 삼십일 명. 그다지 많은 수라고 할 수는 없었지만 그래도 웬만한 문파 하나쯤은 간단히 지워 버릴 자신이 있었다. 그러나 이상하게도 눈앞의 노인에게는 자신이 없었다.

이미 가장 후미에 있던 수하로 하여금 대주가 이끄는 후발대로 내달리게 한 터. 다소 거리가 있기는 해도 전력으로 움직이면 반 각 안에 도착할 수 있다는 것이 그나마 위안이라면 위안이었다.

'반 각, 반 각이면 된다.'

상천문이 긴장감을 참지 못해 입에 고인 침을 꼴깍 삼킬 즈음 침묵을 지키던 노인의 입이 열렸다.

한데 그 한마디가 더욱 놀라웠다.

"구중천. 맞느냐?"

노인의 물음에 상천문은 기절할 듯 놀랐다. 당금 무림에 구중천이란 이름을 언급하는 사람이 있을 줄은 꿈에도 몰랐던 것이다.

"맞느냐고 물었다."

어느새 노인의 몸에선 엄청난 기운이 뿜어져 나오기 시작했다. 상천문을 비롯하여 선발대는 숨이 콱콱 막히는 압박감을 느껴야만 했다.

"그, 그걸 어찌… 너, 너는 누구냐?"

어차피 확인차 물어봤을 뿐이었다.

노인은 대답 대신 입가에 엷은 미소를 지었다.

그 웃음이 우호적이라 생각할 바보는 아무도 없었다.

저마다 무기를 곧추세우는 선발대를 보면서 노인의 입가에 걸린 미소가 조용히 사라져 갔다.

순간, 상천문은 전신을 엄습하는 엄청난 위기감에 몸서리를 치며 소리쳤다.

"공격하랏!"

명이 떨어지자 살기를 풀풀 풍기고 있던 선발대가 일제히 공격을 감행했다.

그들은 조금 전, 아무것도 해보지 못하고 절명한 동료의 모습을 상기하며 공격에 신중을 기했다.

상대가 엄청난 고수라는 것은 몸이 이미 느끼고 있었고 나름 두려운 마음도 들었지만 결과를 의심하지는 않았다. 구중천에서도 손꼽히는 무력을 지닌 곳이 흑천전단이었고 상대는 혼자였기 때문이었다.

그것이 얼마나 한심한 생각이었는지를 알게 되는 것은 순식간이었다.

"컥!"

외마디 비명을 지르며 동시에 쓰러지는 세 명의 사내.

그들이 본 것이라고는 뭔가 희뿌연 것이 눈앞을 스치며 지나가는 것뿐이었다.

노인의 손엔 언제 들었는지 칼 한 자루가 들려 있었다.

아마도 가장 먼저 절명한 사내의 무기였으리라.

무기를 들지 않았던 노인도 무서웠지만 무기를 든 노인의 기세는 그야말로 뭐라 표현하기가 힘들 정도로 위압적이었다.

 그렇다고 노인의 몸에서 엄청난 살기가 뿜어져 나온다던가 하는 것은 아니었다. 딱히 뭐라 표현할 수는 없었지만 굳이 비교를 한다면 지금 노인의 모습은 그저 존재하는 것만으로도, 한 번의 포효로 뭇 짐승들을 공포에 떨게 만드는 백수의 제왕과도 같았다.

 하지만 명색이 구중천의 핵심 흑천전단도 얌전한 초식동물은 아니었다. 최소한 흉포한 야성을 지닌 늑대쯤은 되었다.

 동료를 죽인 상대를 그대로 두고 볼 그들이 아니었다. 비록 눈앞의 상대가 도저히 가늠키 힘든 무공을 지닌 고수였다지만 변할 것은 없었다.

 "죽여라!"

 거친 함성을 내지르며 달려드는 적을 보며 냉소를 지은 노인이 칼을 쳐들었다.

 후우우우웅!

 노인이 칼을 드는 순간, 가히 용권풍과도 같은 엄청난 소용돌이가 칼끝에서 일더니 흑천일대 대원들을 향해 쏘아져 나갔다.

 휘류류륭!

 꽈꽈꽈꽝!!!

거대한 화산이라도 폭발하는 듯 천지를 찢어발기는 듯한 굉음이 주변을 강타하고 끔찍한 비명 소리가 난무했다.

실로 범접하기 힘든 거력을 상대하게 된 흑천일대 대원들은 그야말로 필사적으로 대항을 했다.

공격을 해야 한다는 생각은 이미 십 리 밖으로 날아가 버린 지 오래였고 오직 살아남아야 한다는 생각에 다들 온 힘을 다해 버텼다. 하지만 노인이 발출한 엄청난 거력은 그런 대항 자체를 무의미한 것으로 만들어 버렸다.

"으악!"

"크아아아악!"

노인을 공격했던 다섯 명의 인원이 아무런 대항도 하지 못하고 그대로 목숨을 잃었다.

"무, 물러서지 마라! 공격해!"

상천문이 핏발 서린 눈으로 고함을 질렀다.

노인의 시선이 상천문에게 향했다.

향했다고 생각하는 순간 그의 손을 떠난 칼이 상천문을 향해 날아갔다.

쐐애애액!

엄청난 파공성과 함께 대기를 가르며 다가오는 칼의 존재를 확인한 상천문이 기겁을 하며 칼을 휘둘렀다.

명색이 흑천일대의 부대주였다. 나름 고수라 자부한 그의 무공 역시 만만한 것은 아니었으나 노인이 던진 칼은 상천문

정도가 감당할 수 있는 것이 아니었다.
 꽝!
 노인의 칼과 부딪친 상천문의 검은 흔적도 없이 사라졌다.
 "아!"
 상천문은 자신의 검을 산산조각 내고, 그러면서도 조금의 흔들림도 없이 자신에게 돌진하는 칼을 보며 체념의 신음과 함께 모든 것을 포기하고 두 눈을 질끈 감았다.
 "으악!"
 난데없는 비명에 감았던 눈을 뜨는 상천문.
 그의 눈에 자신을 보호하기 위해 몸을 내던진 수하들의 처참한 주검이 들어왔다.
 "으으으."
 상천문의 입술이 부르르 떨리고 이가 딱딱 부딪쳤다.

* * *

 "이, 이건……."
 마조명과 동찬, 원선은 눈앞에 벌어진 괴사에 할 말을 잃었다. 고정항의 죽음으로 이제는 대하사웅이 아니라 대하삼웅으로 변해 버린 그들.
 인간의 욕심은 동료의 죽음에도 불구하고 그들로 하여금 복우산에 남게 만들었다. 그리고 하늘의 보살핌인지 이른 새벽, 노군봉의 한 자락에서 노숙을 하다 추위에 눈을 뜬 그들 앞에 천하를 들끓게 만든 대붕금시의 비밀이 드러나고 있었다.

"차, 찾은 거야? 우리가 정말 찾은 거냐고?"

동찬이 흥분에 겨워 소리쳤다.

"쉿! 조용히 해."

마조명이 그의 입을 틀어막으며 주변을 살폈다. 행여나 다른 이가 알까 봐 두려워하는 눈초리였다.

"그런데 이게 맞을까?"

원선이 갑자기 드러난 동굴을 보며 고개를 갸웃거렸다.

지난밤, 밤바람을 피하기 위해 절벽을 등지고 노숙을 청할 때만 해도 보이지 않던 동굴이었다. 물론 자세히 살펴본 것은 아니었지만 서너 사람이 어깨를 나란히 하고 들어가도 충분할 정도로 큰 동굴을 못 알아볼 리는 없었다.

"그러니까 더 확실하지 않을까?"

"무슨 소리야?"

"이곳에 얼마나 많은 인간들이 득시글거리고 있는지 생각해 봐. 눈에 불을 켜고 돌아다니는 그들이 지금껏 이런 동굴을 못 찾을 리 없어."

원선과 동찬이 이해를 하지 못하겠다는 듯 인상을 찌푸리자 마조명이 답답하다는 듯 빠르게 말을 이었다.

"뭔가에 의해 보호되고 있었다는 말이야. 아무도 찾지 못하도록. 한데 바로 지금 그 뭔가가 사라졌다는 것이지."

"뭔가라면……."

"정확히는 모르지만 진법이나 뭐, 대충 그런 거 아니겠어? 아무튼 그런 건 상관없어. 중요한 것은 다른 누구도 아닌 우리 눈에 띄었다는 것이니까."

"그, 그렇지."

동찬이 헤벌쭉거리며 웃었다.

막연한 욕심을 가지고 복우산에 오기는 했지만 그들의 실력으론 보물을 얻는다는 것은 불가능한 꿈이나 다름없었다. 그 사실을 뼈저리게 느낀 것이 바로 주막에서 동료를 잃을 때였다.

"자, 이럴 시간 없어. 언제 사람들이 몰려올지 모르니까. 빨리 움직이자."

마조명이 여전히 주변을 둘러보며 다급한 표정을 지었다. 하지만 원선은 조금 걱정스런 얼굴이었다.

"괜… 찮을까?"

"뭐가?"

"아무래도 위험할 것 같아서. 뭐가 있는지도 모르고."

"글쎄. 위험하기는 하겠지. 그렇다고 이대로 보고만 있을 수는 없잖아. 사람들이 몰려들면 아예 기회 자체가 없을 수 있어. 선택은 네가 알아서 해."

"맞아. 이 정도는 모험을 해야지."

동찬이 맞장구를 치며 마조명의 의견을 따르자 잠시 갈등하던 원선도 고개를 끄덕였다.

"알았어. 어차피 이 정도는 각오했던 것이니까."

의견이 모아지자 일행은 그 즉시 어른 팔뚝 굵기의 나뭇가지를 잘라 그 위에 기름에 적신 옷가지를 둘둘 말아 예닐곱 개의 횃불을 만들었다.

얼마나 깊은 동굴인지, 또 얼마나 오랜 시간이 걸릴지 모르는 탐험이었지만 그들이 준비한 것은 횃불과 각자의 물주머니, 그리고 약간의 육포가 전부였다. 다른 것은 생각도 하지 않았다. 그들의 마음은 그만큼 조급했다.

"가자."

마조명이 심호흡을 하며 동굴을 향해 천천히 걸음을 내디뎠다. 동찬과 원선 역시 한껏 긴장된 표정으로 그의 뒤를 따랐다.

활활 타오르는 횃불을 앞세워 어둡던 동굴을 밝히며 조금씩 전진하던 그들. 하지만 어느 순간, 일렁이던 불길이 사라지며 끔찍한 비명이 터져 나왔다.

"훗, 시작됐군."

복우산의 전역에 걸쳐 퍼져 나가는 비명 소리를 들으며 회심의 미소를 짓는 사내가 있었다.

동굴에 진입한 무림인들의 척살을 책임진 흑천전단 단주 마영성이었다.

신위(神威) 143

＊　　＊　　＊

"이럴 수가!"

흑천일대 대주 여몽인(呂夢刃)은 눈앞에 펼쳐진 참상에 할 말을 잃었다.

그가 연락을 받고 현장에 도착하기까지 걸린 시간은 반 각이 채 되지 않았다.

엄청난 고수가 등장했다는 말을 들었고 상황이 좋지 않다는 말도 있었기에 어느 정도 피해가 발생하리라는 것은 예상을 했으나 이 정도일 줄은 꿈에도 몰랐다.

"아무리 그렇다고 해도……."

몰살이었다.

부대주 상천문을 제외한 선발대가 모조리 쓰러졌다.

차가운 대지 위에 무참히 쓰러진 수하들의 모습에 한기마저 들 정도였다.

"대, 대주님."

유일하게 목숨이 붙어 있던 상천문이 피투성이가 된 얼굴로 여몽인을 불렀다.

"어떻게… 된 것이냐?"

여몽인이 십여 장 떨어진 곳에서 뒷짐을 지고 있는 노인에게서 눈을 떼지 못하며 물었다.

거의 기다시피 하여 여몽인의 다리춤을 붙잡은 상천문이 공포에 젖은 눈으로 말했다.

"괴… 괴물."

여몽인은 그의 목숨이 얼마 남지 않았다는 것을 알 수 있었다.

"주… 죽을힘을 다해 싸… 웠으나 상대가… 되지 않았습니다. 너무… 강합니다. 아무도 막을 수 없습니다. 부디… 조심하십시오. 부디……."

상천문은 그 말을 끝으로 고개를 떨궜다.

여몽인은 그의 죽음 앞에서 아무런 말도 하지 못했다. 어느새 노인의 시선이 자신을 향했기 때문이었다.

아무런 말도 움직임도 없었다. 그럼에도 숨이 턱턱 막혀왔다.

필사적으로 내력을 운기한 뒤에야 그 압박감에서 벗어날 수 있었다.

비로소 상천문이 말한 바가 이해가 갔다. 눈앞의 노인은 실로 감당키 힘든 고수였다.

여몽인이 노인과 기싸움을 펼칠 때 적혈신마 등이 장내에 도착했다.

그들 역시 눈앞에 펼쳐진 참상에 경악을 금치 못하며 난데없이 등장한 적을 응시했다.

"서, 설마!"

비명과도 같은 신음을 내뱉은 사람은 적혈신마였다.

그와 같은 반응을 보인다는 것은 한 가지를 의미하는 것.

여몽인을 비롯하여 모든 이들의 시선이 적혈신마에게 쏠렸다.

"아시는 자입니까?"

여몽인이 조심스레 물었다.

노인을 노려보던 적혈신마가 아무런 말도 없자 그와 어깨를 나란히 하고 있던 호법 갈천수(葛舛鬚)가 대신 대꾸를 했다.

"모를 리가 없지."

"누굽니까?"

"소무백."

노인의 이름을 밝혔지만 여몽인이 여전히 의아한 표정을 보이자 한마디를 덧붙였다.

"무명신군이라고도 하지."

툭 던진 말이었지만 여몽인이 받은 충격은 엄청났다.

"무… 명신군!"

여몽인이 자신도 모르게 몸을 휘청거렸다.

비록 대외적으로 활동을 하지 않았다지만 어찌 모르겠는가!

무수히 많은 무림의 강자를 거론함에 있어 가장 앞자리를 차지하는 인물. 천하제일인 무명신군이란 이름을.

"그, 그는 죽었다고……."

"그냥 죽을 인물이 아니지."

무명신군이 죽었다는 정보를 접한 구중천주가 혈면귀를 급파하고 그 혈면귀가 반병신이 되어 돌아왔다는 것을 기억한 갈천수가 쓴웃음을 지으며 고개를 흔들었다.

"대붕금시의 소란으로 예상은 했지만 네놈까지 돌아다니는 것을 보니 구중천이 정말 작심을 한 모양이구나."

무명신군이 적혈신마를 보며 말했다.

"움직일 때가 되었으니 움직인 것이다."

"자신있느냐?"

"물론. 머지않아 무림은 우리 구중천의 발아래에 무릎을 꿇게 될 것이다."

"글쎄. 그럴까? 무림은 그리 만만하지 않아."

"네놈의 방해만 아니었다면 무림제패는 이미 오래전에 끝날 일이었다."

그동안 꽤나 악연이 있었던 듯 적혈신마가 무시무시한 살기를 뿜어내며 말을 이었다.

"죽었다는 소문을 접했을 때 있을 수 없는 일이라고 생각했지. 그리고 언젠가는 다시 만날 것이라 예상도 했고. 하지만 이런 식일 줄은 몰랐다."

"네놈들이 자초한 일이다. 네놈들은 결코 건드리지 말아야 할 녀석을 건드렸어."

"……."

 무명신군의 말이 무슨 뜻인지 이해가 가지 않았지만 바로 지금, 이 자리에서 그를 꺾지 못하면 그토록 심혈을 기울여 계획한 모든 일이 수포로 돌아갈 뿐만 아니라 그를 비롯하여 모든 수하들이 아무렇게나 널브러져 있는 선발대의 꼴이 될 수도 있다는 것만은 확실했다.

 그의 마음이 전해졌는지 갈천수가 그의 애도 사혼(死魂)을 꺼내 들었다.

 끝에서 삼분지 일 정도가 잘려 나간 사혼을 바라보는 갈천수의 눈에서 뭐라 표현하기 힘든 투기가 일렁거렸다.

 적혈신마가 당장에라도 뛰쳐나가려는 그를 제지했다.

 "혼자는 무리야."

 갈천수는 단언하듯 말하는 적혈신마의 말에 이의를 제기할 수가 없었다.

 명색이 무림오존이라 불리는 갈천수.

 도의 끝을 보았다고 해서 도존(刀尊)이라 불리는 그였지만 눈앞의 상대가 얼마나 넘기 힘든 벽인지 그는 너무나 잘 알고 있었다. 비록 상대의 정체를 몰라 얕본 상태라고는 해도 제대로 대항도 해보지 못하고 허망히 패했던 부끄러운 과거의 일이 떠올랐다. 사혼의 끝이 잘려 나간 것도 바로 그때의 일이었다.

 갈천수가 의중을 묻는 시선을 보내자 적혈신마가 입술을

지그시 깨물며 말했다.

"대업을 위해서라도 이번 일은 반드시 성공해야 하네. 그 임무는 그 어떤 것보다 우선시되어야 할 것이야. 자네나 나의 명예 따위는 보잘것없는 것이지. 게다가 혼자선 절대 그를 감당할 수 없어."

갈천수는 그 즉시 적혈신마의 말을 알아들었다. 그가 살짝 고개를 돌려 무명신군을 바라보았다.

적혈신마의 말을 무시하고 당장에라도 달려가고 싶은 마음이 굴뚝같았다. 그러나 부정하기엔 상대는 강해도 너무 강했다. 그저 바라보는 것만으로도 미칠 듯한 중압감이 밀려들었다.

'제길……'

갈천수가 오만상을 찌푸리며 한숨을 내뱉자 적혈신마가 능위소와 여몽인에게 말했다.

"차륜전(車輪戰)을 펼친다."

상대가 아무리 무명신군이라 해도 설마하니 적혈신마 입에서 그와 같은 말이 나올지는 꿈에도 생각하지 않았던 여몽인이 미처 대답을 하지 못할 때 누구보다 경험이 많고 노련했던 능위소는 그 즉시 명을 받았다.

"존명."

대답을 마침과 동시에 여몽인을 따로 부르는 능위소.

둘 사이에 몇 마디 대화가 끝남과 동시에 잔뜩 경계의 눈으로 무명신군을 바라보던 흑천일대 대원들에게 공격의 명이 떨어져 내렸다.

"공격하랏!"

나지막한 그 한마디에 이미 목숨을 잃은 선발대를 제외하고도 무려 백이십에 육박하는 인원이 무명신군을 향해 일제히 내달리기 시작했다.

* * *

"절명했습니다."

소벽하의 고운 아미가 살짝 찌푸려졌다.

사내가 굳이 말을 하지 않아도 동굴 입구에 널브러져 있는 세 구의 시신의 상태를 볼 때 살아 있을 가능성은 전혀 없었다.

어른 팔뚝 길이의 수전(袖箭) 수십 발을 전신에 맞고도 살아 있다는 것이 오히려 이상할 터였다.

"멍청한 놈들. 욕심만 많아서."

강호포가 사내들의 몸에 박힌 수전 하나를 빼어 들며 말했다.

"제법 날카로운데. 독은 없지만 제대로 맞으면 치명적이겠어."

"뭐, 맞지 않으면 상관없다는 말이로군요."

복우산에 오른 수라검문의 병력을 이끌고 있는 화검종이 콧방귀를 뀌며 말했다.

수라검문 사상 가장 어린 나이에 장로 직을 꿰찬 이후, 이제는 어느새 육십 줄에 이르렀지만 그의 얼굴은 여전히 사십 대로 봐도 무방할 만큼 건강해 보였다.

"쯧쯧, 저놈의 쓸데없는 자신감."

강호포가 혀를 차며 못마땅해하자 화검종이 약간은 어색한 미소를 흘리며 주변을 둘러봤다.

"이거 원, 벌써부터 냄새를 맡은 똥파리들이 몰려오는군요."

"비명 소리가 보통 컸어야 말이지."

"그렇긴 했지요."

난데없이 울려 퍼진 비명 소리는 그러잖아도 신경을 곤두세우고 있던 수라검문의 제자들을 초대했다.

동굴 앞으로 단숨에 달려온 그들의 눈에 보인 것은 비명 소리의 주인으로 보이는 세 구의 시신이었으나 그깟 시신 따위가 중요한 것이 아니었다.

어제만 해도 분명 없었던 동굴이 눈앞에 드러난 것이었으니!

동굴을 발견한 화검종은 수하들로 하여금 그 즉시 동굴 주변을 장악하게 하였다. 하지만 비명 소리를 들은 것은 수라검문만이 아니었다.

신위(神威) 151

"차단할까?"

화검종이 소벽하에게 물었다. 비록 그가 수라검문을 이끌고 있다고는 해도 은연중 그들의 우두머리가 소벽하임을 드러내는 것이었다.

"차단이요? 무슨 수로요? 저들이 작심하고 달려들면 우리도 이자들 꼴이 될 수 있어요."

소벽하가 당치도 않다는 표정을 지으며 고개를 흔들었다.

"그렇다고 우리가 발견한 동굴을······."

"우리가 발견한 것은 아니지요."

"아무튼 먼저 발견한 놈들은 뒈졌으니까. 우선권은 우리한테 있는 거잖아."

"관두세요. 저들에게 통할 리가 없으니까요."

소벽하가 재차 고개를 흔드는 순간, 숲에서 카랑카랑한 음성이 들려왔다.

"눈치는 빠르구나. 우선권이라··· 웃기는 말이지."

비웃음 가득 섞인 말을 앞세우며 등장하는 일단의 무리들. 그들의 정체를 한눈에 알아본 화검종이 인상을 구겼다.

"철갑수(鐵甲手) 척굉(擲宏). 네놈이 죽고 싶은 모양이구나."

"네놈 따위가 나의 생사를 결정할 수 있을 것 같으냐?"

현음궁의 대장로이자 사도천의 열두 장로 중 한 명인 척굉이 느물거리는 표정으로 대꾸했다. 하나, 그 이상의 행동은

하지 않았다. 비록 기세 싸움에 눌리지 않기 위해 도발적인 언사를 하긴 했어도 눈앞의 화검종이 얼마나 강한 고수인지 너무도 잘 알고 있기 때문이었다.

한데 바로 그때, 척굉의 말에 화답이라도 하듯 뒤쪽에서 비웃음 가득한 음성이 들려왔다.

"못할 것도 없지."

약간은 거들먹거리는 걸음걸이, 하나 눈빛만큼은 그 누구보다도 날카로운 중년인이 천천히 모습을 드러냈다.

"어린놈이 입심 한번 세구나. 하면 네놈이 나의 생사를 결정하겠다는 것이냐?"

척굉이 가소롭다는 듯 말했다. 그러자 대정련의 선두에 서서 다가오는 중년인, 사십대에 점창파의 장로가 된 냉혼상이 차갑게 웃으며 대꾸했다.

"원한다면 언제든지."

"숫자만 믿고 까불다간 다치는 수가 있다."

"못 믿겠으면 시험을 해보던가."

냉혼상이 검을 툭툭 건드리자 척굉이 손가락 마디를 뚝뚝 꺾으며 한 걸음 다가섰다.

"원한다면 그리해 주지."

얼굴은 웃고 있지만 서로를 노려보는 눈빛은 차갑게 가라앉아 있었다.

일촉즉발의 순간이었다.

그들이 충돌을 한다는 것은 곧 대정련과 사도천이 정면으로 맞부딪친다는 것을 의미하는 것이었다.

수라검문의 사람들은 묘하게 흘러가는 상황을 느긋한 표정으로 바라보고 있었다. 어차피 그들 모두가 경쟁자인 터라 말릴 이유가 없었다.

팽팽하게 기싸움을 하고 있던 둘의 사이로 영운설이 끼어들었다.

"그만두세요."

그와 때를 같이하여 현음궁의 궁주 산정호가 척굉을 말리고 나섰다.

"물러나는 게 좋겠네."

애당초 싸울 생각이 추호도 없었던 냉혼상과 척굉은 그들의 말을 듣고 미친 듯이 뿜어내던 살기를 싹 거두고 언제 대치했냐는 듯 뒤로 물러났다.

그 모습을 보던 화검종이 쓴웃음을 지으며 야유를 보냈다.

"쯧쯧, 빈 수레가 요란하다더니만······."

그 음성에서 아쉬움이 물씬 풍긴다는 것을 느낀 영운설이 빙그레 웃음 지었다.

"어부지리(漁父之利)를 주느니 차라리 빈 수레가 되는 것이 낫겠지요."

"어린 계집 말솜씨가 제법······."

화검종의 말은 이어지지 않았다.

그의 모욕적인 언사에 분기탱천한 공동파의 장로 덕상 진인이 노호성을 터뜨렸기 때문이었다.
"뚫린 입이라고 함부로 놀리지 마라! 감히 대정련의 군사에게 계집이라니!"
순간, 화검종의 얼굴에 낭패감이 떠올랐다.
아무리 나이가 어려도, 그리고 적이라 하더라도 대정련의 군사라면 결코 함부로 할 수 없는 위치였다.
'젠장.'
설마하니 눈앞의 어린 계집이 대정련의 군사 영운설인 줄 미처 생각하지 못한 화검종이 어찌 대처를 해야 할지 몰라 당황하는 사이 소벽하가 얼른 입을 열었다.
"죄송합니다. 제가 대신 사과를 드리지요. 그나저나 오랜만이군요."
소벽하가 영운설을 보며 살짝 목례를 하자 영운설도 답례를 보냈다.
"예, 그러네요."
"일전의 도움은 잘 받았어요. 그 구중……."
아직은 구중천의 존재를 세상에 공표할 때가 아니라는 생각에 영운설이 얼른 말을 끊었다.
"도움이 되었다니 다행이군요."
소벽하도 그녀의 반응을 이해하곤 고개를 끄덕였다. 그리곤 안색을 굳히며 말을 이었다.

"그분에 대한 소문을 들었어요."

이미 표정이 변할 때부터 도극성에 대해 언급할 것이라 예측하고 있던 영운설이 다소 곤혹스런 표정으로 고개를 흔들었다.

"지금은 그 얘기를 거론할 때가 아니라고 봐요. 일단은 이곳의 문제를 해결하는 것이 우선이겠지요."

영운설이 묘한 기운으로 일렁이는 동굴을 가리키며 말하자 잠시 그녀를 쏘아보던 소벽하도 입을 다물 수밖에 없었다.

"어쨌건 대붕금시의 신비가 풀린 것 같고… 아무래도 대화가 필요할 것 같지 않나요?"

"꼭 그럴 필요가 있을까?"

척굉이 심드렁하게 대꾸하자 영운설의 입꼬리가 살짝 올라갔다.

"참으로 근거없는 자신감이로군요."

"뭐라?"

"대정련과 수라검문을 동시에 상대해도 충분히 감당할 수 있다고 생각하시는 것 같아서 말이에요."

"그건……."

산정호가 당황한 척굉의 어깨를 지그시 누르며 앞으로 나섰다.

"사도천도 이미 대화를 나눌 준비가 되어 있소."

"잘되었군요, 쓸데없는 피를 보지 않아서. 어때요, 수라검문도 동의하시나요?"

영운설이 소벽하를 보며 물었다. 그녀 역시 거절할 이유가 없었다.

"물론이에요."

차갑게 대꾸한 소벽하가 영운설을 지그시 쏘아보았다.

영운설은 그녀의 눈빛에 다소 부담을 느꼈지만 굳이 피하려고는 하지 않았다.

*   *   *

"가, 강하군!"

"이럴 수가!"

적혈신마와 갈천수의 입에서 동시에 경악성이 터져 나왔다.

그들 눈앞에 펼쳐진 광경, 그야말로 지옥도(地獄圖)였다.

천하제일인 무명신군과 흑천일대의 결전이 벌어진 전장, 감히 필설로 논할 수 없는 처절한 광경이 펼쳐져 있었다.

"언제까지 두고 보실 생각입니까?"

시간이 가면 갈수록 기하급수적으로 늘어가는 수하들의 주검을 보며 갈천수가 분통을 터뜨렸다.

처음, 무명신군을 공격한 흑천일대의 인원이 대략 백이십 정도.

한데 반 시진도 채 되지 않은 지금 살아 있는 사람은 고작 절반에 불과했다. 그나마도 흑천일대주 여몽인이 팔 하나를 잃어가면서까지 필사적으로 수하들을 지휘하고 흑천전단 부단주 능위소의 예상 밖의 활약, 그리고 적혈신마의 무의식적인 허락으로 싸움에 참여한 세 명의 호법이 헌신적인 희생을 하며 최대한 피해를 줄인 덕이었다.

그런데도 어찌 된 일인지 적혈신마는 갈천수의 참전을 결코 허락하지 않았다.

그것이 불만이었던 갈천수가 다시금 따져 물었다.

"더 이상 피해가 누적되면 무명신군을 쓰러뜨린다고 해도 차후 계획에 문제가 생길 수 있습니다."

그러나 적혈신마는 눈 하나 깜짝하지 않았다.

"상관없네."

"예?"

"다른 사람도 아니고 무명신군이야. 그럴 만한 가치가 있다고 생각하지 않나?"

"그, 그건……."

갈천수는 대수롭지 않게 내뱉는 적혈신마의 대답에 반박할 말을 잃어버렸다.

"너무 조급해하지 말게. 저 늙은이가 천하제일고수인 것은 맞지만 결코 신은 아닐세."

적혈신마가 조금씩 느려지는 무명신군의 움직임을 가리키

며 말했다. 아닌 게 아니라 싸움 초기엔 그 어떤 공격도 허용하지 않으며 그야말로 귀신과도 같은 몸놀림으로 적을 몰아치던 무명신군도 꽤나 지친 듯 종종 위협적인 공격을 허용하고 있었다.

"자네와 나의 합공이라면 쓰러뜨릴 수 있네. 다만 아쉬운 것은 위치가 너무 좋지 않아. 협곡이 아닌 평지였다면 다소간 희생은 줄었을 것을. 쯧쯧."

적혈신마는 싸움이 벌어진 장소가 생각보다 좁은 탓에 완벽한 포위 공격을 할 수 없음을 안타까워했다.

그렇게 또다시 일각이란 시간이 흘렀다.

이제 무명신군을 공격하고 있는 인원은 고작 사십밖에 남지 않았다. 정확히 삼분지 이나 되는 인원이 무명신군에게 당한 것이었다.

"부, 부단주님, 지휘를……."

그야말로 범접키 힘든 고수를 상대로 실로 눈부시게 싸움을 이끌다 결국 치명적인 내상을 당한 여몽인이 능위소에게 흑천일대의 지휘권을 넘겼다.

사실 무공의 고하를 떠나 능위소보다는 오랫동안 대원들과 함께한 부대주 상천문이 대원들과 호흡이 더 좋을 수는 있었지만 그는 이미 고혼이 된 상태. 그나마 대원들을 일사불란하게 이끌 수 있는 사람은 자신들의 직속상관이라 할 수 있는 흑천전단의 부단주 능위소뿐이었다.

"애썼다."

능위소는 한 수하의 부축을 받으며 간신히 후퇴를 하는 여몽인에게 짧고 굵은 치하를 했다.

"원수를······."

차마 뒷말은 하지 못했다. 그 부탁이 얼마나 힘든 것인지 너무도 뼈저리게 느꼈으니까.

여몽인이 물러날 즈음 마침내 적혈신마가 움직였다. 그리고 갈천수가 부러진 애도 사혼을 굳게 잡고 어깨를 나란히 했다.

"음."

전장을 향해 움직이는 갈천수의 입에서 묵직한 신음성이 흘러나왔다.

발에 채이는 시신들.

수십의 시신이 굴러다녔는데 어느 것 하나 멀쩡한 시신이 없었다. 그 흔한 부상자도 없었다.

"으아아악!"

찢어지는 비명성이 들려왔다.

머뭇거릴 틈이 없었다.

갈천수는 적혈신마가 말릴 틈도 없이 내달렸다.

쉬이이이익!

자신의 허리춤으로 제법 깊게 파고든 적을 요절내려던 무명신군이 뼛속까지 서늘하게 만드는 날카로운 예기에 고개를 핵 돌렸다.

그의 눈에 엄청난 속도로 달려오는 갈천수의 모습이 들어왔다. 한데 들어왔다고 생각하는 순간, 갑자기 그의 신형이 연기처럼 사라졌다.

갈천수의 신형이 다시 시선에 잡힌 곳은 그가 좌측 이 장까지 접근한 이후였다.

발견하는 것과 동시에 당장 끝장을 보겠다는 의지가 담긴 칼날이 무명신군의 목을 노리며 접근했다.

칼이 접근하기도 전에 밀려드는 살기에 무명신군은 황급히 걸음을 놀리며 물러났다.

파스스슛!

점점이 흩날린 핏방울이 허공을 수놓았다.

그야말로 간발의 차이로 빗나갔다.

가히 도존이라는 칭호에 걸맞은 멋진 실력이었다.

그러나 끝난 것이 아니었다.

목덜미에서 또다시 서늘한 느낌이 들었다.

본능적으로 피하기엔 늦었다고 판단한 무명신군이 왼손으로 장력을 날리며 재차 공격을 감행하는 갈천수를 견제하고 오른손에 든 칼을 사선으로 휘두르며 뒤쪽에서 접근하는 적혈신마의 공격에 맞서 나갔다.

왼손, 그리고 오른손에 든 칼을 통해 묵직한 충격이 전해졌다.

무명신군이 가쁜 숨을 토해내며 호흡을 가다듬으려는 찰나, 그의 몸을 난도질하기 위한 공격이 사방에서 들이닥쳤다.

"재미있군."

차갑게 입술을 비튼 무명신군이 한껏 내력을 일으키자 도에서 청명한 기운이 치솟더니 그의 의지에 따라 적을 향해 노도와 같은 기세로 달려나갔다.

무명신군이 일으킨 기운은 그를 향해 밀려드는 공격을 모조리 뭉그러뜨리고 그것도 모자라 일진광풍(一陣狂風)이 되어 사방을 휩쓸어 버렸다.

정면에서 무명신군을 공격하던 이들은 흔적도 남기지 못하고 한 점 재가 되어 사라지고 그나마 영향을 적게 받은 자들 역시 목숨을 부지하기 힘들었다.

그러나 구중천의 공격, 아니, 엄밀히 말하자면 적혈신마와 갈천수의 움직임은 조금도 위축되지 않았다.

수하들의 희생을 발판으로 자신의 모든 내력을 사혼에 주입하고 있던 갈천수가 마침내 기회를 잡았다.

우우우웅!!

사혼에서 폭발하듯 뿜어져 나온 기운이 또다시 하나의 도를 형성하고 동시에 그를 중심으로 거친 폭풍우가 밀어닥쳤다.

입고 있던 장삼이 찢어져 나가고 풀어헤쳐진 머리카락이

미친 듯이 흩날렸다.

"도강(刀罡)이라······."

무명신군의 얼굴에 처음으로 긴장의 빛이 떠올랐다.

그만큼 갈천수가 일으킨 기운은 엄청났다.

물론 평소의 그라면 코웃음 치고 말 수준이긴 했어도 오랜 싸움으로 지친 지금은 결코 경시할 수 없는 위세였다.

게다가 적혈신마가 일으킨 기세 또한 장난이 아니었으니 검은 연기에 온몸을 감추고 갈천수의 공격에 호응하는 그의 모습도 실로 무시무시했다.

'마환암흑류(魔幻暗黑流)로군.'

적혈신마의 무공을 알아본 무명신군의 얼굴이 더욱 심각하게 굳어졌다.

마환암흑류는 그야말로 세인들에겐 잊혀진 암흑마교의 비술로 신체의 잠력을 최대한 격발하여 일시적으로 몇 배나 강한 위력을 얻는 마공이었다. 자칫 잘못하면 시전자로 하여금 폐인에 이르게 할 정도로 치명적인 단점이 있지만 그만큼 위력은 뛰어났다.

적혈신마가 지닌 무공의 깊이를 가늠해 볼 때 그가 펼칠 무공이 얼마나 강할지 감히 상상하기가 힘들었다.

'게다가 바로 저놈.'

무명신군의 시선이 은밀하게 접근하는 또 한 명의 적에게 향했다.

겉으로 드러나지 않았지만 아무리 생각해 봐도 여기 있는 그 누구보다 강하다고 느껴지는, 심지어 적혈신마나 도존 갈천수도 한 수 정도는 부족하다고 여겨질 정도로 막강한 실력을 지닌 인물.

바로 흑천전단 부단주 능위소라는 인물이었다.

생각은 더 이상 이어지지 못했다.

갈천수와 적혈신마의 합공이 쏟아져 들어왔기 때문이다.

그런데도 그는 칼을 늘어뜨리고 움직이지 않았다.

시퍼런 도강이 그의 몸을 산산조각 낼 것 같았다.

마환암흑류로 뿜어낸 기력이 그의 몸을 단숨에 꿰뚫어 버릴 것 같았다.

그럼에도 그는 움직이지 않았다.

그가 움직였을 땐, 거의 무방비 상태로 적의 공격을 허용하는 듯해 보이던 무명신군이 마침내 묵직이 칼을 휘둘렀을 땐, 새하얀 미소를 지은 능위소가 그의 정수리를 향해 검을 내려칠 때였다.

천하제일도법 붕천삼식의 마지막 초식 폭뢰붕천(爆雷崩天)이 무명신군에 의해 펼쳐졌다.

생명의 위협을 느꼈기에 그야말로 일말의 여지도 두지 않고 최선을 다해 펼친 무공.

쿠쿠쿠쿠쿵!

그를 중심으로 거대한 폭발이 일었다.

갈천수가 일으킨 도강이, 적혈신마가 목숨을 걸고 펼친 무공이 가공할 폭발의 소용돌이를 뚫기 위해 필사적으로 부딪치고 능위소가 만들어낸 검강(劍罡)이 무명신군의 몸을 양단하려는 순간, 또다시 폭음이 터져 나왔다.

쫘쫘쫘쫭!

쫘지지직!

거센 충격파가 사방을 흔들기 시작하고 그 충격파에 휩쓸린 온갖 것들이 미친 듯이 비산을 했다.

여몽인의 명에 의해 이미 한참 뒤로 물러나 있던 흑천일대가 기겁을 하며 재차 물러나야 할 정도의 엄청난 충격.

그 와중에도 그들은 실 끊어진 연처럼 튕겨 나가는 신형을 볼 수 있었다.

의식을 잃은 채 산산조각이 난 애도 사혼의 손잡이만 겨우 붙잡고 있는 그는 도존 갈천수였다.

"음."

갈천수를 알아본 여몽인이 입술을 꽉 깨물었다.

"크으으."

또다시 터져 나오는 비명성.

뼈마디가 턱턱 갈리는 고통을 참기 위해 내지르는 신음의 주인공은 적혈신마였다.

전신을 휘감고 있던 암흑의 기운은 이미 온데간데없고 전신의 내력을 소모한 그의 몸은 마치 이십 년은 더 늙어버린 것처럼 형편없이 쪼그라들어 있었다.

 결국 끔찍한 고통에 온몸을 비틀어대던 적혈신마는 어찌 손써볼 틈도 없이 숨이 끊어지고 말았다.

 "신마님까지!"

 여몽인의 안색이 참담하게 일그러졌다.

 충격의 여파가 아직 가라앉지 않아 결과는 알 수 없었지만 적혈신마가 당했고 갈천수가 당했다.

 능위소가 한 손 거들기는 하였으나 그가 보기에 능위소는 앞선 두 사람과는 감히 비교할 수도 없는 실력을 지닌 터. 애당초 기대하는 것 자체가 무모한 것이었다.

 "끝… 장이군."

 여몽인이 참담한 표정으로 고개를 흔들었다.

 적혈신마와 갈천수가 쓰러뜨리지 못한 이상 무명신군을 막을 사람은 아무도 없었다. 먼저 싸움에 나선 두 호법마저 목숨을 잃은 지금은 더더욱 그랬다.

 바로 그때였다.

 싸움의 결과를 초조하게 기다리던 대원들의 입에서 함성이 터져 나왔다.

 거의 백여 명에 육박하는 흑천일대를 격살하고 그것도 모자라 적혈신마와 갈천수를 쓰러뜨린 천하제일의 고수.

 그 어떤 힘, 그 어떤 무력이라도 감히 대적할 수 있으리라 여겼던 무명신군이 한쪽 무릎을 꿇은 것이었다. 그것도 왼쪽 목덜미에서 가슴께로 이어지는 치명적인 부상을 당한 채로.

그의 뒤에 능위소가 우뚝 서 있었다.

"와아아아!"

미친 듯한 함성이 울려 퍼졌다.

죽음의 공포에 찌들었던 이들이 미친 듯이 내지른 함성이라 처절함까지 느껴질 정도였다.

하지만 그 함성 소리는 오래가지 못했다.

무명신군에게 치명적인 부상을 안긴 영웅이, 장차 천하를 진동시킬 위명을 지니게 될 자가 힘없이 무너지기 시작한 것이었다.

무명신군이 당연하다는 표정으로 꺾었던 무릎을 곧게 폈다. 그리고 빙글 몸을 돌려 자신의 목숨을 위협했던 상대를 응시했다.

한데 그 표정이 참으로 묘했다.

"너는 누구냐?"

"……."

"너는 누구냐?"

무명신군이 재차 묻자 어거지로 몸을 일으키려다 결국 다시 쓰러지고 만 능위소가 천천히 입을 열었다.

"능… 위소. 흑천전단의 부단주."

"아니, 나는 너의 진짜 정체를 묻는 것이다."

"구중천 흑천전단의 부단……."

"쓸데없는 말로 시간 빼앗기고 싶지는 않다. 네가 원하든 원하지 않든 나는 내가 원하는 대답을 들을 수 있다. 하지만 그러고 싶지는 않다. 최소한 적혈신마나 무림오존이라 거들먹거리는 저놈보다 강한 무공을 지닌 네놈은 그만한 자격이 있으니까. 그래도 거짓말을 늘어놓는다면 어쩔 수 없지만 말이다."

두 사람의 대화에 귀를 쫑긋 세우고 있던 여몽인은 도대체 무명신군이 무슨 소리를 하는지 이해할 수가 없었다.

능위소가 강한 것은 그 역시 알고 있었다. 흑천전단의 단주보다도 어쩌면 강할 수 있다는 소문도 있었으니까.

하지만 적혈신마나 갈천수는 그야말로 차원이 다른 고수였다.

오늘 싸움에서 능위소가 나름 상당한 역량을 발휘했고 또 무명신군에게 큰 부상을 입혔지만 그것도 적혈신마와 갈천수의 합공이 있기에 가능한 일. 한데 그런 능위소에게 무명신군은 적혈신마보다 강하고 갈천수보다 강하다고 했다. 결코 있을 수 없는 일이었다.

짙은 의혹이 그의 뇌리를 사로잡을 즈음 무명신군의 말이 이어졌다.

"마지막으로 묻겠다. 너는 누구냐?"

"……."

능위소가 아무런 대답을 하지 못하자 무명신군이 다소 비틀거리는 걸음으로 그에게 다가갔다.

능위소가 몸을 움찔거리자 무명신군이 차갑게 말했다.

"목숨을 끊으려느냐? 끊어도 상관없다. 어차피 상관없으니까."

"……"

온갖 기인과 괴사가 난무하는 강호무림.

죽은 지 얼마 되지 않으면 얼마든지 수작을 부릴 수 있다는 것을 상기한 능위소는 괜히 고집을 부려봤자 자신의 최후만 비참해질 것이란 생각을 했다.

"과연 대단하오, 무명신군. 강하다는 말은 들었지만 이 정도일 줄은 미처 몰랐소이다."

"네놈 역시 대단했다. 처음부터 이상하기는 했어도 설마하니 그런 무공을 지니고 있을 줄이야. 하나, 네놈의 무공은 내가 아는 한 구중천의 무공이 아니야. 어디냐? 대체 어느 곳에서 너만 한 실력자를 키울 수 있었지?"

한참을 뜸 들이던 능위소가 짧은 한마디를 내뱉었다.

"죽림(竹林)."

"죽… 림?"

"나는 죽림의 사자다."

"죽… 림의 사자?"

"그게 내가 할 수 있는 말의 전부다. 천하제일인과 겨룰 수 있어 영광이었다. 부디 약속은 지키리라 믿겠다."

그는 무명신군이 뭐라 대꾸를 하기도 전에 스스로의 머리를 부숴 목숨을 끊어버리고 말았다.

"이런!"

듣고 싶은 말이 많았던 무명신군이 아차 하는 표정으로 달려갔을 때 능위소는 이미 싸늘한 시신으로 변해가고 있었다.

"낭패군."

능위소의 정체를 알고자 은근한 어조로 위협을 가하기는 했어도 신선으로 우화등선(羽化登仙)했다는 소요선인의 후예 무명신군이 죽은 사람의 혼을 부리는 사술을 익힐 리는 없었다.

그가 능위소에게 들은 말은 고작 '죽림의 사자'라는 단 한마디였다.

하나, 그것이 주는 의미는 보통 심각한 것이 아니었다.

천하에서 구중천이, 오랫동안 숨죽이며 살고 있던 암흑마교가 다시 부활했음을 알고 있는 사람은 그야말로 극소수에 불과했다. 그리고 구중천으로 이름을 바꾼 암흑마교는 어느새 무림에 거대한 암운을 드리울 정도로 막강한 세력으로 성장했다.

그런 구중천의 행보를 막기 위해 암중으로 그간 얼마나 많은 노력을 기울였던가!

한데 능위소와 같은 엄청난 고수가 '죽림의 사자'라는 신분으로 암흑마교에서 은밀히 활약을 하고 있었다는 것은 곧 무림에 암흑마교와 같은, 어쩌면 그 이상의 세력이 나타났다는 말과 다름이 없었다.

'죽림의 사자라……'

전혀 알려지지 않은 새로운 세력의 등장에 암흑마교의 발호를 막기 위해 꽤나 고심을 해온 무명신군은 가슴이 답답해졌다.

'후~ 지금이라도 알게 되어 다행인가?'

그것이 나름 위안이라면 위안이었다.

어쨌건 새로운 세력의, 그것도 암흑마교의 이목마저 숨길 수 있을 정도의 세력의 등장이라면 홀로 조사를 하는 것보다 여러 사람이, 또는 여러 세력이 조사를 하는 것이 빠르다는 생각에 무명신군은 감히 도발하지 못하고 자신의 눈치를 살피는 여몽인을 불렀다.

"들었느냐?"

"……"

"들었냐고 물었다."

무명신군이 신경질을 버럭 내자 여몽인은 황급히 고개를 끄덕였다.

"드, 들었습니다."

"무슨 소린지 이해는 되지 않겠지만 네놈이 이해할 필요는 없다. 가서 천주 놈에게 전해라. 내가 놈과 나눈 대화 한마디 한마디를 조금의 가감도 없이 정확하게 전해야 할 것이다."

"하면 우리를 이대로 보내주겠다는 말입니까?"

여몽인이 잔뜩 긴장한 표정으로 물었다.

"하면 아예 끝장을 내줄까?"

여몽인은 아무런 대꾸도 하지 않고 가만히 무명신군의 몸 상태를 살폈다.

그가 보기에 무명신군의 부상은 결코 만만한 것이 아니었다.

아무리 천하제일인이라도 두 자 길이의 검을 어깨에서 가슴으로 이어지도록 박히고서는 멀쩡할 수가 없는 것이다. 그것을 알기에 흑천일대 대원들도 여몽인의 눈치를 보는 것이었다.

그럼에도 여몽인은 함부로 공격 명령을 내릴 수가 없었다.

만에 하나 여력이 남아 있다면, 그토록 무시무시한 무력을 잠시라도 뿜어낼 수 있다면 지칠 대로 지친 자신들이 도저히 감당해 낼 수가 없을 것 같았다. 게다가 능위소의 문제도 결코 가벼이 넘길 문제는 아닌 것 같았다. 결국 그가 선택할 수 있는 길은 하나뿐이었다.

"무, 물러가겠소이다."

"머리가 장식품만은 아니었군."

만족한 미소를 지은 무명신군이 왼손을 휘젓듯 휘둘렀다. 그러자 그의 손에서 뿜어져 나간 장력이 장정 서너 명은 함께 품어야 할 정도로 거대한 나무를 그대로 쓰러뜨려 버렸다.

꿀꺽.

절로 침이 넘어갔다.

물러가겠다는 말이 아닌 다른 말이 나왔다면 당장에라도 자신들에게 향했을 장력. 그 한 수에 여몽인은 자신의 선택이 얼마나 옳은 것인지 뼈저리게 느낄 수 있었다.

"일단 시신을 수습……."

"꺼져라."

"예?"

"부상자만 들쳐 업고 그냥 꺼지란 말이다."

무명신군은 더 이상 말하기도 싫은지 슬그머니 손을 쳐들었다.

여몽인은 그 즉시 적혈신마를 제외한 모든 시신의 수습을 포기하고 무명신군의 경고대로 얼마 되지 않는 부상자만 대충 부축하여 자리를 떴다.

여몽인과 그의 수하들이 모습을 감춘 뒤 얼마간의 시간이 지나자 그토록 오만하게 전장을 주시하던 무명신군의 허리가 그대로 꺾이며 각혈을 동반한 거친 기침이 토해졌다.

"어르신!"

옥청풍이 기겁을 하며 달려와 부축하자 무명신군이 그 손을 뿌리치며 말을 했다.

"도움은 됐고, 우선 놈들이 다 떠났는지나 확인해라. 빨리."

무명신군의 음성에서 뭔지 모를 다급함을 느낀 옥청풍은 여몽인이 사라진 곳으로 바람과 같이 사라졌다. 원래 빠른 몸놀림이었지만, 무명신군의 신상에 위험이 닥쳤다는 생각에서인지 그 어느 때보다 빨랐다.

잠시 후 옥청풍이 돌아와 여몽인 등이 모두 물러갔다는 말을 전하자 무명신군은 그 자리에서 주저앉아 운기를 시작했다.

오랜 차륜전에 이어 적혈신마와 갈천수, 그리고 능위소의 합공은 무명신군에게 단 한순간도 제대로 서 있지 못할 정도로 치명적인 부상을 안겼다.

능위소에게 당한 부상도 부상이지만 평생의 공력을 담아 도강을 날린 갈천수, 마환암흑류로 자신의 모든 잠력을 끌어낸 적혈신마의 공격은 실로 무서웠다. 물론 적혈신마의 목숨을 끝장낼 수는 있었지만 그 대가로 최소한 서너 달은 족히 정양을 해야 할 정도의 내상을 당하고 말았다. 사실 지금까지 서 있는 것만으로도 기적이라 할 수 있었다.

방금 전, 자신의 부상을 의심하는 여몽인을 속이기 위해 날린 장력은 그가 쥐어짜 낼 수 있는 마지막 힘이라 할 수 있었으니 여몽인이 그 사실을 알았다면 그야말로 피를 토할 일이었다.

第三十五章

열린 비동(秘洞)

 대붕금시의 비밀을 품고 있는 것으로 예상되는 동굴의 주변은 뜨거운 열기로 가득했다.
 가장 먼저 동굴을 발견한 대하삼웅이 싸늘한 시신으로 변해 버렸지만 그들의 죽음은 이미 관심 밖으로 벗어난 지 오래였다.
 대하삼웅이 목숨을 잃고 수라검문을 비롯하여 사도천과 대정련, 그리고 무수히 많은 군웅들이 몰려든 지 벌써 한 시진이 훌쩍 넘었으나 누구 하나 함부로 동굴 안으로 진입하지 못했다.
 수라검문과 사도천, 대정련은 서로를 견제하며 그 누구의 출입도 용인하지 않았다.

그사이 수뇌들의 회동이 있었고 마침내 소림맹룡 무광을 필두로 열다섯 명의 선발대가 동굴로 들어섰다.

선발대에 속한 인원 모두가 삼대 세력의 무인들로 채워졌음에도 누구 하나 선발의 부당함을 제대로 주장하지 못했다. 물론 적지 않은 소란이 있었고 이런저런 불만도 터져 나왔지만 그래 봤자 그들이 할 수 있는 것이라고는 아무것도 없었다.

동굴에 진입한 선발대는 대하삼웅과 마찬가지로 동굴 내부에 설치되어 있던 기관의 공격을 받았다. 하나, 무광을 비롯하여 선발대 개개인 모두 출중한 무공을 지닌 바 그들은 앞을 가로막았던 기관매복을 모조리 파괴하고 동굴 내부의 거대한 광장에 도착할 수 있었다.

광장엔 또다시 동굴의 깊숙한 내부로 이어지는 조그만 동굴들이 있었는데 그 수가 수십 개가 넘었다.

선발대는 거기까지만 확인을 하고 돌아왔다.

그 조그만 동굴에 무엇이 있는지, 어디로 안내를 하는지, 또 어떠한 위험이 있는지는 아무도 알 수가 없었다.

동굴의 비밀은 선발대가 아니라 대붕금시의 비밀을 엿보게 될 모든 군웅들의 선택에 의해 드러나게 될 것이었다.

"어찌할 생각이냐? 병력을 나눌 생각이냐?"

강호포의 물음에 소벽하가 고개를 끄덕였다.

"어차피 한곳으로 몰려다니기엔 동굴도 좁고 인원도 너무 많으니까요."

"몇 개 조로 나눌 생각이냐? 그럴 필요 없이 아예 모조리 차지해 버릴까?"

화검종이 마치 벌집처럼 촘촘히 자리하고 있는 동굴을 질린 듯한 표정으로 바라보다 말했다.

소벽하가 빙그레 웃음 지으며 말했다.

"그럴 수도 있지만 그런다고 해도 다른 이들이 가만히 지켜만 볼까요?"

"제깟 놈들이 어쩌려고?"

화검종이 코웃음을 치자 강호포가 버럭 성질을 냈다.

"쓸데없는 분란 일으키지 말고 가만히 있어! 말이 되는 소리를 해야지!"

현재 수라검문에서 막강한 영향력을 과시하고 있는 화검종에게 호통을 칠 수 있는 사람은 거의 없다고 해도 과언이 아니었다. 하나, 그 몇 없는 사람 중 한 명이 바로 강호포였다.

강호포가 눈을 부라리자 화검종이 슬그머니 고개를 돌렸다.

"과욕은 화를 부를 수 있어요. 또한 어떤 위험이 도사리고 있는지 모르니 병력은… 음, 적당히 십 등분 하지요."

십 등분이라 해도 한 조당 거의 스물다섯 명이나 되는 인원이었다.

개개인의 나이와 실력, 경험 등을 따지면서 적당히 병력을 나눈 수라검문은 가장 먼저 병력을 이끌고 성큼성큼 나아가는 화검종을 필두로 열 곳의 동굴에 진입을 시도했다.

수라검문의 병력이 동굴로 사라지자 우선권을 인정하여 출발을 늦추고 있던 사도천과 대정련 역시 병력을 나누어 각자 원하는 동굴로 움직이기 시작했다.

수라검문에 비해 병력이 많았던 사도천은 열다섯 곳의 동굴에 병력을 투입했고 대정련은 가장 많은 인원을 보유한 세력답게 무려 서른 곳의 동굴에 병력을 투입했다.

수라검문과 사도천, 대정련이 본격적인 동굴 탐사를 위해 움직이자 그들의 위세에 치여 눈치만 보고 있던 군소문파와 여러 군웅들도 본격적인 행동을 시작했다.

그들은 삼대 세력이 선택하지 않은 곳을 서로 선점하기 위해 피 튀기는 설전을 벌였고 심지어는 무력충돌까지 벌였다. 하지만 그런 다툼에도 끼지 못한 이들은 혹시 있을지 모르는 요행을 바라며 남들이 선택한 곳으로 따라가기도 하고 몇몇이 서로 모여 힘을 합쳐 움직이기도 했다. 더러는 아예 포기하고 광장에 주저앉은 이들도 있었다.

어쨌거나 수라검문이 모습을 감춘 지 이각 정도의 시간이 흐른 뒤, 이런저런 이유로 광장에 남은 사람은 오백여 명에 불과했다.

 저마다의 호기심과 열망, 욕심을 가지고 거의 삼천이 넘는 인원이 광장을 중심으로 퍼져 있는 조그만 동굴로 모습을 감춘 것이었다.

 그들에게 다가올 어둠의 위협도 모른 채.

　　　　　*　　　*　　　*

 "열어라."

 화검종이 심드렁한 음성으로 명을 내렸다.

 조심하라는 말 따위는 하지도 않았다.

 명을 받은 수하 하나가 미세한 기척에도 반응할 수 있도록 온몸의 신경을 곤두세우며 천천히 석문을 열었다.

 생각 밖으로 아무런 위험도 없었다.

 잔뜩 긴장을 하고 있는 상황에서 별다른 일이 없자 오히려 힘이 빠졌다.

 그래도 혹시 모르는 일, 긴장을 풀다가 어떤 꼴을 당할지 몰랐던 사내는 여전히 신중한 자세로 석실을 살피다가 갑자기 고개를 돌리며 소리쳤다.

 "여기 뭔가 있는 것 같습니다!"

 "무엇이냐?"

 단숨에 달려간 화검종이 물었다.

"무공비급 같은데 어떤 종류인지는……."

화검종이 사내의 말이 끝나기도 전에 그가 들고 있던 책자를 낚아챘다.

눅눅한 지하에 있던 것이라고는 여겨지지 않을 정도로 멀쩡한 서책의 겉면에는 '연환십팔격(連環十八擊)'이란 제목이 적혀 있었다.

"연환십팔격? 연환십팔격이라……."

어디선가 들어본 적이 있는 이름이었다.

고개를 갸웃거리며 웅얼거리던 화검종의 눈이 어느 순간 미친 듯이 크게 떠졌다.

"연환십팔격! 용 노야의 무공이로구나!"

화검종은 이백여 년 전, 두 주먹만으로 천하를 종횡하며 한 번도 패배하지 않았던 전설적인 권사 용 노야의 무공이 바로 연환십팔격임을 기억해 냈다. 실전되었다고 알려진 바로 그 무공이 눈앞에 있는 것이다.

"흐흐흐, 대붕금시… 사기는 아니로구나."

화검종은 최대한 조심스럽게 책을 갈무리했다.

좌우로 쭉 째진 입이 그가 얼마나 기뻐하고 있는지 여실히 보여주고 있었다.

개문필사(開門必死).

"제길."

누군가의 입에서 욕설이 터져 나왔다.

두 개의 매복진을 뚫고 석문 앞에 도착한 이들은 문 바로 위에 새겨진 글귀에 영 기분이 좋지 않았다.

문을 열면 반드시 죽는다는 경고의 문구.

그것을 보고 기분이 좋을 사람은 없을 것이다.

그렇다고 그냥 돌아갈 수도 없는 것이 현실이었다.

쿠우우우.

기묘한 울림에 저마다 긴장된 표정으로 전방을 주시했다.

"아무래도 이상합니다."

수하의 음성에 불안감이 묻어 나왔으나 척굉은 그다지 개의치 않았다.

"문이 열리려면 당연한 것이지. 계속해."

누구의 명이라고 거부할까!

겁도 나고 불안도 했지만 사내는 어쩔 수 없이 문을 열어야 했다.

끼끼끼끼.

죽을힘을 다해 밀어붙이자 꼼짝도 안 하던 문이 천천히 열리기 시작했다.

그것과 발맞춰 주변을 울리던 기묘한 소리는 더욱 커지고 있었다.

"헛!"

사내의 입에서 헛바람이 흘러나왔다.

그토록 용을 써도 열리지 않던 문이 갑자기 열리자 당황한 것이다.

그는 잠시 움직임을 멈추고 상황을 주시했다.

뒤에서 보기엔 그랬다.

하지만 우두커니 서 있던 사내의 신형이 서서히 무너져 내리기 시작했다.

"왜 그래?"

사내의 동료가 그를 부축하기 위해 나서는 순간, 날카로운 파공성이 터져 나왔다.

"위험하다!"

깜짝 놀란 척굉이 사내를 낚아챘지만 문 안쪽에서 발사된 십수 발의 화살은 그의 몸을 순식간에 벌집으로 만들어 버렸다. 심지어 그중 하나는 척굉의 팔뚝을 관통한 것도 있었다.

"돌겠군!"

순식간에 두 명의 수하를 잃은 척굉이 욕설을 내뱉었다.

언제 또다시 화살이 쏟아질지 몰라 함부로 문안으로 들어서지도 못했다.

한참 동안이나 발길이 묶여 있던 척굉은 입술을 지그시 깨물었다. 그리곤 쓰러져 있는 두 구의 시신을 가리키며 말했다.

"던져."

다들 그의 말을 이해하지 못하고 뻘쭘히 서 있자 척굉이 어쩔 수 없다는 표정을 지으며 말했다.

"그냥 돌아갈 수는 없지 않느냐? 이 녀석들에겐 미안한 일이지만 대를 위해선 어쩔 수 없지. 저들의 시신을 문안으로 던져라."

하나, 방금 전까지만 해도 살아 움직이던, 생사고락을 같이 하던 동료를 또다시 화살받이로 던지기는 쉽지 않은 일이었다.

"망설일 시간 없다. 당장!"

척굉이 두 눈을 부라리며 재차 호통을 치자 그제야 몇 명이 나서 둘의 시신을 문안으로 던졌다.

쐐애액!

엄청난 파공음을 동반하며 무수한 화살이 그들의 시신을 빼곡하게 뒤덮었다.

그들의 몸이 걸레쪽으로 변하고 더 이상 화살이 날아들지 않자 척굉이 문안으로 들어섰다.

그다지 넓지 않은 공간의 중심에 마치 제단과도 같은 바위가 놓여져 있고 그 바위 위에 녹슨 철상자가 있었다.

"또 다른 수작질을 해놓은 건 아니겠지."

떨떠름한 표정을 지은 척굉이 손을 뻗었다.

철상자를 잠그고 있던 자물쇠는 시뻘겋게 녹이 슬어 슬쩍 건드리기만 해도 부서질 것 같았지만 생각보다 쉽지 않았다.

"제까짓 게 버티면 얼마나 버틴다고."

척굉이 한껏 진기를 끌어올리며 자물쇠를 잡자 자물쇠는 얼마 버티지 못하고 날카로운 소리를 내며 끊어졌다.

끼리리리.

쇳소리를 내며 열리는 상자.

척굉은 그 상자 안에서 날카로운 빛을 뿜어내는 비수 하나를 볼 수 있었다.

횃불 이상으로 주변을 환히 밝히는 비수를 보며 척굉의 입가에 웃음이 걸렸다.

크기는 작아도 풍기는 기세로 보아 결코 예사롭지 않은 비수였다.

척굉이 조금은 떨리는 손으로 천천히 비수를 잡아 들었다.

한데 바로 그 순간이었다.

뭔가 허전하다는 느낌과 함께 바닥이 그대로 무너져 내렸다.

"피해랏!"

수하들에게 다급히 경고를 날리는 척굉.

그의 신형은 이미 허공을 날고 있었다.

하지만 수하들은 그렇지 못했다.

멍한 눈으로 척굉을 바라보던 그들은 그의 경고에도 불구하고 단 한 명도 도주하지 못한 채 무너진 바닥으로 떨어지고 말았다.

"크아악!"

"컥!"

바닥에서 끔찍한 비명이 들려왔다.

보지 않아도 밑에서 어떤 상황이 벌어지고 있는지 알 수 있었다.

간신히 몸을 뺀 척굉이 두 눈을 질끈 감았다.

자신의 성급함으로 인해 절반도 넘는 수하들이 목숨을 잃은 것이다.

척굉은 자신의 손에 들린 비수를 물끄러미 바라보았다.

참담한 마음을 비웃기라도 하듯 비수는 요요히 빛나고 있었다.

"으아악!"

난데없는 비명성에 신중하게 걸음을 옮기던 대정련의, 엄밀히 말해 대정련 내 개방의 제자들이 일제히 걸음을 멈췄다.

"무슨 일이냐?"

제자들을 이끌고 있던 유운개가 소리쳤다.

그의 외침에 뒤쪽에서 다급한 음성이 들려왔다.

"오칠(吳七)이 당했습니다."

"무엇에 당한 것이냐?"

"아직 확인이 되지 않았습니다."
"망할!"
유운개의 입에서 욕지거리가 터져 나왔다.
벌써 다섯 번째 희생자였다.

한 명은 무너진 천장에 깔려 죽고 다른 한 명은 바닥에서 솟아오른 대못에 찔려 중독이 되어 죽었으며 두 명은 허공을 가르며 날아온 접시 모양의 암기에 목이 잘려 죽었다. 그리고 또 한 명의 목숨이 허무하게 사라지고 말았다.

동굴에 들어선 지 고작 일각 만에 무려 삼분지 일에 해당하는 인원이 목숨을 잃었다. 앞으로도 얼마나 많은 희생이 있을지 알 수가 없었다.

"장로님."
유운개의 곁에 있던 제자 하나가 조심스레 그를 불렀다.
"어찌해야 합니까? 계속 이동을 해야 하는 것인지, 아니면……."

그는 차마 말을 잇지 못했다. 그냥 물러나자고 하고 싶은 마음이야 굴뚝같았지만 함부로 할 말도 아니었다.

"신외지물(身外之物)이라더니 참으로 힘들구나. 그래도 여기까지 와서 그냥 갈 수도 없는 노릇이 아니더냐. 어렵지만 조금만 더 힘을 내보도록 하자."

"알겠습니다."
사내가 읍을 하는 찰나, 오칠의 사인을 확인하러 갔던 원상(元祥)이 딱딱하게 굳은 표정으로 되돌아왔다.

직감적으로 뭔가 있다는 느낌을 받은 유운개가 애써 마음을 진정시키며 침착히 물었다.

"무슨 일이냐?"

"암습을 당한 것 같습니다."

순간, 유운개는 자신의 귀를 의심해야 했다.

"암… 습? 암습이라 했느냐?"

혹여 잘못 들은 것은 아닌지 재차 확인을 했다.

"예."

"……."

유운개의 표정이 딱딱하게 굳었다.

"자세히 말해… 아니다. 가보자."

말로써 전해 듣는 것보다는 직접 확인을 하는 것이 낫다고 판단한 유운개가 가장 후미에 처져 있다가 변을 당한 오칠에게 달려갔다.

바닥에 큰대 자로 쓰러져 있는 오칠의 직접적인 사인은 가슴에 뚫린 조그만 구멍이었다.

"등 뒤에서 앞쪽으로 뚫고 나왔습니다."

원상의 설명에 오칠의 가슴팍을 살피던 유운개가 날카로운 눈으로 주변을 살폈다.

그리곤 오칠이 쓰러진 곳에서 정확히 두 걸음 밖에 새겨져 있는 발자국 하나를 발견했다.

열린 비동(秘洞)

주변에 온갖 발자국이 난무했지만 유난히 깊게 새겨진 발자국. 그럼에도 같은 발자국은 찾아볼 수가 없었다.

'놈은 공격을 위해 힘을 집중시키던 단 한순간, 그 순간을 제외하고는 그 어떤 흔적도 남기지 않았다.'

사방이 확 트인 공간도 아니고 좁디좁은 동굴에서 그토록 은밀히 움직일 수 있다는 것은 그만큼 철저하게 훈련되어 있다는 것을 의미했다. 그리고 그만한 실력을 보유했으며 감히 대정련을 적대시할 수 있는 곳은 오직 두 곳뿐이었다.

'수라검문, 사도천. 어디냐!!'

오칠의 시신을 바라보는 유운개의 눈에서 한광이 뿜어져 나왔다.

"오! 찾았다!"

눈이 부실 정도로 휘황찬란하게 빛나는 금은보화를 보며 일행은 더할 나위 없이 환한 미소를 짓고 있었다.

삼대 세력과 그 외 여러 군소문파들이 힘의 우위를 내세우며 동굴을 차지한 뒤, 결국 삼삼오오 짝을 이뤄 동굴에 들어섰으나 거듭되는 함정과 기관매복으로 인해 순식간에 절반도 넘는 인원이 목숨을 잃고 말았다. 하지만 마침내 생존자들이 넉넉하게 나누어 가질 만큼 충분한 보물을 찾게 되었다.

"자자, 서두릅시다. 괜히 지체하다가 낭패를 볼 수도 있소."

가장 먼저 석실로 들어선 사내가 손짓을 하며 말했다. 비록 보물을 차지하게 되었지만 동굴 안에선 어떤 일이 벌어질지 아무도 몰랐다. 하나, 일은 이미 벌어지고 있었다.

생존자들이 보물을 어찌 나눌지 의견을 교환하는 사이 눈빛을 교환하는 사람들이 있었다.

산동의 태산에서 만나 의형제를 맺었다는 태산칠협(泰山七俠).

석실까지 오는 동안 두 명의 형제를 잃어 다섯으로 줄은 그들은 서로 눈길을 교환하다가 보물에 시선을 빼앗긴 이들을 갑자기 기습했다.

"이게 무슨 짓이냐!"

그들의 기습 공격에서 간신히 목숨을 부지한 사내가 피가 뿜어져 나오는 어깨를 찍어누르며 소리쳤다.

단 한 번의 기습에 세 명의 목숨이 사라졌고 두 명이 결코 작지 않은 부상을 당했다.

멀쩡한 사람은 고작 셋에 불과했다.

생각보다 일이 쉽게 풀린다고 생각한 태산오협의 대형 음소람(陰笑襤)이 비릿한 미소를 지으며 말했다.

"나누어 갖기엔 너무 적은 것 같아서."

"더러운 놈들! 아무리 재물에 욕심이 난다고 해도 어찌 동료를 배신할 수 있단 말이냐!"

"동료? 누가? 너희들이? 웃기는군. 언제 봤다고 말이야. 어차피 다 경쟁 상대일 뿐이야."

"처음부터 이런 목적을 지니고 있었구나!!"

음소람에게 부상을 당한 사내가 이를 갈며 소리쳤다.

"다 그런 것이지. 조금 편한 길을 왔을 뿐이다."

짧게 대꾸한 음소람이 눈짓을 보내며 문을 등지고 서자 나머지 형제들이 진하디진한 살소를 흘리며 생존자들을 향해 걸어갔다.

싸움은 생각보다 쉽게 끝났다.

비록 비겁한 짓을 일삼기는 했어도 태산오협의 무공은 꽤나 뛰어났다. 그들은 필사적으로 대항하는 동료(?)들을 간단히 베어버린 후, 보물을 손에 넣었다.

"젠장, 이렇게 간단한 일에 아우들을 잃다니."

먼저 간 두 아우의 죽음을 애도하는 음소람의 눈에서 진한 아쉬움이 느껴졌다.

바로 그 순간이었다.

"그렇게 아쉬워할 필요 없다. 어차피 만나게 될 터이니."

"누구……."

말은 이어지지 않았다.

몸을 돌리며 소리를 지르던 자의 입엔 칼 한 자루가 깊이 박혀 있었다.

그것이 끝이 아니었다.

어둠 속에서 갑자기 모습을 드러낸 두 명의 괴인은 음소람이 움직이기도 전에 그의 의형제들을 간단히 도륙했다.

음소람은 눈앞에서 벌어지는 상황을 도저히 믿을 수가 없었다.

자신이 직접 문을 막고 있었는데 도대체 언제, 어디서 저런 자들이 나타났단 말인가!

게다가 눈에 보이지도 않을 정도로 빠른 몸놀림이라니!

"헉!"

음소람의 입에서 외마디 비명이 터져 나왔다.

천천히 무너지는 그의 목줄기에서 붉은 핏물이 흘러내렸다.

"앞 사람과 너무 붙지 마시오. 그리고 아무것도 건드리지 마시오. 자칫하다간 모두가 위험해질 수 있소이다."

카랑카랑한 몽운거사(夢雲居士)의 음성은 결코 듣기에 좋은 목소리는 아니었으나 그의 뒤를 따르는 십여 명의 사람들 중 누구 하나 불만을 토로하는 사람이 없었다. 그나마 몽운거사의 놀라운 판단력이 아니었으면 지금까지 살아 있을 수 있는 사람도 없었을 것이다.

"잠시들 멈춰라."

"무슨 일입니까?"

일행보다 조금 앞장서서 걷다가 갑자기 걸음을 멈춘 흑면귀(黑面鬼) 공치(孔治)의 곁으로 몽운거사가 달려왔다.
 어두운 동굴보다 더 어두운 면상을 지니고 있던 공치의 얼굴은 마주 보는 것만으로 오줌을 지릴 정도로 공포스러웠지만 일행 중 가장 막강한 무공을 지닌 그는 몽운거사와 함께 사실상 일행을 이끌고 있었다.
 "이것 좀 보거라."
 공치가 길을 막고 있는 조각상을 가리키며 말했다.
 명부의 십왕(十王) 중 열 번째 전륜대왕(轉輪大王)의 석상이었다.
 "잠시만 기다려 주십시오."
 몽운거사는 최대한 신중한 자세로 전륜대왕의 상을 살피기 시작했다.
 머리에서 발끝까지 지겨울 정도로 꼼꼼하게 살피는 몽운거사.
 누구 하나 입을 여는 사람이 없었다.
 방금 전, 진광대왕(秦廣大王)의 석상을 지날 때 두 명의 동료를 잃은 기억이 있어서 그런지 다들 긴장한 빛이 역력했다.
 대략 일각여의 시간이 흐른 뒤 굽혀졌던 몽운거사의 허리가 펴졌다.
 "어떠냐?"

"별 이상은 없어 보입니다만……."

말끝이 흐려지는 것을 보면 그다지 자신이 없는 모습이었다.

"위험할 것 같습니다."

"빌어먹을!"

통로를 꽉 막고 있는 전륜대왕의 상에 공치는 분통을 터뜨렸다. 그러다 피가 나도록 입술을 깨물며 한 걸음을 내딛었다.

몽운거사가 깜짝 놀라 그의 앞을 가로막았다.

"어쩔 생각이십니까?"

"어쩌긴, 뚫어야지."

"너무 위험합니다. 힘으로 뚫으려다간 어찌 되는지 방금 전에도 보셨지 않습니까?"

"나도 알아. 하지만 어째? 그냥 돌아가? 그럴 수야 없잖아!"

신경질적으로 소리를 지른 공치가 일행에게 손짓을 했다.

"석상을 부술 생각이니까 알아서들 조심해. 네놈도 물러나고."

몇 번이나 공치를 말리던 몽운거사가 어쩔 수 없다는 표정으로 뒤로 물러나자 공치는 자신의 얼굴만큼이나 해괴하게 구부려진 기형도를 곧추세우며 진기를 담았다.

"타하핫!"

힘찬 기합성과 함께 기형도에서 일렁인 한줄기 기운이 석상을 쓸어갔다.

퍼퍼퍽!

순식간에 잘게 부서진 석상 조각이 파편이 되어 사방으로 비산하였으나 공치의 뒤쪽으로 날아온 것은 하나도 없었다. 공치가 기형도를 빙글빙글 돌리며 모든 파편을 재로 만든 것이었다.

단 한 번의 칼질로 통로를 막고 있던 석상을 흔적도 없이 날려 버렸지만 공치는 긴장을 풀지 않았다. 언제 어디서 어떤 함정이 방심의 틈을 타 노릴지 모르는 터. 한껏 진기를 끌어 모아 오감을 극대화시켜 주변 상황을 예의 주시했다.

다행히 별다른 변화는 없었다.

그럼에도 긴장의 끈을 놓치지 않던 공치는 반 각이 지나도 별다른 변화가 없자 그제야 한 걸음 물러나며 안도의 한숨을 내쉬었다.

바로 그때였다.

석상이 있던 천장에서 검은 물체가 꿈틀거렸다.

공치가 그것을 느꼈을 때 그 검은 물체는 이미 그의 정수리를 향해 꼬챙이와 비슷한 검을 내리박고 있었다.

"끄윽!"

텅.

공치의 손에 들린 기형도가 힘없이 땅에 떨어졌다.
"누, 누구냐!"
누군가의 외침이 터져 나왔다. 하지만 공치를 절명시킨 괴인영은 아무런 대답도 하지 않았다. 그저 그들을 향해 새하얀 이를 드러내 웃고는 다시 어둠 속으로 모습을 감춰 버릴 뿐이었다.

    *   *   *

한 사내가 동굴을 바라보고 있었지만 누구 하나 그를 신경 쓰는 사람은 없었다.
광장에 워낙에 많은 사람이 몰려 있었고 저마다 선택의 기로에 놓여 있었기 때문이었다.
"어느 쪽으로 가야 하나?"
사내, 도극성은 꽤나 오랫동안 망설이고 있었다.
지금 당장이라도 대붕금시는 구중천의 음모라는 사실을 만천하에 알려주고 싶었지만 비동까지 들어선 사람들이 그의 말을 믿어줄 리 만무했고 게다가 대정련에 자신의 존재를 알려주고 싶은 마음은 더더욱 없었다.
그래서 결정했다.
"저기……."
낯선 사내가 말을 걸자 바라보는 사내의 얼굴에 경계의 빛이 역력했다.
"수라검문은 어느 쪽으로 갔습니까?"
"수라검문 말씀이오?"
"예."
"잘 모르겠소. 나도 늦게 들어와서."
사내는 말을 섞기 싫다는 듯 서둘러 대답을 하곤 멀찌감치 물러가 버렸다.
씁쓸히 웃은 도극성이 다른 사람들에게 말을 붙여보았지만 대다수가 먼젓번 사내와 같은 반응이었다. 물론 나름 호의를 보이는 자들도 있었으나 수많은 동굴 중에 수라검문이 선택한 몇 개를 기억하는 사람들은 없었다.
그래도 십여 명이 넘는 사람들을 붙잡고 물어본 덕에 결국 수라검문이 진입한 동굴을 찾을 수가 있었다.
"늦지 않았으면 좋으련만."
도극성은 구중천의 음모가 이미 동굴 내부에서 진행되고 있다고 믿고 있었다. 하지만 꼭 그런 것만은 아니었다.

*　　*　　*

동굴이 발견된 곳에서 백여 장 떨어진 숲.
군웅들이 동굴로 들어간 지 정확히 반 시진이 지난 시점에서 구중천의 정예들이 모습을 드러냈다.

"준비는 되었느냐?"

대답은 없었다. 그저 침묵으로 대답을 대신할 뿐이었다.

수하들의 모습에서 만족감을 느낀 마영성이 고개를 끄덕였다.

"좋아. 충분히 준비가 된 것으로 믿겠다."

슬며시 동굴을 살피던 마영성이 착 가라앉은 음성으로 말을 이었다.

"현재 동굴 밖에 있는 인원은 대략 삼백, 그리고 동굴 내부의 광장에 있는 인원이 대략 오백. 나머지는 동굴 속으로 뿔뿔이 흩어졌다. 내부의 지리와 어떤 함정이 있는지는 다들 외우고 있겠지?"

"예."

흑천전단의 이, 삼, 사대의 대주들이 수하들을 대신하여 대답했다.

"작전은 처음과 같다. 동굴로 진입 후 모조리 쓸어버린다. 또한 이번 작전에 동원된 비급과 보물들 역시 회수한다."

"밖에 있는 자들은 어찌합니까?"

"놔둬. 그놈들은 보물에 욕심도 내지 못하는 쓰레기에 불과하니까. 참고로 너희들도 알다시피 초혼살루의 살수들 역시 이번 일에 동원되었다. 쓸데없이 부딪치지 마라."

"착각할 수도 있습니다만."

"그땐 알아서 해라. 무슨 일이 벌어지든 내가 책임지겠다."

"존명."

각 대주들이 허리를 꺾으며 명을 받았다.

* * *

"조심해라!"

화검종이 자신을 향해 날아오는 암기를 쳐내며 소리쳤다.

그의 외침이 아니더라도 이미 적의 존재를 눈치 챈 수라검문의 무인들은 위험에 대비하고 있었다.

쉬이익!

슈슈슉!

방금 전과는 비교도 되지 않을 정도로 날카로운 파공성과 함께 무수히 많은 암기들이 날아오기 시작했다.

"꺼져랏!"

기세 좋게 외친 화검종이 미친 듯이 칼을 휘둘렀다.

그를 향해, 그리고 뒤쪽에 있는 그의 수하를 향해 날아든 암기가 수십, 수백이 넘었지만 화검종의 칼을 벗어난 암기는 몇 개 되지 않았다.

마지막 암기를 낚아채 집어 던지는 것으로 한참 동안이나 이어졌던 기습도 끝이 났다.

"더러운 놈들!"

화검종이 거친 숨을 내쉬며 욕설을 내뱉었다. 그리곤 천천히 호흡을 가다듬으며 물었다.

"피해는?"

"세 명이 당했습니다."

암습이 그토록 거셌던 것을 감안하면 생각보다 적은 피해였다.

"그래? 그렇단 말이지."

화검종의 눈에서 스산한 기운이 피어올랐다.

"나와라!"

화검종이 한껏 살기를 담아 소리쳤다.

아무런 대꾸도 없자 수하들이 들고 있던 횃불을 낚아채더니 전방을 향해 던졌다.

꽝!

일직선으로 날아간 횃불이 벽에 박히며 주변을 밝히자 그 횃불 아래 몸을 숨긴 이들의 모습이 고스란히 드러났다.

"쥐새끼 같은 놈들. 숨는다고 모를 줄 알았느냐?"

화검종이 가소롭다는 듯 비웃음을 던지며 걸어가자 벽 기둥에 몸을 숨기고 있던 이들도 천천히 모습을 드러냈다.

그 중심에 있는 노인이 유명밀부의 장로임을 알아본 화검종이 놀랍다는 듯 손뼉을 쳤다.

열린 비동(秘洞) 203

"호오~ 네놈들은 유명밀부의 떨거지들이 아니더냐? 감히 우리를 공격하다니 용기가 가상한걸."

"닥쳐라!"

유명밀부의 장로 구역소(舊繹騷)가 발끈하여 소리쳤다.

"배짱도 제법이고."

화검종은 싱글싱글 웃고 있었다. 하나, 상대는 그 웃음에서 죽음의 공포를 느끼고 있었다.

"불가침 어쩌고 했다지만 솔직히 지켜지리라곤 생각도 하지 않았다. 애당초 대정련이나 네놈들은 믿을 수가 없는 종자들이거든. 앞에선 적당히 웃음을 흘리고 뒤에서 칼을 꽂는 놈들."

"함부로 말하지 마라."

"함부로? 좋다. 하면 어째서 우리를 공격했느냐?"

"네놈들이 먼저 공격하지 않았느냐?"

구역소의 말에 화검종은 어이가 없다는 듯 피식 웃음을 터뜨렸다.

"나원. 억지도 좀 적당히 부리지 그래. 방금 전, 미친 듯이 암기를 뿌려댄 게 누구더라? 너희 유명밀부 놈들 아니더냐?"

"그건 우리가 맞다."

"그런데 공격을 하지 않았다고?"

"그건 공격이 아니라 방어를 위함이었다."

"이건 무슨 개 풀 뜯어먹는 소리야!"

"방금 전, 우린 적으로부터 공격을 받았다. 그 공격으로 무려 절반이 넘는 인원이 목숨을 잃었고 공격은 계속되고 있었다. 그 와중에 당신들이 온 것이다."

"그래서 적으로 알았다?"

"그렇다."

"지랄! 말이 되는 소리를 해라."

하지만 그 와중에도 유명밀부의 상태를 세밀히 살피던 화검종은 구역소의 말을 아예 믿지 않을 수도 없었다. 치열한 싸움이 있었는지 저마다 피투성이가 된 데다가 얼굴은 공포에 질려 있는 것이 아닌가.

'흠, 아주 거짓은 아닌 모양인데… 하면 누가 저놈들을 공격했지? 사도천을 저리 만들 정도면 우리나 대정련 정도는 되어야 할 텐데. 대정련인가?'

문득 이상한 생각이 들었지만 그렇다고 달라질 것은 없었다.

이유야 어찌 되었든 그는 도발을 해온 적을 그냥 둘 정도로 아량이 넓지 않았다.

"쓸어버려."

간단히 명을 내리며 돌아서는 화검종.

그의 뒤로 야차와도 같은 이들이 날뛰며 학살이 시작되었다.

"양 대협!"

좌측에서 다가오는 일단의 무리를 경계하며 잔뜩 긴장을 하고 있던 유운개가 앞장서서 걸어오는 인물이 화산파의 양도선임을 확인하고 반갑게 소리쳤다.

양도선 역시 어둠 저편에서 일렁이는 기척을 눈치 채곤 조심스러워하다가 유운개의 목소리를 듣고는 밝은 표정을 지었다.

"무사하셨군요."

양도선의 말에 유운개가 씁쓸히 고개를 가로저었다.

"그다지 무사하다고 볼 수는 없네."

양도선은 유운개의 말에 슬그머니 뒤쪽을 살폈다. 삼십에 육박했던 개방의 제자들이 고작 열 명 남짓 남아 있었다.

"피해가 만만치 않군요."

"그러게 말일세."

유운개가 한숨을 내쉬다가 전력의 누수가 조금도 없는 화산파를 보며 다시금 탄식을 내뱉었다.

"생각보다 저희들 앞에 놓인 기관매복이 약했습니다. 운이 좋았던 것 같네요."

영운설이 안타까운 표정으로 말했다. 그러자 유운개가 고개를 흔들었다.

"아니. 꼭 그렇지도 않네, 군사. 솔직히 함정에 당하기는 했어도 그 피해는 별로 없었으니까."

"예? 하면 어르신 일행이 당한 피해는……."

순간, 유운개의 눈이 분노로 일그러졌다.

"공격을 받았네."

"그게 무슨 말씀이십니까, 공격이라니요?"

영운설의 표정이 심각하게 굳었다.

개방이 공격을 당했다는 것은 곧 대정련을 공격했다는 것을 의미했고 그와 같은 힘과 간담을 지닌 곳은 오직 수라검문과 사도천뿐이었다.

그러나 그들과는 이미 불가침조약을 맺지 않았던가.

비록 그 장소가 동굴에 국한되어도 함부로 어길 성질의 것은 아니었다.

"누구에게 공격을 당한 것입니까?"

"그게 잘… 아니, 사도천이라고 보면 맞겠지."

유운개의 반응이 조금 이상했던지 영운설이 다시 물었다.

"사도천이라고 하셨나요? 정확하게 말씀해 주셔야 합니다."

그제야 유운개도 조금은 차분한 어조로 말을 이었다.

"처음엔 누구의 공격을 받았는지 몰랐네. 갑작스런 기습에 조금 당황을 했으니까. 하지만 시간이 갈수록 피해는 점점 늘어가고 상황은 심각하게 변해갔네. 그리고 방금 전, 우리를 공격했던 이들을 격살하면서 비로소 적의 정체를 밝힐 수 있었지."

"그들의 정체가 사도천이었습니까?"

유운개가 고개를 끄덕였다.

"두 명뿐이었지만 사도천의 제자들이 분명했네."

"확인을 해야 할 것 같군요."

눈으로 확인을 하지 않고 단지 말을 전해 듣는 것으론 뭐라 판단을 내릴 수 없었던 영운설의 명에 의해 개방의 제자들을 앞세운 화산파의 제자들이 사도천의 제자라 의심되는 자들의 시신을 옮겨왔다.

영운설이 그들의 시신을 꼼꼼히 살피다가 물었다.

"이자들을 물리친 분이 어르신이십니까?"

"그렇네. 솔직히 워낙 어두운 데다가 놈들의 움직임이 빨라서… 운이 좋았지. 내가 날린 장력이 다행히 놈들의 가슴을 격중해서 그렇지 하마터면 놓칠 뻔했으니까."

유운개의 말대로 무참히 뭉개진 시신의 가슴엔 유운개가 날린 장력의 흔적이 고스란히 남아 있었다.

하지만 차분히 시신을 살피던 영운설의 눈은 확신에 찬 유운개의 말과는 달리 의혹에 가득 차 있었다.

'검에 뚫린 흔적이다.'

전체적으로 뭉개진 가슴팍에서 정확히 심장 부분을 감싸

고 있던 살만큼은 그 찢어진 단면이 너무도 매끄러웠다. 그래 봤자 고작 손가락 마디만큼도 되지 않았으나 그 의미는 중대했다.

"혹시 검을 쓰셨습니까?"

"그런 적은 없는데……."

"어르신이 아니라면 다른 분들이라도."

"아니, 그자들의 행적을 쫓은 사람은 노부뿐이었네. 공격을 성공시킨 사람 또한 나뿐이었고. 한데 왜 그러는가?"

"여기, 이곳을 좀 보십시오."

유운개와 양도선이 동시에 그녀가 가리키는 곳으로 고개를 가져갔다.

"어르신의 장력이 도착하기 전, 이자의 심장은 이미 날카로운 검에 의해 뚫려 버린 것 같군요."

"하면 내가 죽은 시신을 공격했단 말인가?"

유운개가 놀라 되물었지만 답은 그 역시 알고 있었다.

"대단한 놈들이군요. 어르신의 이목을 숨기고 이런 일을 꾸밀 수 있다니."

양도선이 고개를 설레설레 내저으며 놀란 표정을 지었다.

유운개라면 개방에서도 손꼽히는 고수였다. 그런 유운개를 농락할 정도라면 실로 무서운 실력이 아닐 수 없었다.

"감히 어떤 놈들이……."

유운개가 시뻘겋게 달구어진 얼굴로 씩씩거리자 양도선이 당연하다는 듯 말했다.

"이만한 일을 꾸밀 수 있는 곳은 수라검문뿐입니다."

"그렇겠지? 실력도 있고 말이야."

"하지만 그럴 이유가 없어요."

영운설이 고개를 흔들었다.

"이유는 많지. 당장 노부가 얻은 검만 하더라도……."

유운개가 두 자 정도의 검을 슬쩍 내비치며 말끝을 흐렸다.

"그렇다고 정확한 증거가 없는 이상 함부로 의심할 수는 없어요."

"그도 그렇긴 하지만……."

유운개가 떨떠름한 표정을 짓자 영운설이 곧장 화제를 바꿨다.

"이 동굴 말이에요. 다른 곳으로 향하는 것 같지만 결국은 각 동굴이 서로 엮이고 엮이도록 만든 것 같군요."

"그도 그렇군. 노부도 군사를 이곳에서 만날 줄은 꿈에도 몰랐네. 서로 가장 멀리 떨어진 동굴로 진입을 하지 않았는가?"

"예. 우리처럼 벌써 많은 사람들이 서로 만나고 있을지 모르겠군요. 그리고… 피를 보고 있을지도 모르고요."

영운설의 말에 양도선과 유운개가 동시에 흠칫거렸다.

"보물이 눈앞에 있고, 정체를 알 수 없는 자들의 이간질이 있다면 십중팔구는 충돌을 할 수밖에 없을 거예요. 어쩌면 이미 시작되었는지도 모르지요."

중얼거리듯 내뱉는 영운설의 말.

안타깝게도 그녀의 예상은 한 치의 오차도 없었다.

第三十六章
난전(亂戰)

"더러운 놈들. 난 네놈들이 이리 나올 줄 알고 있었다."

한 자루 검에 의지해 간신히 몸을 지탱하고 있던 현음궁의 호법 나청무(羅靑蕪)가 눈앞의 상대를 노려보며 소리쳤다.

하나, 큰소리를 칠 만큼 그의 상황은 좋지 않았다.

그를 따르던 스무 명의 수하는 이미 목숨이 끊어진 지 오래고 그 자신도 치명적인 부상을 입은 상태였다.

"먼저 공격을 한 것은 네놈들이었다."

나청무에게 치명적인 일검을 안겨준 관철림이 싸늘한 어조로 대꾸했다.

"이곳에 먼저 도착한 사람이 누구더냐? 바로 우리였다."

"그게 선공의 이유는 되지 않는다. 우리는 너희들의 소유권을 인정하려고 했었다."

"거짓말!"

"어떤 보물인지 확인을 하겠다고? 그저 확인만? 크크크! 탐욕에 물든 네놈들의 말을 믿으라고? 웃기는 소리지."

순간, 관철림도 할 말을 잃었다. 그리곤 스스로 생각해도 말도 안 되는 주장을 펼친 자를 떠올렸다.

싸움의 발단이 된 자, 하나 그는 싸움이 시작되자마자 목숨을 잃고 말았다.

"이 빚은 죽어서도 잊지 않겠다."

그 말을 끝으로 나청무는 자신의 가슴에 검을 박아버렸다.

적에게 목숨을 잃느니 차라리 스스로 목숨을 끊는 것이 자존심을 지키는 길이라 생각한 것이다.

그 모양을 보던 관철림이 다소 불편한 표정으로 한숨을 내쉬었다.

'보물 따위가 뭐길래……'

관철림의 시선이 나청무의 시신에서 얼마 멀지 않은 곳에 떨어져 있는 나무함으로 향했다.

그 안에 뭐가 들어 있는지 그는 몰랐다.

무공비급이 들어 있을 수도 있었고, 세상이 깜짝 놀랄 신병이기가 있을 수도 있었다. 어쩌면 천금, 만금을 주고도 살 수 없는 보석이 있을 수도 있었다. 하지만 그로 인해 서른도 넘는 인원이 목숨을 잃었다. 예기치 않은 싸움으로 피아 가릴 것 없이 많은 이들이 목숨을 잃은 것이다.

갑자기 모든 일이 부질없다는 생각이 들었다.

바로 그때였다.

일단의 무리가 천천히 다가오고 있었다.

그들의 정체를 확인한 관철림의 눈동자가 미미하게 흔들렸다.

'산… 정호.'

십여 명의 수하를 이끌고 모습을 드러낸 사람은 다름 아닌 현음궁의 궁주 산정호. 그야말로 최악의 상황에 부딪친 것이었다.

"협정을 깨버렸군."

산정호는 눈앞의 상황을 그 한마디로 정리해 버렸다.

"그게 아니었소. 오해가……"

관철림이 다급히 변명을 하려 했으나 산정호의 날카로운 시선에 그의 말은 이어질 수가 없었다.

"오해? 상관없다. 그게 어떤 오해든간에 내 눈앞에 쓰러진 이들은 나의 친구요, 수하들. 난 그 빚만 갚으면 되는 것이지. 하 장로."

"예, 궁주."

친우 나청무의 죽음을 확인하고 미칠 듯한 분노를 억지로 참고 있던 하일종(夏—宗)이 살기 띤 음성으로 대답했다.

난전(亂戰) 217

"빚을 갚아주게. 기왕이면 이자도 듬뿍 쳐서 말이야."

"알… 겠습니다."

대답을 하는 하일종의 음성이 어찌나 살벌하든지 산전수전 다 겪은 관철림까지도 흠칫 몸을 떨 정도였다.

한데 바로 그 순간, 말도 안 되는 억지를 부려 대정련과 사도천을 충돌시켰으나 싸움이 벌어지자마자 쓰러진, 어둠을 이용하여 다소 어설픈 역용술을 들키지 않고 끝내는 자신의 임무를 충실히 완성한 자가 가만히 눈을 뜨고 있었다.

바닥에 누워 지금의 상황을 여유롭게 즐기는 그의 웃음은 사탕을 입에 물고 한바탕 신나는 연극을 보는 어린아이의 웃음처럼 해맑기만 했다.

* * *

똑똑.

천장에 달린 종유석에서 물방울 떨어지는 소리만이 요란한 곳.

언제부터인지 십여 명의 사내들이 시립하고 있었다.

그들이 취할 수 있는 최대한의 공손한 태도로 바라보고 있는 곳, 바로 그곳에 초혼살루의 루주 음곡과 사대장로들이 앉아 있었다.

"어찌 되고 있느냐?"

착 가라앉은, 어찌 보면 나른하다고 여겨질 만큼 무미건조한 음성에 맨 좌측의 사내가 조용히 입을 열었다.

"현재까지는 계획대로 잘 진행되고 있습니다."

"구체적으로."

"예. 현재 우리의 손에 직접적으로 목숨을 거둔 숫자가 육십에 간접적으로 목숨을 거둔 자가 삼백을 넘어섰습니다."

"간접적이라……."

"예. 교란책으로 인해 서로 싸우다 상잔한 숫자를 말씀드린 것입니다. 특히 대정련과 사도천이 치열하게 싸웠습니다."

"근래 들어 서로 악연이 있었으니까."

음곡은 얼마 전 무석영가에서 벌어진 일을 떠올리며 고개를 끄덕였다.

서로 유야무야 끝난 일이기는 해도 당시 목숨을 잃은 사람이 백여 명을 훌쩍 넘은 터. 대정련과 사도천은 여전히 앙금이 남아 있을 것이다.

"수라검문은?"

음곡의 질문에 보고를 올리던 자의 낯빛이 살짝 어두워졌다.

"놈들만큼은 저희들의 계략에 잘 넘어오지 않고 있습니다. 게다가 직접적인 암습도 거듭 실패를 해서……."

"얼마나 잃었느냐?"

"열일곱입니다."

음곡의 눈썹이 노기로 꿈틀거렸다.

이번 일에 초혼살루가 투입한 인원이 총 구십구 명. 열일곱이라면 그중 이 할에 해당하는 전력이었다.

"그 많은 인원이 수라검문 한곳에 당했단 말이냐?"

"면목없습니다."

"멍청한!"

하지만 그 이상 추궁할 수는 없었다.

현재까지 임무에 실패하여 목숨을 잃은 인원이 삼십에 육박하는데 그중 절반이 수라검문에서 나왔다는 것은 그만큼 그들의 전력이 강하다는 것을 의미했기 때문이었다.

"철수시켜."

"하지만……."

"본대가 움직였다는 전갈이다. 더 이상 애꿎은 제자들만 당하게 할 수는 없지 않느냐? 굳이 무리할 필요도 없다고 전해라."

"알겠습니다."

"그리고… 놈은 지금 어찌하고 있다더냐?"

순간, 좌중의 공기가 착 가라앉았다.

지금부터 나누는 말은 어쩌면 초혼살루에 있어서 그 어떤 대화보다 더욱 중요할 수 있었기 때문이었다.

"주로 사도천을 공략하다가 지금은 수라검문 쪽으로 이동한 것으로 압니다. 현재까지 열여섯 명을 암살했고 그중 수뇌급이 넷입니다."

"음."

음곡을 비롯하여 사대장로의 입에서 묵직한 신음이 흘러나왔다.

그야말로 독보적인, 가히 일당백이라 할 수 있는 엄청난 활약이었다.

"무슨 수를 써야 하지 않겠습니까, 루주?"

사대장로 중 우두머리이자 초혼살루의 이인자 백로(白老)가 물었다.

"놈을 따르고 지지하는 수하들의 수가 절반에 육박합니다. 지금이야 납작 엎드려 있다고는 해도 이대로 가다간 오히려 놈에게 우리가 잡아먹힙니다. 더 이상 크기 전에 싹을 잘라야 합니다."

적로(赤老)의 말에 흑로(黑老), 청로(靑老)가 고개를 끄덕이며 동조를 표했다.

"어찌했으면 좋겠소?"

"우선 생각해 볼 수 있는 방법은 놈을 따르지 않는 녀석들을 움직이는 겁니다. 여기 있는 금혼(金魂)과 은혼(銀魂) 정도면 되지 않을까 싶습니다."

적로의 말에 시립해 있던 열 명의 살수 중 두 명이 앞으로 나오며 무릎을 꿇었다.

"자신있느냐?"

음곡이 물었다.

"……."

그들이 아무런 대답도 하지 못하자 음곡이 찌푸린 얼굴로 다시 물었다.

"자신있느냐고 물었다."

그러자 금혼이 조용히 입을 열었다.

"불가능합니다."

짧지만 결코 가볍지 않은 무게를 담은 대답.

어느 정도 예상을 했는지 음곡은 별다른 말이 없었지만 사대장로, 특히 적로의 반응은 대단했다.

"뭣이! 그걸 지금 말이라고 하느냐! 금혼 이놈! 장차 나를 이어 초혼살루의 장로가 될 놈이 뭐라? 자신이 없어?"

유난히 아꼈던 제자, 그만큼 적로의 분노는 컸다.

"죄송합니다, 사부님. 그래도 안 되는 것은 안 되는 겁니다. 제 능력으론 묵 사제를 감당할 수 없습니다."

"그건 저도 마찬가지입니다. 설사 금혼 사형과 합공을 해도 그 결과는 마찬가지일 것입니다."

금혼에 이어 은혼까지 불가능하다고 거들고 나서자 적로는 할 말을 잃고 있었다.

강하다는 것은 알고 있었지만 그들이 생각했던 묵혈의 강함과 제자들이 생각하는 강함은 그 차원이 달랐던 것이다.

길길이 날뛰는 적로와는 달리 차분히 생각에 잠겼던 백로가 입을 열었다.

"하면 차선책을 생각해야겠군요."

"다른 방법이 있소?"

음곡의 물음에 백로가 천천히 고개를 끄덕였다.

"차도살인지계(借刀殺人之計)뿐인 것 같습니다."

"차도살인지계라……."

음곡은 그 즉시 백로의 뜻을 알아차렸다.

"수라검문을 이용하면 되겠소?"

"이미 접근해 있는 수라검문보다는 대정련이 좋을 듯싶습니다. 녀석과 악연도 제법 쌓여 있고."

"음. 그게 좋을 것 같소. 금혼."

"예, 루주."

"지금 즉시 녀석에게 전갈을 보내 목표가 바뀌었음을 알려라."

"존명."

명을 받은 금혼이 연기와 같이 사라지자 음곡의 눈이 은혼과 시립해 있는 이들에게 향했다.

"너희 역시 대정련으로 움직여라. 앞서 움직이지 않되 만에 하나 녀석이 살아남으면 무슨 수를 써서라도 뒷마무리를 해야 할 것이다."

"존명."

은혼과 수하들이 순식간에 모습을 감추자 음곡은 지그시 눈을 감았다.

 '멍청한 녀석. 어차피 세월이 흐르면 초혼살루는 자연 제 것이 될 텐데 고작 그 얼마간의 시간을 못 참다니… 역시 반골상이란 어쩔 수 없는 것인가?'

 이맛살을 찌푸리는 그의 표정에서 아픔과 함께 제자의 배반에 대한 분노가 느껴졌다.

 하지만 그가 알고 있는 것과는 달리 묵혈은 지금까지 단 한 번도 반역을 꿈꾼 적이 없었다.

 음곡은 그 모든 사실이 초혼살루의 비상(飛上)보다는 보다 오랫동안 지금의 위치에서 모든 것을 누리고 싶었던, 묵혈이 너무도 빠르게 자신들의 자리를 위협한다는 생각에 두려움을 느꼈던 사대장로의 음모라는 것을 전혀 모르고 있었다.

*　　　*　　　*

 "훗, 제대로 해냈군."

 구중천의 천주 하후천이 승전보가 담긴 서신을 읽으며 만족한 미소를 지었다.

 "생각보다 피해도 적었고 기밀도 철저하게 유지된 것으로 알고 있습니다."

 "잘된 일이지. 그리고 신산, 네 말대로였다. 사마휘 그놈,

별 볼일 없는 자인 줄 알았는데 실로 대단한 자였던 모양이야. 하긴, 사황의 무공을 이었으니 당연한 것이겠지만. 혹시 놈이 사황의 무공을 익히고 있음을 알고 있었던 것이냐?"

대수롭지 않게 던진 듯 들렸지만 신산은 하후천의 시선이 날카롭게 자신을 살피고 있음을 느끼며 바싹 긴장을 했다. 그러나 조금도 내색하지 않고 차분히 대꾸했다.

"수하들이 올린 보고와 그간 그가 보여준 실력에 따라 판단했을 뿐입니다. 단지……."

"단지?"

하후천이 눈빛을 빛냈다.

"사도천의 상징인 환혼주가 사황의 물건임을 감안했을 때 어쩌면 사황의 무공이 그에게 이어졌을 수도 있다는 생각은 조금 하고 있었습니다."

"과연, 신산이로군. 너의 정확한 판단 덕에 기분 좋은 승리를 거둘 수 있었다."

신산은 자신에게 드리워졌던 하후천의 눈빛이 다소 엷어진 것을 느끼며 내심 안도의 한숨을 내쉬었다.

"어쨌거나 사도천을 날려 버리는 것으로써 무림제패의 첫 발은 제대로 딛은 것인데… 다음은 수라검문인가?"

"그렇습니다."

"계획은?"

"세부 계획은 지난번에 말씀드린 대로입니다. 이미 흑영전단(黑影戰團)이 흑룡전단과 합류하기 위해 이동을 시작했고, 삼십 명의 호법도 함께 움직였습니다."

"사도천에서 수라검문까지의 거리는?"

"정확히 나흘입니다."

"나흘이라면 기밀 유지가 될까? 복우산 쪽 일도 있고 말이야."

"충분할 것 같습니다. 오히려 복우산의 일로 인해 주의가 흐트러질 수 있을 것입니다. 게다가 애당초 사도천을 비밀리에 친 이유가 놈들에게 대비할 시간을 주지 않기 위함이었으니까요. 놈들이 사도천의 일과 우리의 움직임을 파악했을 땐 어찌 손쓸 틈도 없을 것입니다. 우선적으로 본거지를 치고 그들의 영향력 아래 놓여 있는 문파들을 하나씩 제압을 해나간다면 그다지 어려운 싸움은 아니라고 생각합니다. 또한 복우산의 일로 구중천의 존재가 만천하에 드러날 것. 이참에 압도적인 힘을 보여줄 필요도 있으리라 봅니다."

"압도적인 힘이라… 좋은 말이지. 신산."

"예, 천주님."

"호법이 삼십 명 움직였다고 했느냐?"

"그렇습니다."

"더 보내."

"예?"

"기왕 보여주려면 화끈하게 보여줘야지. 아예 흔적도 없이 날려 버리라고 해."

"알겠습니다."

"참, 저쪽 일은 잘되고 있겠지?"

"예. 계획대로라면 틀림없이 성공할 수 있을 것입니다."

신산은 자신있게 말했다.

하나, 그는 몰랐다.

완벽하리라 여긴 계획이 무명신군으로 인해, 그리고 도극성으로 인해 이미 틀어질 대로 틀어지고 있다는 것을.

* * *

"네놈들! 우리가 누구인지 알고 이러는 것이냐?"

청년의 일갈에도 불구하고 그들의 앞을 가로막은 자들은 전혀 개의치 않았다. 오히려 한껏 이죽거리며 청년과 그들 일행을 조롱했다.

"알지, 알다마다. 저 위대한 구양세가의 사람들이 아니더냐? 뭐, 대정련의 충견이기도 하지만. 하하하하!"

"감히!"

청년, 구양세가의 소가주 구양충이 분노에 찬 모습으로 검을 쳐들었다. 순간, 동굴이 떠나가라 웃음 짓던 사내가 웃음을 딱 멈추더니 온몸에 한기가 들 정도로 무시무시한 살기를 뿜어내며 구양충을 향해 걸음을 움직였다.

"크으."

나직한 신음과 함께 구양충은 자신도 모르게 뒷걸음질치고 말았다.

'제, 젠장.'

자신의 실기를 깨달은 구양충이 의식을 잃고 쓰러져 있는 부친 구양도를 바라보며 이를 질끈 깨물었다.

'물러서면 죽는다.'

부친과 숙부를 비롯하여 세가의 식솔들이 위태로운 상황에 빠진 지금 그들을 보호할 사람은 오직 자신뿐이었다.

"쳐라!"

나직한 명령과 함께 구양충에게 돌진하는 중년인, 유명밀부 불인당(不人堂) 당주 진렵(秦獵)의 동작은 참으로 빨랐다.

단 두 걸음으로 구양충의 코앞까지 육박한 진렵.

몇몇 구양세가의 제자들이 구양충을 보호하기 위해 앞을 가로막았지만 초승달처럼 크게 휘어진 칼질에 그를 막던 이들 중 태반이 목숨을 잃고 쓰러졌다.

"어린놈, 수하들 뒤로 숨을 생각이냐? 그런다고 살 수 있을 것이라 생각하면 오산이지!"

외침과 함께 진렵의 칼이 다시금 크게 움직였다.

애당초 물러설 곳이 없었던 구양충도 필사적으로 검을 휘둘렀다.

구양세가의 시작이자 끝이요, 실전되었다가 다시 돌아온

절영검법이었다. 문제는 그의 성취가 너무도 낮다는 것. 그래도 나름 위력은 있었다.

구양충의 검이 매서워지자 매섭게 돌진하던 진렵이 돌연 태도를 바꿨다. 그리곤 느긋하게 구양충의 공격을 막아내며 마치 어린아이를 가지고 놀 듯 희롱했다.

상당한 시간이 흐르고 자신이 아무리 공격을 퍼부어도 상대의 옷깃 하나 스칠 수 없다는 것을 깨달은 구양충이 절망감에 사로잡혀 검을 늘어뜨리자 진렵도 움직임을 멈추고 차가운 비웃음을 흘렸다.

"왜? 더 해보지 그래?"

"……"

구양충은 수치심으로 인해 벌겋게 달아오른 낯빛으로 피가 나도록 이를 악물었다.

구양세가가, 절영검법이 모욕을 당하고 있었다.

그럼에도 아무것도 할 수 없는 자신이 그토록 미울 수가 없었다.

"그냥 죽을 테냐?"

"……"

"뭐, 원한다면 그리해 주지. 어차피 끝날 상황이기도 했으니까."

수하들에 의해 구양세가의 식솔들 대부분이 쓰러진 상황인 데다가 더 이상 대항하지 않는 상대는 희롱할 재미도 없었다.

"염라대왕이 묻거든 유명밀부의 당주 진렵 어르신이 보냈다고 전해라. 크크크."

끝까지 구양충을 농락한 진렵이 그의 목숨을 거두기 위해 칼을 움직일 즈음, 그의 뒤에서 갑자기 모습을 드러낸 사내가 있었다.

그를 발견한 구양충의 눈이 휘둥그레지고 그런 구양충의 반응에서 뭔가 이상함을 느낀 진렵이 그 즉시 칼의 방향을 틀어 뒤로 찔러가며 몸을 틀었다.

아무것도 없었다.

그가 찌른 칼은 빈 공간을 갈랐고 날카로움을 뽐내던 시선에도 걸리는 것이 없었다.

'위험하다.'

등골이 오싹했다.

진렵은 알고 있었다.

자신의 배후에 누군가가 존재한다는 것을.

그것은 여전히 놀라고 있는 구양충의 반응에서도, 기겁을 하며 달려오는 수하들의 모습에서 알게 된 것도 아니었다.

그의 육감이, 수십 년간 전장터를 누벼오면서 체득한 그의 육감이 본능적으로 느끼고 있는 것이었다.

엄청난 위기감에 사로잡혔던 진렵은 은밀히 힘을 모은 뒤 수하들이 자신의 뒤에 있던 사내를 공격하는 것과 때를 같이

하여 폭발하듯 뛰쳐나갔다.

'벗어났다.'

진렵은 적으로부터 벗어났다는 안도감에 뒤를 돌아보았다. 하지만 차라리 돌아보지 않는 것이 나았다.

"헉!"

진렵이 자신의 얼굴을 향해 접근하는 그림자에 기겁을 하며 몸을 틀었다.

그림자는 간발의 차이로 그의 뺨을 스치며 지나갔다.

"호~ 빠르군."

설마하니 공격이 실패할 줄은 생각도 못했다는 듯 곧바로 따라붙으며 재차 손을 놀리는 사내.

놀란 진렵이 황급히 피하며 뭐라 소리치려 했지만 미처 입을 열기도 전에 그는 왼쪽 뺨에 엄청난 충격을 느끼며 한참을 날아가 처박혔다.

"크으으!"

머리가 텅 빈 것 같았다.

다리가 후들거리고 정신을 차릴 수가 없었다.

벽에 부딪친 충격보다 백배는 강력한 고통이 뺨에서 시작하여 전신 뼈마디를 울리며 지나갔다.

고통을 견디지 못한 진렵은 결국 땅바닥에 주저앉고 말았다.

그사이 사내는 진렵의 수하들을 공격하고 있었다.

사내의 손이 한 번 움직일 때마다 유명밀부의 제자들은 비명도 제대로 지르지 못하고 쓰러졌다.

두 번의 공격이 없었다.

그 누구도 사내의 손길을 피하지 못했고 또 버티지 못했다.

반 각도 되지 않아 스무 명에 가까운 유명밀부의 제자들이 모조리 땅에 뒹굴었다.

그제야 움직임을 멈춘 사내, 도극성이 멍한 눈으로 자신을 바라보는 구양충에게 걸어갔다.

"괜찮습니까?"

"도, 도 대협."

설마하니 도극성을 지금과 같은 상황에서 만나리라고는 꿈에도 생각 못한 구양충의 눈에 감격이 어렸다.

"그간 잘 지냈습니까?"

의례히 안부를 묻던 도극성이 주변에 널브러진 구양세가의 인물들을 보며 얼굴을 붉혔다. 참으로 눈치없는 질문을 던졌다고 여긴 것이다.

"어찌 된 것입니까?"

도극성이 실수를 만회하고자 재차 질문을 던졌다.

"함정에 당했습니다."

"함정이라면……."

"이것을 얻는 과정에서 아버님과 숙부님께서 독에 중독이 되셨습니다. 그 틈에 저들이 공격을 했지요."

구양충이 구양세가의 가주 구양도의 품에 안겨져 있던 검을 내보이며 말했다.

"대단한 검이군요."

잠시 검을 꺼내본 도극성의 입에서 찬탄이 튀어나왔다.

금빛 휘광을 드러내는 검.

검을 보는 눈이 그다지 뛰어나다고 할 수는 없었지만 검을 본 사람이라면 누구라도 탄성을 내지를 정도로 멋들어진 검이었다.

적당한 길이에 적당한 무게, 그리고 그 어떤 것이라도 자를 것만 같이 번뜩이는 예기 하며 은연중에 뿜어져 나오는 기운이 예사로운 것이 아니었다.

"금린보검(錦鱗寶劍)이라고 하셨습니다."

"금린이라… 멋지군요."

도극성의 연이은 탄성에 흐뭇한 미소를 짓던 구양충의 얼굴이 갑자기 어두워졌다.

보검을 얻어서 좋기는 하지만 그 대가로 부친과 숙부가 사경을 헤매고 있다는 것에 생각이 미쳤기 때문이었다.

구양충의 표정이 변하는 사이 도극성 역시 안색을 굳히고 있었다.

'금린보검이라… 이름대로 훌륭한 검이다. 하면 대붕금시의 전설이 거짓은 아니란 얘기로군. 아니, 어쩌면 거짓이 아니라 믿도록 구중천 놈들이 꾸몄을 수도 있겠고.'

생각이 그쯤에 이르자 구중천의 음모에 대해 사람들을 설득하기가 더욱 힘들 것이란 생각이 들었다.

"이제 어쩌실 생각입니까?"

"그것이……."

구양충이 말끝을 흐리자 도극성이 금린보검을 힐끗 바라보며 말을 이었다.

"원하고자 하는 것을 얻었으니 그만 돌아가는 것이 어떻겠습니까? 이곳은 구양 공자께서 생각하시는 것보다 훨씬 위험한 곳입니다."

도극성은 굳이 구중천을 언급하지 않았다. 이미 목숨을 잃을 뻔한 그에게 가타부타 설명 따위를 할 필요가 없다고 여긴 것이다.

"예, 저도 그리 생각합니다. 하지만 아버님과 숙부님이 중독을 당하신 터라… 당가의 식솔들도 이곳에 온 것으로 압니다."

동굴에 들어온 당가에게 치료를 부탁하겠다는 의미였다.

천하에 당가만큼 독에 대해 정통한 이들은 없는 터.

구양충의 처지를 이해한 도극성이 고개를 끄덕였다.

그렇다고 구중천의 음모가 난무할 동굴에 무작정 남겨놓을 수도 없었다.

'흠, 어차피 믿고 안 믿고는 이들의 선택이다. 난 그저 사실대로 얘기하면 될 것이고.'

잠시 생각에 잠겼던 도극성은 어정쩡하게 서 있는 구양충에게 구중천에 대해, 그리고 대붕금시에 얽힌 음모를 간단하게 설명하기 시작했다.

처음, 대체 무슨 소리를 하는지 이해를 하지 못하겠다는 표정이던 구양충은 시간이 가면 갈수록 심각해진 얼굴로 도극성의 이야기를 경청했다.

다른 사람도 아니고 구양세가를 두 번이나 구해준 은인의 얘기였다. 사막에 물고기가 날아다닌다고 해도 믿을 정도로 도극성에 대한 그의 믿음은 확고했다.

"당가라면 오대세가의 일원이고 오대세가는 대정련과 각별히 협력을 하고 있으니 어쩌면 구중천에 대해 알고 있을지 모릅니다. 혹여 모른다 하더라도 공자께서 설명을 해주십시오."

"알겠습니다."

"또한 대정련의 사람들을 만나게 되면……."

"예. 확실하게 설명토록 하겠습니다."

구양충이 믿음직스럽게 고개를 끄덕이자 그제야 마음이 놓인 도극성이 안심한 표정으로 인사를 건넸다.

"이만 가봐야 할 것 같습니다. 찾을 사람들이 있어서요. 부디 조심하십시오."

"예. 이 은혜를 어찌 다 갚아야 할지……."

공손히 허리를 숙이는 구양충, 그가 숙였던 허리를 폈을 땐 도극성은 이미 자리를 떠난 상태였다.

*　　*　　*

처음 그들이 동굴 내부의 광장으로 들어섰을 때, 사람들은 대정련이나 수라검문, 또는 사도천의 새로운 병력이 이동하는 것이라 생각했다. 하지만 끝도 없이 진입하는 인원을 보며 뭔가 알 수 없는 일이 진행되고 있음을 느끼며 불안한 마음으로 그들을 주시했다.

"쳐라!"

무리의 맨 뒤에서 여러 노인들을 대동하고 나타난 한 중년인의 입에서 흘러나온 말은 그들의 불길한 예감이 정확하게 들어맞았다는 것을 알게 해주었고 생각하기도 싫은 악몽이 현실이 되어 그들에게 들이닥치게 됨을 깨닫게 해주었다.

"으악!"

"크아악!"

"적이다!!"

갑작스런 공격에 놀란 이들의 비명성이 광장을 가득 채웠다.

순식간에 오십여 명이 넘는 군웅들이 차가운 시신이 되어 쓰러졌다.

"시간 끌지 말고 빨리빨리 처리해라. 우리의 손길을 기다리는 놈들이 많이 남아 있다."

흑천이대 대주 황정(黃整)이 핏물이 뚝뚝 떨어지는 기형도를 휘두르며 수하들을 독려했다.

그러자 흑천삼대 대주 위조민(圍操敏)도 눈에 불을 켜고 소리쳤다.

"흑천이대보다 뒤떨어지면 다들 죽을 줄 알아!"

자신들의 대주가 한다면 하는 성격임을 알고 있던 흑천삼대 대원들은 스스로 살기 위해서 죽을힘을 다해 군웅들을 공격했다.

그들의 모습을 보며 흑천사대 대주 이결(李潔)이 한심하다는 듯 고개를 흔들었다.

"아직 본격적인 싸움도 하지 않았는데 저리 힘을 빼다니… 적당히 해. 우리가 이깟 놈들이나 상대하고자 나선 것은 아니니까."

그렇다고는 해도 그의 손속이 무딘 것은 결코 아니었다.

흑천전단에서 단주 마영성과 부단주 능위소를 제외하고 가장 강한 무공을 지녔다고 평가받는 사람이 바로 이결이었다.

그가 지나간 길, 살아남은 사람은 아무도 없었다.

하지만 군웅들이라고 그렇게 일방적으로 당한 것은 아니었다.

그곳엔 대정련의 사람들도 남아 있었고 소수지만 수라검

문의 사람들도, 그리고 사도천의 무인들도 남아 있었다.

그들을 중심으로 필사적인 대항이 시작되었다.

"당황하지 말고 이쪽으로 모여라!"

화산파의 이대제자 은선풍의 외침은 혼란에 빠진 군웅들에게 한줄기 빛과 같았다.

그를 중심으로 약 오십에 이르는 대정련의 무인들과 오대세가의 제자들이 원진을 구성했고 갈팡질팡하던 군소문파의 무인들과 군웅들이 그들과 합세했다. 심지어 그들과 적대적이었던 수라검문과 사도천의 무인들까지도 몰려들었다. 갑자기 나타나 무작정 살상을 하는 구중천의 마수에서 그나마 버틸 길은 한데 뭉치는 것뿐이란 생각을 했기 때문이었다.

그렇지만 압도적으로 불리한 전세는 어쩔 수가 없었다.

사실상 정예라 할 수 있는 병력은 모조리 보물을 찾기 위해 동굴로 진입을 했고 광장에 남은 사람들은 혹시 모를 일에 대비하기 위한 예비 병력과 연락병 정도가 전부였다. 게다가 눈 깜짝할 사이에 백여 명의 목숨을 앗아가는 엄청난 무위에 사기는 떨어질 대로 떨어진 상태였다.

"크악!"

"으아악!"

필사적으로 대항을 했음에도 처절한 비명은 끝없이 이어졌다.

특히 어른 몸통만큼이나 두꺼운 도를 휘두르는 황정의 무위는 무지막지했다.

 그와 부딪친 무인들은 충격을 견디지 못하고 좌우로 날리며 땅에 처박혔고 들고 있던 병장기는 그 자리에서 박살이 났다.

 그에 질세라 일 장 길이의 장창을 휘두르는 위조민.

 풍차처럼 휘돌고, 찌르고, 내리찍는 그의 현란한 창 솜씨에 걸린 이들은 시신조차 제대로 보존하지 못하고 어육이 되어 무참히 쓰러졌다.

 "세, 세상에 이럴 수가……."

 이결과 대치하면서 장내의 상황을 살피던 은선풍은 너무도 일방적으로 흐르는 전황에 참담함을 느껴야 했다.

 적의 전력을 감안했을 때 애당초 상대가 되지 않는다는 것은 알고 있었지만 고작 반 각도 되지 않아 팔 할 이상의 인원이 목숨을 잃을 줄은 몰랐다. 말이 좋아 팔 할이지, 거의 사백이 넘는 인원이 아니던가.

 '어디서 이런 괴물들이.'

 은선풍은 숨 쉴 틈도 주지 않고 군웅들을 몰아붙이는 흑천전단을 보며 기절할 듯 놀라고 있었다.

 개개인의 실력도 실력이었지만 그토록 혼란스런 상황에서 일사불란하게 움직이는 것이 보통 훈련으론 엄두도 내지 못할 움직임이었다.

 "너무 여유로운 것 아냐?"

이결이 자꾸만 한눈을 파는 은선풍을 못마땅한 듯 노려보았다. 그저 노려본 것에 불과했지만 심장이 덜컥 내려앉을 정도로 짙은 살기에 은선풍은 가슴 한 켠이 서늘해졌다.

"화산파의 제자지? 어디 실력을 보여보라고."

조롱하듯 던지는 말에 은선풍의 눈동자가 착 가라앉았다.

어차피 죽음은 피할 수 없는 것. 최소한 사문의 자존심은 지켜야 했다.

사부에게 받은 일송검(一松劍)을 지그시 잡고 이결을 바라보는 은선풍의 자세는 경건하기까지 했다.

이결은 갑작스럽게 변한 은선풍의 기세에 다소 놀라는가 싶더니 차분히 자세를 가다듬었다.

둘 사이에 끈적끈적한 긴장감이 피어올랐다.

이결의 명이 있었는지 그들 주변으론 아무도 접근하지 않았다.

"재밌는 싸움이군."

명인결이 흥미로운 표정으로 그들의 싸움을 응시했다.

"상대가 제법입니다."

마영성도 조금은 긴장한 표정으로 싸움을 주시했다.

"화산파더냐?"

"예."

"무시 못할 곳이지."

이미 둘의 싸움은 기세 싸움으로 이어지고 있었다.

"한순간에 결정날 것 같군."

둘의 싸움을 주시하던 명인결이 단정짓듯 말했다.

마영성은 추호의 의심도 하지 않았다.

명인결이 그리 봤다면 그런 것이었다.

어느 순간, 은선풍의 신형이 이결에게 다가간다고 느껴졌다. 아울러 이결의 신형 역시 은선풍을 향한다고 여겨졌다.

은선풍의 몸에서 한줄기 빛살이 모습을 드러냈다.

목표는 이결의 목.

일직선으로 날아가는 빛살은 단숨에 이결의 목을 관통할 것 같았다.

화산파의 알려지지 않은 쾌검, 산화무영검의 절초였다.

마영성은 그야말로 섬전과도 같은 은선풍의 공격에 자신도 모르게 움찔했다. 심지어 명인결의 입에서까지 탄성이 터져 나왔다.

그만큼 은선풍의 검은 빨랐다.

하나, 하늘을 가르고, 눈부신 태양마저 단숨에 가를 것 같았던 은선풍의 검은 이결의 목덜미 바로 앞에서 멈춰져 있었다.

검끝을 통해 한줄기 핏물이 흘렀지만 그게 전부였다.

은선풍의 검은 더 이상 나아가지 못했다.

그에 반해 이결의 검은 은선풍의 심장을 정확히 찌르고 있었다.

그야말로 간발의 차이.

어쩌면 검의 길이가 둘의 승부를 가른 건지도 몰랐다.

이결이 심장을 관통했던 검을 거둬들이자 은선풍의 몸이 휘청거렸다.

신음은 흘러나오지 않았다.

잠시 잠깐, 고통으로 흔들렸던 은선풍의 눈동자가 빠르게 평정을 되찾았다.

"무슨 무공이지?"

찰나의 순간, 죽음의 공포를 느꼈던 이결이 처음으로 진지한 표정을 지으며 물었다.

"산화… 무영검."

"대단한 무공이었다."

"고맙군."

"이름은?"

"은… 선풍."

"기억하지."

마지막 말과 함께 고개를 까딱인 이결이 미련없이 몸을 돌리고 그 순간, 은선풍의 몸이 앞으로 고꾸라졌다.

화산파의 자존심을 지켜냈다고 생각했는지 쓰러진 그의 입가엔 만족한 미소가 걸려 있었다.

은선풍이 쓰러지는 것과 동시에 광장에서의 싸움은 끝이 났다.

무려 오백이 넘는 시신이 산을 이루고 그들의 몸에서 흘러내린 피가 내를 이뤘지만 그것은 앞으로 벌어질 싸움의 예고에 불과했다.

第三十七章
해후(邂逅)

 구양충과의 짧은 만남을 뒤로하고 도극성은 수라검문을 찾아 여전히 동굴 속을 헤매고 있었다.
 그사이 수많은 사람들을 만났지만 금방이라도 만날 수 있을 것 같았던 수라검문의 사람들은 도통 보이지 않았다.
 '완전히 미로군, 미로야.'
 좌우로 갈라진 길을 보며 도극성이 난처한 표정을 지었다. 그와 같은 선택을 얼마나 했는지 몰랐다.
 '이번엔 왼쪽으로.'
 방금 전, 우측 길을 선택했다는 것을 상기한 도극성이 왼쪽으로 방향을 잡았다.

방향을 잡고 얼마를 걸었을까?

문득 저 멀리 또 다른 갈래길의 중심에서 이상한 기운이 느껴졌다.

천문동부에서의 수련으로 암흑광령인을 익힌 도극성에게 어둠은 그야말로 친숙한 것이었다. 그랬기에 횃불 하나 없이 어두운 동굴 속을 헤집고 다닐 수 있었다.

그런 도극성의 날카로운 감각에 어딘지 모르게 이질적인 기운이 감지되었다.

'흠.'

걸음을 멈춘 도극성이 천장에서 벽을 타고 이어진 종유석, 정확히 말하면 종유석으로 위장한 물체를 찬찬히 살펴봤다.

그와 도극성의 거리는 정확하게 구 장 정도였는데 상대는 도극성의 존재를 전혀 의식하지 못하고 있었다.

'뭘 하는 걸까?'

누군가 은신을 하고 있다는 것은 파악을 하였으나 정체까지는 알 수가 없었다. 다만 현재 동굴 속에서 무수한 암투와 충돌, 빈번한 살인이 일어나고 있음을 감안했을 때 저토록 은밀히 은신하고 있다는 것은 결코 좋은 의도는 아닐 것이다. 어쩌면 구중천이 동굴에 풀어놓은 암살자일 수도 있었다.

도극성이 최대한 조심을 하며 그에게 다가갔다.

칠 장 정도 가까워졌을 때, 오른쪽에서 한 무리의 인원이 접근했다. 하나같이 날카로운 기세를 뿜어내는 것을 보면 상당한 실력자들로 보였다.

'저들은?'

새로 나타난 이들을 가만히 살피던 도극성의 눈이 반짝였다.

일렁이는 횃불이 얼굴을 밝히는 찰나 그들 중 몇 명의 낯이 익었다.

'수라검단이라고 했던가?'

도극성은 소벽하를 호위하던 이들의 명칭이 수라검단임을 떠올렸다.

'하면 저자가 수라검문을 노리고 있다는 말인가?'

조금씩 괴인을 향해 움직이던 도극성의 눈매가 살짝 매서워졌다.

수라검문을 노릴 수 있을 정도의 세력이라면 오직 대정련과 사도천뿐이었다. 하나, 아무리 봐도 대정련의 사람 같지는 않았고 웬일인지 사도천의 인물도 아닌 것 같았다. 그렇다면 떠올릴 수 있는 곳은 오직 한곳뿐이었다.

'구중천.'

입술을 지그시 깨문 도극성이 검을 잡았다.

그와 괴인의 거리는 약 오 장.

단 한 번의 도약으로 끝장을 낼 수 있는 거리였다.

바로 그 순간, 괴인의 몸에서 미세한 살기가 느껴졌다.

평소라면 결코 느낄 수 없을 정도로 아주 미미한 살기.

해후(邂逅) 249

지금처럼 암흑광령인을 극대화시킨 다음에야 겨우 느낄 수 있을 정도로 은밀한 살기였다.

문제는 그 살기가 수라검문이 아니라 자신을 향해 있다는 것이었다.

'눈치 챘다.'

도극성은 마치 곤충의 더듬이처럼 소리없이 다가와 자신의 몸을 구석구석 재단하고 사라지는 괴인의 살기에 전신에서 소름이 돋았다.

그 살기에 맞서 황급히 기세를 일으켰다.

그와 괴인만이 알 수 있을 정도로 특화된 기세였다.

도극성이 발출한 기세와 괴인의 살기가 허공에서 얽히면서 오직 두 사람만이 감지할 수 있는 화려한 충돌을 일으켰다.

괴인의 살기는 실로 무서웠다.

은밀하면서도 빠르고 날카로웠다.

그가 발출한 살기는 도극성이 펼친 방어막을 거의 농락하다시피 하며 파고들었다.

만약 그 살기가 휘감고 지나간 사람이 도극성이 아닌 다른 사람이었다면 숨도 못 쉴 정도로 압박해 들어오는 살기에 질식해 쓰러졌을 것이었다. 물론 그 와중에 괴인 역시 도극성이 일으킨 무형강기에 의해 심장이 턱턱 막히는 고통을 맛보아야 했다.

그렇게 둘의 사이에서 보이지 않는 혈투가 벌어지고 있을 즈음 수라검문의 무인들은 자신들을 사이에 두고 무슨 일이 벌어지고 있는지 전혀 눈치 채지 못한 채 시야에서 사라졌다.

동시에 암중으로 벌어졌던 그들의 싸움도 거짓말처럼 멈추었다.

툭.

괴인의 신형이 아래로 떨어져 내렸다.

그를 바라보는 도극성의 눈에 이채가 떠올랐다.

위에 은신해 있을 때는 몰랐는데 생각보다 거구… 비대했다.

솔직히 저런 비대한 몸으로 어찌 종유석에 매달려 있었는지 의심이 갈 정도였다.

도극성은 자신도 모르게 종유석을 올려보았다.

그사이 괴인이 도극성을 향해 걸어왔다.

제아무리 암흑광령인을 익혔다고 해도 지금과 같이 칠흑처럼 어두운 동굴에서 횃불이나 그 밖의 희미하게나마 빛을 내는 물건의 도움 없이 사람의 얼굴을 확인하는 것은 불가능했다. 하나, 이제 곧 상대를 확인할 수 있으리라.

한 걸음. 한 걸음.

다가올수록 그에게서 뿜어져 나오는 살기는 미약해졌다. 하지만 그것이야말로 폭풍전야라는 것을 알기에 도극성은 잠시도 긴장을 늦추지 못했다.

오 장, 사 장, 삼 장……

한데 묘한 느낌이 들었다.

그것이 설레임인지 두려움인지, 아니면 긴장감인지 도무지 알 수가 없었다.

마침내 둘의 사이가 코앞에 이르렀을 때 마치 약속이라도 한 듯 걸음을 멈췄다.

터질 것만 같은 긴장감을 사이에 두고 서로의 눈을 응시하는 두 사람.

한데 어느 순간부터 도극성을 바라보는 괴인의 눈빛이 흔들리기 시작했다.

괴인을 바라보는 도극성의 눈에도 의혹이 깃들었다.

"서, 설마……."

뭔가를 보았는지 괴인의 눈동자가 급격하게 흔들렸다. 상대의 변화에 당황한 도극성이 한 발 뒤로 물러나는 사이 괴인이 떨리는 음성으로 입을 열었다.

"도… 극성?"

도극성은 괴인의 입에서 느닷없이 자신의 이름이 흘러나오자 기절할 듯 놀랐다.

"맞구나! 극성! 너 도극성이지?"

괴인이 활짝 웃는 얼굴로 소리쳤다. 하지만 도극성은 여전히 괴인의 정체를 알 수가 없었다.

"나야, 나. 나 모르겠어?"

괴인이 양손을 활짝 벌리며 반가워했다.

도극성은 상대의 모습에서 혹여 기만술은 아닐까 의심을 해보았으나 그 어떤 살기도 찾을 수 없었다. 적의도 없었다.

비로소 상대의 얼굴을 보다 세밀하게 살필 수가 있었다.

알고 있는 사람은 아니었지만 어딘지 익숙한 얼굴이었다.

'누구지?'

알 듯 말 듯한 느낌이었으나 딱히 이거다 하는 것은 떠오르지 않았다.

"너무한데. 아무리 세월이 지났기로서니 나를 몰라보다니."

괴인이 다소 서운한 듯 말을 하면서도 빙그레 웃음을 지었다.

그 웃음이 도극성의 뇌리 깊은 곳에 각인이 되어 있던 지난날의 기억을 떠올리게 만들었다.

"서, 설마? 워, 월? 곽월?"

"이제 기억나냐?"

도극성이 자신을 기억해 내자 곽월이 더없이 환한 웃음을 지었다.

"세상에!"

그랬다.

눈앞의 괴인은 다름 아닌 어릴 적 헤어졌던 곽월이 틀림없었다.

어느새 십 년이란 세월이 훌쩍 지나 몰라볼 정도로 성장을 했지만 어릴 적 모습은 그대로 간직하고 있었다.

도극성과 곽월은 누가 먼저라고도 할 것 없이 들고 있던 무기를 버리고 서로를 품에 안았다.

"이게 무슨 일이래. 너를 여기서 만나게 될 줄이야."

"내가 할 소리다. 그래, 어떻게 지냈어?"

곽월이 도극성의 어깨를 툭 건드리며 물었다.

"나? 나야 똑같았지 뭐. 할아버지의 잔소리 아래에서 쭈욱~"

"참, 어르신은 잘 계시고?"

순간, 도극성의 안색이 살짝 어두워졌다.

"먼저 가셨다. 얼마 되지 않았어."

"그랬구나."

"너희 할머님은?"

"원래 약하셨잖아. 벌써 가셨지. 그래도 편안히 가셨어."

"다행이네."

그것으로 대화가 끝이 났다.

둘 사이에 묘한 어색함이 맴돌았다.

긴 세월의 무게만큼이나 그들 사이를 가로막는 벽이 생겨 버린 듯했다.

그것이 견디기 힘들었던 도극성이 먼저 입을 열었다.

"살수가 된 거냐?"

곽월이 그것을 어찌 아느냐는 표정으로 바라보았다.

"할아버지가. 그날 너를 데리고 간 사부가 초혼살루라는 곳의 루주라고 말씀하시더라."

"그래, 맞아. 그동안 사부님께서 날 돌봐주셨지. 무공도 가르쳐 주셨고."

고개를 끄덕이는 곽월의 음성에서 왠지 모를 슬픔이 묻어났다.

"강해 보인다."

도극성의 말에 애써 표정을 바꾼 곽월이 피식 웃음을 터뜨렸다.

"내가? 그건 오히려 내가 할 말 아니야? 설마하니 이 어둠에서 나의 존재를 파악할 수 있는 사람이 있을 줄은 꿈에도 몰랐다. 우리와 같이 어둠에 익숙해지는 훈련을 받은 것도 아닐 텐데 말이야. 내가 아까 얼마나 놀랐는지 아냐?"

"내가 사연이 좀 있지. 너만 이런 어둠을 경험한 것은 아니야. 얼마나 지독하게 시달림을 받았는데."

도극성은 그 옛날, 홀로 칠흑 같은 어둠, 끔찍한 외로움과 싸워야 했던 천문동부의 일을 떠올리며 몸서리를 쳤다.

그의 감정이 고스란히 전해졌는지 곽월 또한 침을 꿀꺽 삼켰다.

"하긴, 그 어르신을 생각하면 이해도 간다. 그분이 천하에 위명이 쟁쟁하셨던 무명신군이라는 것을 알았을 때 후아~ 기절하는 줄 알았다니까."

곽월이 잘 돌아가지도 않는 목을 이리저리 돌리며 탄성을 내뱉었다.

"그런데 명색이 살수라는 녀석이 몸이 그게 뭐냐? 너무 찐 거 아냐? 전혀 날카로워 보이지도 않고."

"왜? 보기가 좀 그런가?"

"당연하지. 그래 가지고 움직이기나 할 수 있어?"

"글쎄. 충분히 빠르다고 생각하는데… 게다가 나름 이점도 있다구."

"이점? 무슨 이점이 있는데?"

도극성이 어이가 없다는 표정으로 되물었다.

"아무도 의심을 하지 않거든. 이런 몸을 보고 살수라 의심할 수 있는 사람은 없다고 봐도 무방하지. 경계도 느슨하고."

"하긴, 그건 그렇겠다."

도극성도 인정하지 않을 수가 없었다.

"그래서? 많이 했냐?"

도극성이 조심히 물었다.

"많이… 아! 뭐, 그냥 그렇지. 태생이 그러니까."

곽월이 조금은 씁쓸히 대꾸했다.

도극성의 표정도 덩달아 어두워졌다.

"사부께서 말씀하시길 천살성은… 참, 내가 천살성인 건 알고 있지?"

"그래."

"천살성은 천성적으로 피를 보게 되어 있다나. 하늘이 그렇게 안배를 했다고 하더라. 솔직히 말도 안 된다고 생각한 적도 있었어. 하지만 지금 생각해 보면 사부의 말이 맞는 것 같아. 그날 일 기억하지? 설마하니 살인을 하게 될 줄은 꿈에도 몰랐다."

"그건 사고였어. 게다가 놈이 잘못한 일이었고."

"아니. 아무리 잘못을 했다고 하더라도 그 나이에 살인을 하는 아이는 없어."

곽월이 딱 잘라 말했다.

"그래서? 살인을 하는 것이 좋아?"

도극성이 신경질적으로 물었다.

"미쳤냐? 운명이라는 놈이 그렇게 만들었지만 난 살인귀는 아니라고."

"그런데 왜?"

"어쩔 수 없으니까. 너를 제외하고 나에게 처음으로 손을 내밀어준 사람이 사부야. 그 은혜를 갚아야지. 그리고 따지고 보면 내가 속한 초혼살루나 여타 문파나 별 차이는 없는 것 아냐? 서로의 목적을 위해서 죽고 죽이잖아. 우리 쪽이 보다

전문적이라 심하기는 하겠지만."

"흠."

다소 궤변처럼 들리기는 했지만 도극성은 딱히 반박할 말을 찾지 못했다. 애당초 무림의 생리라는 것이 그런 것이었으니까.

"그런데 너도 대붕금시의 보물을 탐내서 온 거냐?"

곽월의 질문에 도극성이 코웃음을 쳤다.

"보물이 있기는 있냐? 이곳의 일이 구중천이 꾸민 일이라는 건 나도 알고 있어."

곽월이 깜짝 놀라 되물었다.

"알면서 온 거야?"

"어쩔 수 없잖아. 나와 인연이 있는 사람들이 이곳에 휘말려 들었어. 게다가 부탁받은 일도 있고."

도극성이 죽어가는 순간에도 무림을 걱정했던 독비신개를 잠시 잠깐 떠올렸다.

"그랬… 구나."

곽월이 다소 무거워진 표정으로 고개를 끄덕였다.

그는 내심 자신의 손에 희생된 사람들 중 도극성과 연관된 사람이 없기를 바라고 있었다.

"참, 초혼살루는 구중천과 어떤 관계야? 혹시… 하부조직은 아니겠지?"

질문을 던지는 도극성의 표정이 다소 굳었다. 그도 그럴 것이 구중천이야말로 그와는 불구대천의 원수. 곽월이 구중천과 연관이 있다는 것 자체만으로도 마음이 불편했다.

그런 도극성의 기색을 눈치 챈 것인지 곽월이 힘없이 고개를 흔들었다.

"아니, 그렇지는 않아… 아니지. 그렇다고 해야 하나? 나도 잘 모르겠다. 후~"

곽월이 길게 한숨을 내쉬자 도극성은 뭔가 사연이 있으리라 짐작을 했다.

"어쨌거나 이제 알겠다. 너희들을 이용하여 군웅들에게 혼란을 주는 것이 구중천의 음모로군. 수많은 이들이 암살을 당할 것이고 그로 인해 서로 견제하고 반목하다가 자멸하겠지. 그걸 바라는 것 아냐?"

"일부는 맞지만 정확하지는 않아."

"뭐라고?"

도극성이 인상을 찌푸렸다.

"이곳에 들어온 인원을 생각해 봐. 수천 명이야. 우리의 이간질로 인해 서로를 싸우게 만들 수는 있겠지만 모조리 제거할 수는 없어."

"무슨… 뜻이야?"

"구중천의 진정한 목적은 단순한 이간질이나 상잔(相殘) 정도가 아니라 이곳에 모인 모든 군웅들의 말살이라는 말이야."

꽤나 큰 충격을 받았는지 도극성은 한동안 말을 잇지 못했다.

"그, 그러면 다른 뭔가가 있다는 말이야?"

"이미 시작됐어."

곽월이 살짝 한숨을 내쉬며 말했다.

"시작되다니? 뭐가?"

도극성이 곽월의 팔을 흔들며 다급히 물었다.

잠시 망설이던 곽월이 곧 입을 열었다.

"네 말대로 우리가 움직여 군웅들을 혼란케 한 다음 병력을 투입해 모조리 쓸어버린다. 어때? 계획은 간단하지? 지금쯤이면 구중천의 정예가 움직였을 것이고 광장에 남아 있던 이들 중 살아남은 사람은 없을 거다. 어쩌면 모든 곳에서 학살이 시작되고 있는지도 모르지."

도극성은 자신도 모르게 한기를 느끼며 몸을 추슬렀다.

"어, 얼마나 되는데?"

"최소 오백. 실력은… 개개인이 방금 전에 지나쳤던 수라검문의 제자들보다 강하다고 보면 된다."

아찔했다.

그가 알기로 수라검단은 수라검문에서도 고르고 고른 무인들이었다. 한데 군웅들을 말살하기 위해 몰려드는 구중천 정예의 수준이 그들보다 더 높다는 곽월의 말이 사실이라면 상상만으로도 끔찍한 일이 아닐 수 없었다.

그만한 전력이라면 정상적인 상황에서 싸운다 하더라도 승패를 장담하지 못할 정도인데 온갖 기관매복, 그리고 언제 어디서 노릴지 모르는 살수들과 적과의 충돌로 인해 지칠 대로 지친 상황이라면 이건 싸움이 아니라 곽월의 말대로 일방적인 학살이 될 가능성이 다분했다.
"막을 방법은… 없겠지?"
곽월이 고개를 흔들었다.
"젠장. 물려도 아주 제대로 물렸군. 아무튼 고맙다. 그런 기밀사항을 알려줘서 말이야."
"알려준다고 해도 별 영향은 없으니까. 그리고 너니까 알려준 거다."
"눈물나게 고맙다. 그럼 알려주는 김에 하나만 더 알려줘라."
"뭘?"
"출구는 하나냐?"
"아니. 반대쪽으로도 나가는 곳이 있어."
한줄기 빛이 보이는 듯했다.
"대략 위치가……."
"뭐, 굳이 찾을 것도 없어. 이리저리 몰리다 보면 다들 저절로 알게 될 거야. 그래도 알고 싶다면 말해줄게. 이 빌어먹게도 넓은 동굴엔 두 개의 광장이 존재해. 하나는 이미 봤을 것이고 다른 하나는 이곳에서 안쪽으로 조금 더 들어가면 있는데 규모는 앞선 것보다 훨씬 작아. 바로 그곳에 바깥으로 나갈 수 있는 석문이 있어."

"되짚어 나갈 수가 없으니 그곳이 유일한 탈출구라는 말이네."

도극성의 말에 곽월이 씁쓸히 고개를 흔들었다.

"그러면 좋겠지만 이번 함정은 그렇게 허술하지 않아."

순간, 도극성의 얼굴이 참담하게 일그러졌다.

"그쪽도 지키고 있는 거냐?"

"최고의 고수가."

"……."

"그래도 숫자는 적어."

"그래? 참으로 위로가 된다."

허탈하게 웃음 지은 도극성이 방금 전, 수라검문 일행이 사라진 곳으로 고개를 돌렸다.

"가게?"

"될지는 모르겠지만 일단 대책은 세워야 하니까."

"그날 이후로 처음 만났는데… 영 그렇다."

"그러게. 그래도 상황이 이러니 어쩔 수 없지. 월아."

도극성이 목소리를 착 깔았다.

"왜?"

"우린… 친구냐?"

어찌 보면 중대한 의미를 담은 질문이었다.

곽월의 대답 여하에 따라 그들 사이에 장차 수많은 일이 일어날 수 있었다.

"미친놈."

곽월이 생각할 필요도 없다는 듯 피식 웃음을 터뜨리자 도극성도 마주 웃었다.

그 웃음에 감출 수 없는 안도감이 묻어 나왔다.

"그럼 친구로서 부탁 하나만 하자."

"뭔데?"

"내가 나의 길이 있듯 너도 너의 길이 있겠지. 그것에 대해 뭐라 떠들고 싶지는 않다. 하지만 가급적 구중천하고는 엮이지 않았으면 좋겠다."

"그게 부탁이야?"

"아니."

"서론이 길잖아. 본론을 말해봐."

"구중천이 장차 무림을 도모하려면 반드시 부딪쳐야 하는 두 세력이 있다."

"대정련과 수라검문을 말하는 거냐?"

도극성이 고개를 끄덕였다.

"그곳에 나와 인연이 있는 사람들이 있는데······."

"누군데?"

"소벽하와 영운설이라는 여인. 이름은 들어봤지?"

"바람둥이네."

"장난하지 말고. 어쨌거나 무슨 일이 있어도 두 여인과는 부딪치지 않았으면 좋겠다."

도극성이 정색을 하며 말하자 곽월도 웃음기를 거뒀다.

"네 여인들이냐?"

"그런 것은 아니야. 단지 인연이 조금……."

"네가 이곳에 온 이유구나?"

잠시 망설이던 도극성이 고개를 끄덕였다.

"그래. 물론 구중천이 관계있기 때문이기도 하지만."

구중천을 언급하는 도극성의 눈에 잠시 나타났다가 사라진 살기에 곽월이 어두워진 표정을 애써 펴며 말했다.

"알았다. 초혼살루에 묶인 몸이라 장담은 못하지만 내 손에 그녀들의 피를 묻히는 일이 없도록 최선을 다하마."

"고맙다."

"한데 반대의 부탁도 해야 되는 거 아냐?"

"뭐?"

"생각해 봐. 영운설이라면 대정련의 군사고 소벽하라면 수라검문의 천금이잖아. 뭐, 영운설이야 무공을 익히지 않았다고 하니 논외로 하더라도 소벽하라면 천하가 인정하는 고수라고. 그녀와 싸웠다간 그녀의 목숨이 아니라 내 목이 날아갈지도 몰라."

"그거야 니 팔자고. 한데 누가 무공이 없다고?"

"그야 영운… 대정련의 군사가……."

"장담하지 마라. 내 직감이 맞다면 어쩌면 나와 너보다 더 강할 수 있는 여인이 그녀니까. 그러니까 조심해. 함부로 덤비지 말고."

코웃음을 치려던 곽월은 너무도 진지해 보이는 도극성의 표정에 입을 다물고 말았다.

"이만 가봐야겠다. 좀 더 함께 있고 싶지만 시간이 허락하지 않아서."

"또 볼 수 있겠지?"

"물론. 난 그렇게 약하지 않아. 놈들이 아무리 이중 삼중으로 함정을 파도 어림없지. 아, 네 수하냐? 웬만하면 배후로는 접근하지 말라고 해라. 영 거슬려서…… 간다."

도극성이 곽월의 어깨를 툭 치며 싱긋 웃더니 몸을 돌렸다. 그리곤 순식간에 어둠 속으로 사라졌다.

"그래, 네가 강하다는 것은 잘 알지. 그래도 조심해라. 만만치 않은 자들이야."

곽월이 희미하게 사라져 가는 도극성의 기척을 느끼며 조용히 중얼거렸다.

도극성의 기척이 완전하게 사라지자 그의 앞에 두 명의 사내가 모습을 드러냈다.

"대, 대단한 자입니다, 대사형. 설마하니 제 기척을 알아차릴 줄은 몰랐습니다."

초혼살루가 자랑하는 십대살수 중 한 명이자 곽월의 열혈

해후(邂逅) 265

지지자였던 몽암(夢暗)이 질린 표정으로 도극성이 사라진 방향으로 시선을 던졌다.

"암, 대단한 녀석이지."

곽월이 부드럽게 미소를 지었다.

"한데 괜찮겠습니까? 아무리 친구 분이라 하더라도……."

몽암의 곁에 있던 풍인(風忍)이 다소 걱정스런 표정으로 입을 열었다.

순간, 곽월의 기세가 일변했다.

방금 전, 도극성과 대화를 나누었던 사람과 동일인물이라고는 감히 생각도 못할 정도로 무시무시한 기세.

"하나뿐인 친구다."

"죄, 죄송합니다."

착 가라앉은 곽월의 음성에 질문을 던진 풍인은 감히 고개를 들지 못했다.

* * *

쿠쿠쿠쿵!

요란한 소리와 함께 석문이 열리며 패나 넓은 공간이 모습을 드러냈다.

소벽하가 주변을 둘러보며 말했다.

"조심하세요."

이미 무수한 함정을 헤치고 살아남은 이들이었다. 굳이 경고를 하지 않아도 저마다 최대한 신중한 자세로 사방을 경계하고 있었다.

소벽하의 손짓에 의해 좌우로 펼쳐진 이들이 사방 칠 장 정도의 공간을 샅샅이 살폈다.

"별 이상 없습니다."

좌측에서 보고가 올라오고 곧 우측에서도 보고가 올라왔다.

"이쪽도 이상없습니다."

"하지만 우리가 원하는 물건도 없는 것 같구나."

강호포가 한눈에 보아도 텅 빈 것 같은 공간을 보며 입맛을 다셨다. 그곳에 있는 것이라고는 천장에 매달린 종유석과 이십여 개의 석순이 전부였다.

"없을 수도 있지요. 상관없어요. 아쉽지만 지금까지 얻은 것만으로도 충분하니까요."

소벽하의 말에 우연찮게 그들과 조우하여 함께 이동하고 있는 화검종이 심드렁히 대꾸했다.

"충분하긴 뭐가 충분해. 한참을 모자라는구만."

이미 연환십팔격을 얻었고 또 당나라 시대에 만들어진 명검을 얻었음에도 화검종의 욕심은 끝날 줄을 몰랐다.

어쩔 수 없다는 듯 고개를 설레설레 내저은 소벽하가 철수를 명하자 사방으로 흩어졌던 수하들이 모여들기 시작했다.

해후(邂逅) 267

바로 그 순간, 주위를 둘러보던 강호포가 문득 자신의 머리 위에서 반짝이는 물건을 발견했다.

"저게 뭐지?"

그를 따라 소벽하와 화검종의 시선이 움직였다.

"돌멩이 아닌가요?"

소벽하의 말에 강호포가 고개를 흔들었다.

"돌멩이치고는 너무 밝아. 아마도 야광주나 뭐, 그런 보석의 일종인 모양이다."

"쳇, 그깟 보석 따위야……."

애당초 무공비급이나 병장기가 아니면 관심을 두지 않고 있던 화검종은 그 즉시 관심을 끊어버렸다. 하지만 제대로 된 야광주 하나면 만금을 주고도 살 수 없다는 것을 알고 있던 소벽하나 강호포는 달랐다.

"빼보거라."

강호포의 명을 받은 사내가 그 즉시 몸을 날리더니 검을 휘둘러 돌멩이가 박힌 종유석의 주변을 통째로 잘라 버렸다.

쿵!

요란한 소리와 함께 바닥에 떨어진 종유석은 돌멩이를 토해내고 산산조각이 나 흩어져 버렸다.

"목걸이잖아."

슬그머니 고개를 빼 돌멩이의 정체를 살피던 화검종이 빈정거리듯 말했다.

그의 말대로 종유석에서 나온 돌멩이는 옥으로 장식된 목걸이에 불과했다. 그것도 한쪽이 깨져 볼품도, 가치도 없어 보이는 목걸이.

"쓸데없는 곳에 시간 뺏기지 말고 다른 곳으로 가자."

화검종이 성큼 걸음을 옮기며 말했다.

바로 그 순간이었다.

"으아악!"

누군가의 입에서 찢어지는 듯한 비명이 터져 나왔다.

그리고 그 비명이 끝날 때쯤 천장에 매달렸던 종유석이 하나둘 떨어지기 시작했다.

"조심햇!"

강호포가 깜짝 놀라 소리쳤다.

다행히 종유석의 숫자는 많지 않아 목숨을 잃거나 부상을 당한 사람은 한 명도 없었다.

"대체 무슨 일이야! 누가 소리를 질렀어? 휴~ 난 또 무슨 기관이 발동한 줄 알았네."

화검종이 십 년은 감수했다는 표정으로 한숨을 내쉬었다. 한데 그의 말을 비웃기라도 하듯 조금 전과 똑같은 비명이 터져 나왔다.

"으악!"

"크아아아악!"

연이어 터지는 비명에 일행은 당황하지 않을 수 없었다.

그리고 그 비명의 원인을 알게 되었을 때 그들이 느낀 두려움과 공포는 상상을 불허할 정도였다.

츠츠츠츠츠.

언제부터인지 쇠를 긁는 소리가 주변을 장악하고 있었다.

"저, 저게 대체 뭐란 말이냐?"

강호포가 놀란 눈으로 물었다.

"세, 세상에!"

소벽하 역시 예상치 못한 상황에 어찌할 바를 몰랐다.

그들이 경악스런 눈으로 바라보는 곳.

감히 그 수를 헤아릴 수 없을 정도로 많은 개미들이 꿈틀대고 있었다.

천장에서 떨어진 종유석의 파편 조각 하나하나가 수십, 수백, 아니, 수천 조각으로 나뉘고 있었다.

종유석 자체가 개미가 뭉쳐 만든 집합체였던 것이다.

천장에서 바닥으로 떨어진 종유석이 모두 흩어질 즈음 바닥에 솟아 있던 석순들도 해체되기 시작했다.

그 역시 개미들이 모여 만든 형체.

침입자를 인식하곤 사냥을 준비했다.

방금 전, 비명의 주인들이 가장 먼저 그들의 먹이가 되었다.

"으으으으."

소벽하는 뭐라 말로 표현할 수 없는 참상에 얼굴을 찌푸렸다.

모래알만큼이나 작은 개미 떼로 뒤덮인 시신들.

그들의 시신이 하얀 백골로 변하는 데 걸린 시간은 그야말로 촌각에 불과했다.

"음!"

바로 코앞에서 벌어진 참상에 다들 입을 열지 못했다.

<u>츠츠츠츠츠측측측</u>.

개미들이 움직이는 소리가 갑자기 거칠어지더니 그 촉수가 일행에게 향해졌다.

"막아랏!"

화검종이 장력을 날리며 소리쳤다.

꽝! 꽝! 꽝!

개미 떼를 향해 연속적으로 날아가는 무수한 공격들. 하나, 그 움직임을 조금 늦출 뿐 사방에서 그야말로 파도처럼 밀려드는 개미 떼의 행진을 완전히 막을 수는 없었다. 게다가 언제 그리되었는지 하나뿐인 출입구가 막혀 있었다.

"문을 열어라."

소벽하의 특명을 받은 수하가 개미 떼를 짓밟으며 나아가 문을 열고자 했다. 하지만 문은 열리지 않았다. 당황한 사내가 머뭇거리는 사이 그의 이마로 뭉텅이의 개미 떼가 떨어졌다.

"으악!"

기겁을 하며 털어내는 사내. 그러나 몇몇 개미는 이미 그의 눈을 파고들었다.

"으악! 으아악!"

미친 듯이 눈을 비비며 비명을 지르던 사내가 몸을 휘청거리며 넘어지고 말았다.

츠츠츠츠츠.

검은 물결이 그의 몸을 뒤덮었다.

그 물결이 빠져나간 다음에 남은 것은 눈이 시리도록 하얀 백골뿐이었다.

"환장하겠군."

문이 막힌 것을 확인한 화검종이 욕설을 내뱉으며 한껏 진기를 끌어 모았다. 그리곤 소벽하를 돌아보며 말했다.

"방법을 찾아봐."

화검종은 대답도 듣지 않고 장력을 발출했다.

그의 손에서 지옥의 염화와도 같은 열기가 피어오르더니 개미 떼를 쓸어가기 시작했다.

그사이 문 쪽으로 접근하는 데 성공은 했으나 소벽하 역시 문을 열 수는 없었다. 아예 부수려고 몇 번이고 묵룡도를 휘둘러 보아도 홈집만 날 뿐 부서지지는 않았다. 곁으로 다가온 강호포와 함께 문을 두드려도 문은 열리지도 부서지지도 않았다.

결국 탈출구를 확보하는 데 실패한 소벽하는 입술을 꽉 깨물며 개미 떼를 노려봤다.

　살아남을 수 있는 방법은 오직 하나뿐.

　이후, 인간과 개미 떼 사이에 벌어진 싸움은 그야말로 처절함 그 자체였다.

　묵룡도가 춤을 추고 화검종과 강호포의 장력이 개미 떼를 휩쓸었다. 수라검문의 제자들도 필사적으로 공격을 퍼부으며 개미 떼를 물리치려고 하였다. 그러나 중과부적이었다. 그들의 공격은 도도히 흐르는 강물에 돌멩이 몇 개 던지는 수준에 불과했다.

　시간이 흐를수록 일행이 차지하는 공간은 좁혀지고 그럴수록 공포감은 커져만 갔다. 게다가 개미들이 뿜어내는 특유의 향기는 일행에게 환각까지 일으키고 있었다.

　"으악!"

　가장 외곽에 있던 자의 입에서 비명이 터져 나왔다.

　순식간에 뼈만 남는 그의 모습을 보면서 차라리 지금 당하는 것이 낫다고 생각하는 이들도 있었다. 버티면 버틸수록 고통만 커질 테니까.

　"으아아아아!"

　자꾸만 줄어드는 수하들을 보면서 화검종은 미친 듯한 분노를 느껴야만 했다. 그리고 그들에게 아무것도 해주지 못하는, 한낱 개미 떼에게 너무도 무력하게 당하는 자신이 너무도 한심했다.

비단 그만이 아니라 혼신의 힘을 다해 묵룡도를 휘두르는 소벽하와 강호포도 같은 심정이었다.
 삼분지 일로 줄어든 일행의 숫자는 시간이 갈수록 더욱 빠르게 줄어들고 있었다.
 희망은 없었다.
 그저 죽음의 공포만이 그들을 지배할 뿐이었다.
 모든 것을 포기하려는 순간, 기적은 바로 그 순간에 찾아왔다.
 쿠쿠쿠쿠쿵!
 아무리 애를 써도 그토록 열리지 않던 문이 열렸다.
 보고도 믿을 수 없는 광경에 다들 멍하니 바라만 볼 때 열린 문으로 한 구의 시체가 날아들었다.
 소벽하 일행이 개미굴에 들어선 것을 확인한 다음 문을 걸어 잠근 초혼살루의 살수였다.
 입구를 지키던 한 무리의 개미 떼가 그의 시신을 덮치는 사이 그를 격살하고 문을 연 도극성이 소리쳤다.
 "뭣들 합니까? 빨리 피하세요!"
 그제야 정신을 차린 이들이 일제히 몸을 날렸다.
 화검종과 소벽하는 수하들이 무사히 빠져나갈 수 있도록 엄호를 했다.
 화검종이 빠져나가고 마지막으로 남은 소벽하가 문으로 다가올 즈음 그녀가 미처 피할 틈도 없이 머리 위로 한 무더

기의 개미 떼가 떨어져 내렸다.

그것이 무엇을 의미하는지 너무도 잘 알고 있던 소벽하의 얼굴이 절망으로 물들었다.

"벽하야!"

강호포가 기겁을 하며 소리쳤다. 한데 그보다 앞서 한줄기 광풍이 그녀에게 휘몰아쳤다.

소벽하의 위기를 보고 뿜어낸 도극성의 기세는 일진광풍이 되어 그녀를 노리던 개미 떼를 흔적도 없이 소멸시켜 버렸다.

"괜찮으세요?"

도극성이 휘청거리며 다가오는 소벽하를 부축했다.

"도… 공자."

도극성을 바라보는 소벽하의 눈동자가 마구 흔들렸다.

"주, 죽었다고……."

"그럴 리가요. 뭐, 조금 위험하기는 했지요."

도극성이 씩 웃으며 어깨를 들썩였다.

"소… 녀도 그럴 리는 없다고… 하지만 소문이라는 것이… 그간 편히… 한데 여기는 무, 무슨 일로……."

죽음의 위기에서 막 벗어난, 게다가 자신의 목숨을 구한 사람이 죽은 줄로만 알고 있던 도극성이라는 것을 알고 정신적인 공황상태에 이른 소벽하는 자신이 대체 무슨 말을 하는 것인지 의식도 못하고 있었다.

해후(邂逅) 275

도극성이 볼을 타고 흐르는 한줄기 눈물을 닦아주며 물었다.
 "나 반갑지 않아요?"

第三十八章
구중천(九重天)

"그러니까 대붕금시가 놈들이 꾸민 함정이라고?"
화검종이 어이가 없다는 표정으로 물었다.
"예."
"말이 되는 소리를 해라. 네놈 눈에는 이게 보이지 않느냐?"
화검종이 품속에서 연환십팔격과 은연중 서기가 어리는 검 하나를 보여주며 말했다.
"하나는 과거 천하를 들었다 놨다 했던 고수의 무공이고 다른 하나 역시 한 시대를 풍미했던 명검이다. 둘 중 하나만 강호에 흘러나가도 피바람이 불 정도로 엄청난 물건이야. 내가 찾은 것만 이 정도다. 다른 사람이 찾은 것도 한두 개가 아니고. 한데도 함정이라고?"

도극성이 태연히 대꾸했다.

"낚시를 하려면 낚싯밥을 던져야 하는 법이지요."

"나, 낚시? 하면 지금 우리가 놈들이 던진 떡밥을 냄름 물었단 말이냐?"

화검종이 씩씩거리며 소리쳤다. 대답 여하에 따라선 당장에라도 물고를 내려는 기세였다.

"그만 하세요. 생명의 은인에게 고맙다는 말은 못할망정 무슨 무례예요."

자신이 나설 시간도 안 주고 몰아붙이는 화검종에게 소리를 빽 지른 소벽하가 민망한 표정으로 도극성을 바라보았다.

"죄송해요."

"아닙니다. 돌아가는 정황을 잘 모르시니 어쩔 수 없지요."

한데 그 말이 화검종의 심사를 건드렸다.

"돌아가는 정황을 몰라? 내가 앞뒤 분간 못하고 분별없이 덤비는 놈이라는 말이더냐?"

화검종이 어째서 그리 까칠하게 나오는지 이해를 할 수 없었던 도극성이 다소 당황하는 모습을 보이자 강호포가 한숨을 내쉬며 화검종을 말렸다.

"그만 하여라. 괜히 엉뚱한 사람에게 화풀이하지 말고."

"아니, 제가 언제……."

"그만 하라니까."

강호포가 엄한 눈빛을 보이자 화검종이 이맛살을 찌푸리며 뒤로 물러났다.

"네놈이 이해해라. 저놈뿐만 아니라 무명신군이라면 이를 가는 사람이 한둘이 아니니까."

강호포는 도극성이 비로소 이해를 했다는 표정을 짓자 안색을 굳혔다. 그리곤 얼마 전 대정련을 통해 구중천에 대해 알게 되었고 은밀히 조사를 시작했지만 아직까지 별다른 성과는 없다는 것을 상기하며 물었다.

"이게 놈들이 만든 함정이라는 것이 확실하더냐? 그 구중천인가 뭔가 하는 놈들이?"

"예, 틀림없습니다."

"하면 대붕금시의 전설은……."

"이미 놈들의 손아귀로 넘어갔겠지요. 이곳에 남은 무공이나 무기 등은 아마 그들이 먼저 이곳을 차지했을 때 얻은 물건들일 겁니다. 그리고……."

도극성은 그들에게 곽월에게 들은 얘기를 간추려서 얘기해 주었다. 물론 얘기를 해준 곽월에 대해 함구는 하였지만 그 말에 담긴 내용 자체는 너무도 심각했다. 무엇보다 적 개개인의 수준이 수라검문이 자랑하는 수라검단보다 더 뛰어나다는 말에 다들 기함을 금치 못했는데, 화검종이 말도 되지 않는 소리라며 길길이 날뛰었지만 도극성의 실력을 알고 있던 강호포와 소벽하는 사태의 심각성을 보다 정확하게 인식할 수 있었다.

"암살자들을 이용하여 먼저 교란을 하고 본대를 이용해서 뒤통수를 친다? 간단하면서도 어찌 보면 가장 확실한 방법이군. 다들 보물에 환장을 한 상태일 테니 말이야."

오랜 세월 인간의 욕심에 대해 누구보다 많은 경험을 했고 보아왔던 강호포가 무거운 표정으로 고개를 흔들었다.

"흠, 그러고 보니까 이 검을 얻을 때 겁대가리없이 암습을 하던 놈이 생각나는데요. 머리통을 박살 내주기는 했지만 그 솜씨가 보통이 아니었지요. 뭐, 싸그리 쓸어버린 사도천 놈들도 이상했고."

여전히 수라검단을 무시했다는 생각에 못마땅한 표정이었지만 도극성의 말을 믿지 않을 수 없었던 화검종이 자신과 충돌했던 유명밀부를 떠올리며 말했다.

"어쨌건 상황이 보통 심각한 것이 아니네요. 현재 우리는 각개격파를 당하기 딱 좋은 상황이에요. 대책을 세워야 돼요."

"대책을 세우긴 해야겠다만 다들 뿔뿔이 흩어진 상황이라……."

"어떻게든 연락을 취해봐야지요. 일단 수라적(修羅笛)으로 연락을 취해보세요."

소벽하의 말에 화검종이 눈짓을 보내자 수라검단의 무인 하나가 두께는 손가락보다는 조금 더 두껍고 길이는 한 뼘이 안 되는 거무튀튀한 피리 하나를 꺼내어 불었다.

얼굴이 시뻘겋게 변할 정도로 불고 또 불었지만 어찌 된 일인지 수라적에선 아무런 소리도 들리지 않았다. 단지 뭔가 요상한 것이 귓가를 간지럽힌다는 느낌 정도였다.

도극성이 고개를 갸웃거리며 더욱 귀를 기울이자 소벽하가 살짝 웃으며 말했다.

"수라적은 특별한 훈련을 받은 사람만이 들을 수 있어요."

"아! 그렇군요."

도극성이 멋쩍은 미소를 흘리는 사이 수라적을 불던 사내가 입을 열었다.

"연락이 된 조는 세 개 조뿐입니다. 그 외엔 반응이 없습니다."

"그나마 다행이네요. 일단 모든 보물에 대한 신경을 끊고 적의 공격에 대해 경계하라 전하세요."

"존명."

사내가 다시 수라적을 불기 시작하자 소벽하가 도극성에게 고개를 돌렸다.

"한데 다른 사람들도 이 사실을 알고 있나요?"

도극성이 고개를 흔들었다.

"구양세가 사람들에게 대략적으로 얘기를 했을 뿐 아직 다른 사람들과 접촉을 하지는 않았습니다. 솔직히 말해줘도 믿을 사람도 없고요. 게다가 대정련과 사이가 영 좋지 않아서요."

"아, 그때 어떻게 된 거지요? 소문에는……."

"소문이라는 것은 그다지 믿을 것이 못 되지요."

스스로도 그런 소문을 바랐던 도극성이 빙그레 웃었다.

"명부라는 것이 있다고 들었다. 그리고 네가 그것을 입수했다고 하더구나. 맞느냐?"

강호포가 물었다.

강호포가 그런 질문을 던질 줄 몰랐던 도극성이 당황한 빛을 보이자 강호포가 코웃음을 쳤다.

"흥. 구중천의 존재에 대해선 놓쳤지만 우리라고 놀고만 있지는 않았다. 대정련 놈들이 무엇을 꾸미고 원하는지 훤히 들여다보고 있지. 네놈이 놈들하고 알력이 생긴 것도 다 그 물건 때문이 아니더냐?"

"맞습니다."

"다시 묻겠다. 지금 네가 지니고 있느냐?"

입을 다물어봤자 소용이 없다고 생각한 도극성이 순순히 고개를 끄덕였다.

"그렇습니다."

도극성이 시인을 하자 좌중에 기이한 침묵이 맴돌았다.

대정련을 통해 전해 들었지만 어느 것 하나 뚜렷하게 밝혀지지 않은 조직이었으나 대붕금시의 전설을 이용하여 전 무림을 상대로 거대한 함정을 꾸밀 정도로 막강한 힘을 지닌 문파였다.

어쩌면 수라검문에도 구중천의 간자가 뿌리를 내리고 있을지 모르는 일이었다. 하지만 명부만 확보하면 그런 문제를 간단히 해결할 수 있었다.

문제는 도극성이 순순히 명부를 내줄 것이냐는 것.

대정련과의 충돌도 바로 그 문제 때문에 발생한 것임을 알기에 강호포는 물론이고 소벽하 또한 쉽게 얘기를 하지 못했다.

강호포가 침묵을 깼다.

"구중천이 각 문파에 뿌린 간자들의 이름이 적혀 있다고 들었다. 그게 사실이더냐?"

"사실이라 생각합니다."

어감이 조금 묘했다.

듣고 있던 화검종이 버럭 신경질을 냈다.

"그러니까 봤다는 것이냐, 못 봤다는 것이냐?"

"명부의 내용을 본 것은 사실입니다. 그러나 딱히 이름을 본 것은 아닙니다."

"아니면?"

"명부엔 내용을 알 수 없는 글이 적혀 있습니다. 아마도 이름은 어떤 암호로 숨겨져 있는 듯합니다."

"흠. 그래. 그렇단 말이지."

개운치 못한 얼굴로 인상을 찌푸리던 화검종이 소벽하를 힐끗 바라보더니 말을 이었다.

"우리에게 명부를 넘기는 것이 어떠냐? 그럴 리는 없겠지만 혹시 모르니 몇 가지 확인만 하고 돌려주마."

순간, 도극성의 표정이 살짝 굳었다.

"그 말씀은 못 들은 것으로 하겠습니다."

"못 들은 것으로 하겠다고? 허, 누가 들으면 부탁한 것으로 알겠다. 난 부탁을 한 것이 아니라 명령을 내리는 것이다."

도극성의 표정이 더욱 싸늘해졌다.

"난 수라검문의 수하가 아닙니다."

"어째 거절하는 것으로 들리는구나."

"거절하겠습니다."

"거절한다고 끝나는 것은 아니지."

화검종이 기이하게 웃으며 목을 비틀었다. 그러자 도극성이 차갑게 비웃으며 말했다.

"당신, 구중천의 간잡니까?"

"뭐라! 다, 당신? 구중천의 간자?"

"아닙니까? 때가 어느 땐데 충돌을 자초하려 합니까? 구중천의 간자가 아니면 지금 같은 상황에서 일을 벌일 리가 없지요."

"다 지껄였느냐?"

화검종의 얼굴이 펄펄 끓어오르는 화를 참지 못해 붉게 변해갔다. 일찌감치 나서려고 했지만 강호포의 만류로 인해 상황을 잠시 지켜보았던 소벽하는 더 이상 두고 보았다간 사단이 나도 크게 날 것이라 여겼기에 황급히 둘 사이에 뛰어들었다.

"그만 하세요. 화 장로님은 화 좀 가라앉히시고 공자님도 그만 하세요."

애당초 그와 충돌할 생각이 추호도 없었던 도극성은 소벽하가 나서자마자 사과를 했다.

"죄송합니다. 제가 말이 심했습니다."

뻘쭘해진 화검종이 한참 동안이나 그를 노려보다 가늘어진 소벽하의 눈을 마주하곤 결국 고개를 홱 돌렸다.

"이해해 주세요. 우리 쪽에선 구중천의 존재가 아무래도… 후~"

소벽하가 한숨을 내쉬자 다소 미안했는지 도극성이 정색을 하며 말을 했다.

"아시다시피 명부는 독비신개 어르신의 목숨으로 부탁받은 것이라 제가 함부로 할 수가 없습니다. 조만간 명부에 적힌 구중천의 간자들이 밝혀질 것입니다. 만약 수라검문과 관련된 자들이 있다면 그 즉시 알려 드리지요."

도극성의 말이 영 미덥지 않았는지 화검종이 다시금 발끈하려 했지만 더 이상 도극성을 압박하면 서로에게 좋은 일이 없다고 여긴 강호포가 고갯짓으로 그를 만류했다.

"됐다. 이 모든 것이 구중천의 존재에 대해 모르고 있던 우리들의 실책. 그 정도면 불만은 없을 것 같구나."

구중천(九重天) 287

그것으로 도극성과 수라검문은 명부에 대한 타협점을 찾을 수가 있었다.

* * *

"부친과 숙부들을 중독시킨 독은 혈독절혼산(血毒切魂散)이라는 것이네. 썩은 들짐승의 시독(屍毒)과 지네 그리고 전갈의 피를 혼합하여 만든 독으로 꽤나 지독한 것이지."

굳이 설명을 하지 않더라도 이름만으로도 섬뜩한 느낌이 드는 독이었다.

천하제일 독의 명가, 당가의 장로에게서 부친과 숙부를 중독시킨 독이 꽤나 지독하다는 말을 듣게 된 구양충의 안색은 새하얗게 질리고 말았다.

도극성과 헤어진 후, 필사적으로 노력한 끝에 구양충은 하늘의 보살핌을 받아 중독된 이들의 목숨이 끊어지기 일보 직전에 당가의 식솔들을 만날 수가 있었다.

보물에 대한 욕심으로 인해 정, 사, 마를 따지지 않고 피아를 구분할 수 없는 위험한 상황이었지만 당가는 구양세가의 위기를 모른 척하지 않았다.

구양충의 설명을 전해 들은 당가의 장로 당고후(唐孤吼)는 용독당(用毒堂) 당주로 하여금 중독된 구양세가의 식솔들을 돌보게 하였고 얼마 시간이 지나지 않아 그들을 중독시킨 독의 정체를 알아냈다.

"하, 하면 해독은······."

"천하에 당가가 해독하지 못할 독은 없다."

용독당 당주 당철(唐徹)의 음성이 차갑기 그지없자 구양충은 자신의 말실수를 깨닫고는 곧바로 사죄를 했다.

"죄송합니다. 제가 큰 실수를 했습니다."

"괜찮네. 마음 쓰지 말게."

당고후가 구양충을 달래며 당철에게 노기를 드러냈다.

"쯧쯧, 나이 사십이 되어서도··· 자만심만큼 경계해야 할 것도 없다고 누누이 일렀거늘."

"죄, 죄송합니다."

"시끄럽다. 당장 해독이나 하여라."

"예."

당고후의 노호성에 풀이 죽은 당철이 중독된 이들을 해독하기 위해 준비하는 사이 당고후가 표정을 풀고 민망함에 어쩔 줄을 몰라 하는 구양충의 어깨를 부드럽게 두드렸다.

"너무 걱정하지 말게나. 쉽지 않은 독이나 해독할 수 없을 정도는 아니야."

"감사합니다, 어르신."

감격한 구양충이 머리가 땅에 닿도록 인사를 하자 당고후가 손짓을 했다. 순간, 그의 손에서 흘러나온 진기가 구양충의 허리를 바로 세웠다.

구중천(九重天)

"무림의 동도로서 당연한 일을 하는 것이니 그리 고마워할 것 없네. 게다가 부친과 아예 모르는 사이도 아니고. 그나저나 구양세가도 꽤나 고생을 한 모양이군."

당고후의 시선이 중독은 되지 않았지만 사도천과의 싸움으로 인해 크고 작은 부상을 당한 이들에게 향했다. 순간, 구양충의 뇌리에 헤어질 때 도극성이 당부했던 말이 떠올랐다.

"아!"

구양충의 반응이 너무도 극적이었기에 당고후의 눈가에 짙은 의혹이 서렸다.

"드릴 말씀이 있습니다, 어르신."

"무슨 일이라도 있는가?"

"함정입니다."

"함… 정?"

뜬금없다는 표정으로 던지는 반문에 구양충은 도극성에게 들은 말을 그대로 전하기 시작했다.

그다지 길지 않은 설명.

설명이 이어질수록 당고후의 표정이 심각하게 변하기 시작했다. 그리고 구양충의 말이 끝났을 때 당고후와 주변에서 귀를 쫑긋거리며 얘기를 듣던 당가의 식솔들은 더없이 놀란 눈으로 구양충을 바라보았다.

"그 말이 사실인가?"

"저 역시 들은 얘기라 확신할 수는 없습니다. 하지만 그가 거짓말을 할 이유가 없다고 생각합니다."

"음."

당고후는 곤혹스러웠다.

그 역시, 아니, 당가를 비롯한 오대세가는 얼마 전 대정련을 통해 구중천의 존재에 대해 알게 되었다. 또한 명부를 둘러싸고 황산에서 벌어진 일도 대략적으로는 알고 있던 터. 상황이 그렇다 보니 구양충의 말을 완전히 무시하기가 힘들었다. 그렇다고 구양충의 말을 전적으로 믿기엔 또 무리가 있었다.

'어쩐다.'

당고후는 쉽게 판단을 내릴 수가 없었다.

그의 생각이 깊어지면 깊어질수록 좌중의 불안감은 커져만 갔다.

그때였다.

그들이 있는 곳에서 좌측으로 이어지는 길에서 일단의 사람들이 모습을 드러냈다.

선두에 선 사람은 개방의 제자들을 이끌고 동굴에 들어선 유운개였다. 그리고 바로 뒤에 따르는 이들은 화산파의 제자들과 대정련의 군사인 영운설.

판단의 기로에서 어찌할지 모르고 있던 당고후는 그들의 정체를 확인하곤 안도의 한숨을 내쉬었다.

사람들은 두 번을 크게 놀랐다.

하나는 세상에 죽은 것으로 알려졌지만 사실은 살아 있는 것에 무게를 두고 있었던 도극성이 다른 곳도 아니고 동굴에 들어왔다는 것에 놀랐고, 다른 하나는 대붕금시의 모든 것이 구중천이 만들어낸 함정이라는 그의 전언에 놀랐다.

구양충의 말이 끝날 즈음 양도선이 물었다.

"어찌 생각하느냐?"

설명 내내 깊은 생각에 잠겼던 영운설이 전에 없이 심각한 표정으로 말했다.

"사실인 듯싶군요."

대정련의 군사이자 천하제일의 두뇌를 지녔다는 영운설의 말이었다.

그녀의 한마디에 구양충이 전한 말은 곧 사실이 되었다.

"처음부터 이상하기는 했지만 역시 그랬군요."

"이미 알고 있었다는 말이오?"

당고후의 물음에 영운설이 고개를 흔들며 말했다.

"아니요. 제가 말한 것은 이 동굴이 이상하다는 말이에요."

영운설이 양도선 등을 돌아보며 말을 이었다.

"지금까지 자세히 살펴보니 이곳은 천연적으로 형성된 종유동굴이 틀림없어요. 뭐, 이만한 규모는 듣도 보도 못했지만 어쨌거나 천연적으로 형성된 종유동굴에 인위적인 힘이 깃들어 있어요. 아까 보았던 거대한 광장도 사실 인위적으로 만든 것이지요."

"그건 나도 느꼈다."

양도선이 고개를 끄덕이며 동의했다.

"수십 개로 나뉜 동굴 역시 인위적으로 만든 것이 틀림없어요. 마치 굴을 파듯이요."

"하지만 인위적으로 만들어진 것이 당연하지 않으냐?"

"예. 하나 중요한 것은 언제 만들어졌느냐 하는 것이지요."

"언… 제?"

유운개가 이해를 하지 못하겠다는 듯 고개를 갸웃거리자 영운설이 동굴의 벽면을 쓰다듬으며 말했다.

"대붕금시가 세상에 처음 모습을 드러낸 것은 이백 년 전 만박자의 예언으로부터였어요."

"그랬지. 대붕금시를 얻는 자, 천하를 얻으리라. 무림인이라면 누구나 아는 내용이지."

"만박자의 예언에 따르면 이곳에 인위적인 힘이 가해진 것은 최소한 이백 년은 더 되었다는 말이에요."

점점 모를 말을 하는 통에 다들 꿀 먹은 벙어리마냥 영운설의 설명을 기다리고 있었다.

"하지만 이 동굴에서 이백 년의 세월이 느껴지지가 않았어요."

구중천(九重天) 293

"그게 무슨 말이냐?"

양도선이 참지 못하고 물었다.

"자연적으로 형성된 동굴은 그 세월을 알 수 없을 정도로 오래된 흔적이 보이지만 바로 이곳처럼 인위적인 힘이 가해진 곳에선 세월의 흔적을 그다지 찾아볼 수가 없다는 말이에요."

"아! 그래서 아까부터……."

양도선은 영운설이 한참 전부터 자꾸만 벽면을 살피며 이런저런 생각에 잠겼다는 것을 떠올렸다.

"처음엔 제가 잘못 본 것은 아닌가 의심이 들었지만 구양충 공자님의 설명을 들으니 모든 것이 명확해지는군요."

"하면?"

"예. 이곳에 설치된 모든 기관매복은 구중천이 강호의 군웅들을 제거하기 위해 마련한 함정이 틀림없어요. 물론 처음부터 설치된 것도 있겠지만 대다수는 그들이 설치했을 거예요. 이토록 습한 곳에 이런 쇠뇌가 있다는 것 자체가 이상한 일이지요."

영운설이 녹슨 곳 하나 없이 번쩍이는 쇠뇌를 꺼내 보였다.

"하면 큰일이 아니냐? 적의 전력이 그토록 막강한데 우리는 뿔뿔이 흩어져 있으니."

"일단 내부에 있는 자들과의 충돌부터 끝내야 할 것이네. 멍청한 놈들 같으니. 적의 이간계에 속아 눈에 불을 켜고 덤비다니."

유운개가 이를 갈며 소리쳤다.

이간계에 속은 것은 사도천이나 수라검문뿐만이 아니고 대정련 역시 마찬가지였으나 유운개는 자신들의 실책을 별로 인정하고 싶지 않은 듯했다.

"우선 군웅들에게 이 사실을 알려야겠어요. 이런 식으로 저들의 이간계에 놀아나면 자멸할 수밖에 없으니까요. 어르신."

영운설이 유운개를 불렀다.

"개방의 제자들을 풀어주세요."

"알았네. 위험하기는 하지만 제자들을 보내지."

"우리도 돕겠소."

당고후가 나섰다.

"당가가 나서주신다니 이보다 고마운 일이 없군요. 감사합니다."

영운설이 당고후에게 살짝 허리를 꺾었다.

"자, 시간이 없습니다. 최대한 빨리 서둘러 주세요."

그녀의 음성엔 어딘지 모르게 불안감이 깔려 있었다.

'구중천이 꾸민 음모가, 그들이 노린 것이 단순히 이것이 다일까? 아니야. 다른 노림수가 있을 수 있어. 고작 이 정도 성과를 얻자고 이리 거창하게 일을 벌일 필요가 있을까? 어쩌면… 나라면…….'

순간, 뭔가를 떠올렸는지 영운설의 얼굴이 하얗게 질렸다.

* * *

"두려워하지 마라! 적은 얼마 되지 않는다!"

척굉이 쩌렁쩌렁 울리는 음성으로 수하들을 격려했다. 하지만 그것이 가능할지는 스스로 자문해 보아도 알 수가 없었다.

"정신 똑바로 차려라. 한 번 밀리면 끝장이다."

척굉이 두 손을 불끈 쥐며 거듭 소리를 질렀다. 그런 척굉을 바라보며 입가에 진한 살소를 머금은 간송(看頌)이 그를 따르는 흑천이대 부대주 몽청암(夢菁巖)에게 물었다.

"저놈은 누구냐?"

"사도천의 장로입니다. 보다 정확히 말씀드리면 현음궁의 대장로 철갑수 척굉입니다."

"철갑수?"

간송의 입꼬리가 살짝 말아 올라갔다.

"재밌겠군. 저놈은 내가 맡도록 하마."

"감사합니다, 호법님."

솔직히 척굉의 무공은 그로선 감당하기 힘든 터. 애당초 간송에게 부탁을 하려 했었던 몽청암이 그 즉시 허리를 꺾으며 명을 받았다.

"죽여라!"

몽청암의 명령이 떨어지기가 무섭게 흑천이대의 대원들이 일제히 전진을 시작했다.

"공격하랏!"

척굉의 외침과 함께 매서운 파공성을 동반한 수십 개의 암기가 흑천이대를 향해 날아갔다.

하지만 그 정도 암기는 흑천이대에게 별다른 위협을 줄 수가 없었다.

자신들에게 밀려드는 화살을 단숨에 쳐낸 흑천이대가 거대한 파도가 되어 단숨에 그들을 휩쓸어갔다.

"네가 철갑수라는 놈이냐?"

간송이 비릿한 미소를 지으며 물었다.

지금껏 그와 같은 대우를 받아보지 못한 척굉이 목구멍까지 치미는 노기를 억지로 누르며 되물었다.

"그러는 네놈은 누구냐?"

"몰라도 된다."

성인군자라 해도 이만한 모욕을 당하면 참기 힘든 법. 더군다나 성인군자와는 거리가 멀었던 척굉은 간송의 말이 끝나기가 무섭게 육중한 주먹을 뻗었다.

어찌 된 일인지 간송은 피하지 않았다.

쾅!

척굉의 주먹이 간송의 가슴을 강타했다.

만근거석도 단숨에 부숴 버린다는 주먹, 해서 철갑이라는 별호까지 얻었던 척굉은 간송의 죽음을 믿어 의심치 않았다.

하나, 그의 주먹은 만근거석은 부술 수 있을지 몰라도 한낱 피륙으로 이뤄진 인간의 몸은 어쩌지 못했다.

"이 정도냐?"

척굉의 주먹을 정통으로 맞고도 고작 다섯 걸음밖에 물러서지 않은 간송이 가슴을 가만히 쓰다듬으며 웃었다.

"이럴 수가!"

척굉의 두 눈이 경악으로 부릅떠졌다.

"철갑수라… 이름만 그럴듯한 건가?"

"닥쳐랏!"

"제대로 된 주먹을 보여주지."

간송이 고개를 좌우로 돌리며 한 걸음 나섰다.

척굉은 잔뜩 긴장한 모습으로 자세를 잡았다.

사방에서 수하들이 쓰러지고 그들이 내지른 비명이 들려왔지만 그의 눈과 귀에는 아무것도 보이지도 들리지도 않았다.

눈과 귀를 비롯한 그의 오감은 오직 따뜻한 봄날 산보하듯 걸어오는 간송에게 집중되어 있었다.

"받아봐."

짧게 내뱉은 간송이 주먹을 뻗었다.

빠르지도 않았고 강맹하지도 않았다.

그렇다고 화려한 것도 아니었다.

너무도 평범해 보이는 주먹.

겉으로 보기엔, 평범한 사람들이 보기엔 그랬다.

하지만 일체의 움직임을 배제하고 일직선으로 날아오는 주먹을 보며 척굉은 기절할 듯 놀라고 있었다.

그의 눈에 간송의 주먹은 그 어떤 쾌검보다 빨랐고 무수한 변화를 지녔으며 숨이 턱턱 막히는 압력을 지니고 있었다.

이를 악문 척굉이 필사적으로 주먹을 뻗었다.

꽝!

거친 충돌음과 함께 척굉의 몸이 휘청거렸다.

부딪친 주먹은 깨질 듯 아팠고 주먹을 타고 흘러들어 온 상대의 내력에 전신의 뼈마디가 욱신거렸다.

"다시."

간송이 무심한 한마디와 함께 다시 주먹을 뻗자 척굉은 그야말로 필사적으로 움직였다.

꽝꽝꽝!

간송의 움직임은 단순했지만 그것을 막기 위해 척굉은 무수히 많은 주먹질을 해야만 했다.

그럼에도 완벽하게 막아낼 수가 없었다.

"크으으."

고통의 신음을 내뱉으며 비틀거리는 척굉.

두 주먹은 철갑이라는 말이 무색하게 무참히 뭉개지고 있었으며 칠공에선 피가 흘러나오기 시작했다.

"마지막."

나직한 말과 함께 간송의 어깨가 살짝 들썩이고, 들썩였다고 생각하는 순간 척굉은 새하얀 빛줄기가 자신을 관통한다고 여겼다.

뭔가 해야 한다고 생각은 했지만 몸이 따르지 않았다.

구중천 백팔마제 중 서열 십육위에 올라 있는 간송의 주먹은 그 어떤 대항도 허락하지 않았다.

퍽퍽퍽!

가죽 터지는 소리와 함께 척굉의 전신에 스물일곱 개의 흔적이 새겨졌다.

그걸로 끝이었다.

염라수(閻羅手)라는 별호답게 그는 단 세 번의 주먹질로 척굉을 염라대왕 앞으로 보내 버렸다.

"네놈들은 누구냐?"

냉혼상이 꾸역꾸역 밀려오는 적을 바라보며 소리쳤다.

"어린것이 입이 걸군. 그러는 너는 누구냐?"

명인결이 차가운 미소를 보이며 되물었다.

"냉혼상이다."

"냉혼상?"

명인결이 고개를 갸웃거리자 누군가가 재빨리 한마디를

덧붙였다.

"점창파의 장로입니다."

명인결이 고개를 끄덕였다.

"점창파라… 나름 명문이기는 하지."

"닥쳐랏!"

점창파라는 이름이 정체를 알 수 없는 적에게 재단되는 것을 수치스럽게 생각한 냉혼상이 날카로운 기세를 뿜어내며 소리쳤다.

그 기운을 느낀 명인결이 짐짓 감탄성을 내뱉었다.

"호오~ 제법인데. 과연 그 나이에 장로라니 이유를 알겠어. 그 정도면 나와 손속을 겨룰 수 있겠구나. 자, 어디 실력을 한 번 볼까?"

'강한 자다. 어쩌면 사부보다 더.'

냉혼상은 느릿느릿 검을 세우는 명인결을 보며 식은땀을 흘렸다.

아직 본격적으로 검을 겨룬 것도 아니고 상대방에게서 어떤 기운이 흘러나온 것도 아니었다.

하지만 보지 않아도 알 수 있는 것도 있는 법이었다.

명인결의 허허로운 자세에서 그는 점창파 최고의 어른이자 자신의 사부인 단사정(段詞淨)보다 한 차원 높은 경지의 기운을 느꼈다.

피가 나도록 입술을 깨문 냉혼상이 마음을 다잡고 검을 움

구중천(九重天) 301

켜쥐었다.

 점창파 사상 최연소로 장로 직에 오른 냉혼상의 무위는 그 나이 대에선 찾아보기 힘들 정도로 뛰어난 것이었다.

 '대단하군. 다시 봐야겠는걸.'

 느긋하게 자세를 잡는 명인결의 얼굴에도 살짝 긴장감이 어렸다. 그렇다고 부담이 되는 정도는 아니었다. 그가 생각하기로 냉혼상 정도의 실력은 구중천에 최소 백은 족히 될 테니까.

 명인결과 냉혼상이 서로에게 내뿜은 기파가 허공에서 부딪쳤다.

 그 힘을 이기지 못한 대기가 미친 듯이 요동쳤다.

 핏발 선 눈으로 명인결을 노려보는 냉혼상은 함부로 움직이지 못했다.

 실력에서 부족한 것은 분명한 터.

 그는 동작 하나하나에 신중을 기하고 또 기했다.

 그사이 그들 주변에서 나름 치열한 싸움이 벌어지고 있었다. 솔직히 일방적인 학살에 가까웠지만 점창파가 주축이 된 대정련의 무인들은 생존을 위해 그야말로 필사적이었다.

 하지만 엄청난 고수를 눈앞에 둔 냉혼상은 그들에게 신경 쓸 겨를이 없었다.

 한순간의 빈틈이라도 보이면 그 즉시 몸이 양단될 것이라는 위기감이 그의 전신을 지배하고 있기 때문이었다.

한데 오히려 그에게 기회가 왔다.

주변에서 벌어진 싸움의 여파로 명인결의 머리 위에 있던 종유석 하나가 명인결을 향해 떨어진 것이었다.

명인결은 어쩔 수 없이 몸을 움직여야 했다.

'기회.'

그야말로 천재일우(千載一遇)의 기회.

다시는 오지 않을 최고의 기회였다.

냉혼상의 몸이 살짝 흔들리는가 싶더니 섬전과도 같은 검이 명인결의 가슴을 파고들었다.

광풍뇌전검(狂風雷電劍).

사일검법(射日劍法)과 더불어 점창파 최고의 검법이라 불리는 광풍뇌전검의 분광뇌전(分光雷電)이었다.

분광이라는 말답게 냉혼상의 검은 도저히 눈으론 쫓지 못할 정도로 날카롭고 빨랐다. 게다가 장소가 어두운 동굴이다 보니 그 위력은 한층 배가되었다.

하지만 명인결에게선 별다른 동요의 기색을 찾아볼 수가 없었다.

빙글 몸을 돌려 머리 위로 떨어진 종유석의 뒤로 돌아간 그는 왼쪽 손으로 종유석의 방향을 슬쩍 바꾸고 그 바람에 명인결의 가슴을 향해 맹렬히 달려오던 냉혼상의 검은 그의 가슴이 아니라 종유석을 가르고 말았다.

꽝!

족히 장정 서넛은 합해야 할 정도로 묵직했던 종유석이 산산조각이 나며 사방으로 흩어졌다.

동시에 명인결의 왼손이 큰 원을 그리면서 사방으로 흩어지던 파편 중 일부가 왼손의 흐름을 따라 돌다 냉혼상에게 쏘아졌다.

냉혼상은 피하지 않고 검을 풍차처럼 돌리며 노도처럼 밀려드는 파편을 막았다.

피피피핏.

맹렬히 회전을 하는 검에서 일어난 장막에 막힌 파편이 먼지가 되어 사라졌다.

명인결이 보낸 종유석의 파편이 모두 먼지가 되어 사라질 즈음 그가 뻗은 검이 모습을 드러냈다.

검은 냉혼상이 만든 검막을 간단히 찢어발기며 그의 아랫배를 관통했다.

"크헉!"

입을 쩍 벌린 냉혼상에게서 비명이 터져 나왔다.

부상도 부상이지만 단전이 깨지며 내공이 흩어지는 상황.

인간으로선 실로 참기 힘든 고통에 직면해서도 냉혼상은 검을 놓치지 않기 위해 이를 악물었다.

검을 움켜쥔 손이 부들부들 떨리고 고통을 참기 위해 깨문 입술에서 핏물이 줄줄 흘러내렸다.

하지만 복부에 치명적인 부상을 당한 지금, 평생 이루어놓은 내공마저 뿔뿔이 흩어지는 상황에서 그가 할 수 있는 일은 아무것도 없었다.

"쯧쯧, 이 정도는 막을 수 있을 줄 알았건만. 뭐, 그래도 제법이었다. 그 상황에서 반격까지 하고 말이야."

명인결은 복부가 관통당하는 찰나 자신의 목을 노리며 날아든 검을 떠올리며 말했다.

내력이 조금만 더 실렸으면 상당히 위협적인 공격이 될 수도 있었던 터. 오랜만에 그럴듯한 상대를 만나게 되었는데 생각보다 너무 빨리 보내게 되어 안타까운 마음마저 들었다.

아쉬움을 감추지 못하는 명인결의 말에 허탈한 웃음을 흘린 냉혼상이 꽉 움켜쥐었던 검을 떨어뜨렸다. 아울러 그의 고개도 힘없이 떨궈졌다.

그의 죽음은 곧 그가 이끌던 대정련의 전멸을 의미하는 것이었다.

"막아랏!"
"죽여랏!"
밀고 밀리는 치열한 공방전이 펼쳐지고 있었다.

아무래도 장소가 협소한 동굴이다 보니 한꺼번에 많은 병력이 이동하기엔 분명 무리가 있었고 이미 경고를 받아 만반의 준비를 하고 있던 수라검문의 무인들은 그야말로 필사적으로 저항을 했다.

"머저리 같은 놈들!"

아무리 독려를 해도 상대의 방어막을 좀처럼 뚫지 못하자 호법 강초(姜焦)의 얼굴이 노기로 물들었다.

"이 몸이 꼭 나서야 한단 말이냐!"

신경질적으로 외친 강초가 옥으로 만든 통소를 꺼내 들었다.

옥빛이라고는 생각되지 않을 정도로 붉은빛을 내는, 이름하여 혈옥소(血玉簫)였다.

삐리릿.

동굴 안을 울리는 맑은 통소 소리.

하지만 누구에게나 맑고 고운 음률은 아니었다.

피리리.

혈옥소에서 흘러나온 영롱한 음률이 동굴을 지배하기 시작하자 그때까지만 해도 나름 선전을 하고 있던 수라검문 무인들의 표정이 일변했다.

음률이 높아질수록, 소리가 중첩이 되고 또 중첩이 될수록 그들의 머릿속을 뒤흔드는 고통은 커져만 갔다.

"으악!"

"크아아악!"

소리를 견디다 못한 몇몇이 들고 있던 무기를 집어 던지고 두 손으로 귀를 틀어막은 채 땅바닥을 뒹굴었다.

그들에게 내려진 것은 무자비한 죽음뿐이었다.

"저놈을 죽여랏!"

수라검문을 지휘하던 수라검단 부단주 오곤(吳坤)이 소리치며 직접 그를 치기 위해 움직였다.

싸움이 벌어진 이래 수하들을 앞세우지 않고 선두에 서서 진두지휘를 하는 통에 온몸에 크고 작은 부상을 당했지만 그 정도 부상으로 움츠러들 오곤이 아니었다. 그는 자신을 막기 위해 움직이는 적을 환상적인 몸놀림으로 회피하며 순식간에 강초에게 육박했다. 그를 따라 일곱 명의 수하들이 함께 움직였지만 끝까지 곁에 남은 수하는 오직 둘뿐이었다.

"타핫!"

힘찬 외침과 함께 오곤이 뿌린 도기가 강초를 향해 밀려들었다.

"건방진."

자신에게 밀려드는 도기를 보며 비웃음을 흘린 강초가 혈옥소를 입에 댔다.

조금 전과는 달리 아무런 소리도 흘러나오지 않았다.

하지만 그를 향해 밀려들던 도기가 혈옥소에서 흘러나온 음파에 의해 흔적도 없이 사라졌다. 아울러 오곤을 따라 공격을 감행했던 두 명의 대원들은 그 뇌를 뒤흔드는 음파의 힘을 견디지 못하고 칠공에서 피를 흘리며 쓰러졌다.

"공격, 공격하랏!"

오곤은 강초의 무공에 기함을 할 정도로 놀라면서도 계속적으로 공격 명령을 내렸다. 그를 막지 않고는 승산이, 아니, 잠깐이라도 버틸 수 없다는 생각 때문이었다. 수라검문의 모든 제자들의 생각 또한 그와 같았다.

촤르르르르.

슈슈슉.

오로지 강초만을 노리며 밀려드는 공격들.

공격을 감행하는 사이에도 무수히 많은 동료들이 쓰러졌지만 퇴로는 이미 끊긴 상태, 그들은 악착같이 공격을 이어갔다.

"무모한 놈들 같으니."

강초가 가소롭다는 듯 웃으며 혈옥소를 입에 댔다.

혈옥소에서 은은하고 부드러운 곡조가 흘러나왔다.

"사혼곡(死魂曲)!"

"모두 귀를 막고 대비하랏!"

강초가 무슨 곡을 연주하려는 것인지 알게 된 구중천의 무인들이 기겁을 하며 소리쳤다.

사혼곡이라는 무시무시한 이름과는 달리 혈옥소에서 흘러나온 음률은 너무도 아름답고 부드러워서 눈앞에 벌어진 참상 따위는 한순간에 잊게 만들 정도였다.

하지만 아름답게 동굴을 수놓던 음률이 갑자기 빨라지는 순간, 환상은 무참하게 깨졌다.

"으악!"

누군가의 입에서 흘러나온 비명 소리.

그것을 시작으로 강초를 공격하려던 수라검문 진영은 그 야말로 아수라장이 되었다.

수라검문의 제자들은 강초에게 향하던 검을 그가 아닌 동료들에게 휘둘렀다.

비관적인 상황에서도 결코 투기를 잃지 않았던 눈들은 어느새 초점을 잃었고 냉정하게 상황을 판단하던 이성은 본능의 폭주에 밀려 올바른 판단을 내릴 수가 없었다.

"정신들 차려랏!"

오곤을 비롯해서 사혼곡에 혼을 빼앗기지 않은 몇몇이 자신을 공격하는 수하, 동료들의 공격을 힘겹게 막아내면서 필사적으로 외쳤다. 그러나 그 외침에 대한 답은 날카로운 검날로 돌아왔다.

"후~ 역시 강 호법님의 사혼곡은……."

강초가 연주하는 곡이 사혼곡임을 알아보기가 무섭게 귀를 막고 내력을 일으켜 음파를 차단한 구중천의 무인들은 눈앞에서 벌어지는 살육의 현장을 지켜보며 몸서리를 쳤다.

괴성과도 같은 비명이 난무하는 전장.

그 누구보다도 열심히 싸웠던, 그래서 동굴에 진입한 이래 구중천에게 가장 많은 피해를 입혔던 수라검문의 제자들은 그렇게 적이 아닌 동료들의 손에 의해 하나둘 목숨을 잃고 있었다.

그렇게 얼마의 시간이 흘렀을까?

혈옥소의 연주는 끝나고 동굴엔 수하들의 광기 어린 행동을 막지 못한 오곤의 울부짖음만이 안타깝게 울려 퍼지고 있었다.

쉭!

나직한 소성과 함께 횃불 하나가 꺼졌다.

"누구냐!"

대답 대신 또 한 번의 소성이 들려오고 군웅들이 들고 있던 횃불이 꺼졌다.

그렇게 하나둘 꺼지기 시작한 횃불은 얼마의 시간이 지나지 않아 모조리 꺼지고 말았다.

"조심하시오."

서로의 등에 의지하여 급격하게 진을 구축하는 군웅들.

하나, 어둠이 주는 공포는 상상을 초월했다.

우우우우웅.

그들의 귀로 공기의 파동음이 들려왔다.

아울러 도깨비불과 같은 불빛이 허공에서 미친 듯이 유영을 했다.

"크하하하! 준비는 되었느냐?"

광소와 함께 허공을 돌아다니던 불빛이 군웅들을 향해 쏘아졌다.

퍼퍼퍽!

"아아악!"

"컥!"

끔찍한 비명 소리와 함께 불빛에 의해 가슴과 목이 꿰뚫린 자들이 힘없이 쓰러졌다.

군웅들은 비로소 불빛의 정체를 알 수가 있었다.

그들이 구축한 원진을 순식간에 무너뜨린 불빛은 바로 창날.

활활 타오르는 창날이었다.

또다시 불꽃이 춤을 추었다.

나름 실력을 자부하는 몇몇이 필사적으로 대항을 했지만 불꽃의 일렁임을 멈추게 할 수는 없었다.

불꽃이 우아한 궤적을 그리며 움직이고 그때마다 비명이 넘쳐 났다.

학살. 그야말로 일방적인 학살이었다.

눈 깜짝할 사이에 절반이 넘는 동료를 잃은 군웅들이 숨이 막힐 듯한 공포감을 참아내지 못하고 저마다 비명을 지르며 흩어지기 시작했다.

"흩어지면 안 되오! 힘을 합쳐야 하오!"

누군가 무너지는 전열을 수습하기 위해 필사적으로 소리 쳤으나 극한에 이른 공포감은 그들의 행동에 아무런 영향도

주지 못했다. 폭풍같이 몰아치는 그자의 공격에 그의 음성은 아무런 영향력도 발휘하지 못했다.

문제는 불꽃의 주인, 흑천삼대 대주 위조민이 그들을 살려주고 싶은 마음이 조금도 없다는 것.

휘류류륭.

공기가 요동을 치고 아울러 그 공기의 흐름을 따라 타오르던 불꽃이 더욱 화려하게 춤을 추며 도주하는 이들을 쫓았다.

"으아아악!"

"사, 살려줘!"

끔찍한 비명 소리가 동굴에 울려 퍼졌으나 누구 하나 그들을 도울 수가 없었다.

"으으으. 악마 같은 놈."

가슴이 쩍 갈라져 붉은 피를 왈칵왈칵 쏟아내던 사내가 히죽거리며 웃고 있는 위조민을 향해 손가락질을 했다.

"고맙다. 그런 의미에서 선물이다."

위조민이 창날을 활활 태우고 있던 인(燐)의 불꽃을 손가락에 갖다 대었다.

"끄아아아악!"

순식간에 손가락을 태우고 팔까지 점령하는 불꽃을 보며 사내는 고통을 참지 못하다가 스스로 목숨을 끊고 말았다.

그야말로 끔찍한 악몽.

아직까지 목숨을 부지하고 있던 이들은 어째서 자신들에

게 그와 같은 일이 일어났는지 이해를 하지 못하고 있었다.

그들은 그저 대붕금시의 전설을 따라 동굴에 들어섰을 뿐이었다.

많은 것을 원한 것도 아니고 단순히 전설이 실현되는 역사의 현장 한 켠을 장식하고 싶은 조그만 열망. 그에 더해 운이 좋아, 어쩌면 하늘의 인연으로 조그마한 기연이라도 얻는다면 그것으로 족한 사람들이었다.

그것이 그리도 큰 잘못이란 말인가!

생존자들이 공포 어린 눈으로 위조민을 바라보았다.

도망갈 곳은 없었다.

대항 또한 아무런 의미도 없었다.

그들은 그저 위조민의 처분만을 기다렸다.

"흠, 반항하지 않는 놈들은 재미가 없는데."

위조민이 인상을 찡그리며 말했다.

그 말에 일말의 희망을 거는 사람들.

"알아서 처리해라."

희망은 간단하게 짓뭉개졌다.

수하들에게 생존자들의 처리를 맡긴 위조민은 시신에서 흘러나온 핏물에 창날에 붙은 불꽃을 지우며 뒤쪽에서 들려오는 비명을 음미라도 하듯 지그시 눈을 감았다.

* * *

"덕상 진인은, 덕상 진인은 어찌 되었느냐?"

유운개가 피투성이가 되어 달려온 공동파 제자의 어깨를 잡아채며 물었다.

"도, 돌아가셨습니다."

"돌아가셔? 구중천 놈들에게 당한 것이냐?"

"아닙니다."

공동파의 제자는 눈물로 범벅이 된 얼굴로 고개를 흔들었다.

"하면? 대체 어느 놈이 그를 해쳤단 말이냐?"

"사도천. 유명밀부 부주와 싸우다 목숨을 잃으셨습니다."

"사도천? 이런 개 같은 놈들을 보았나! 지금 때가 어느 땐데. 씹어먹어도 시원치 않을 놈들 같으니! 놈들은 어디에 있느냐? 내 당장 가서 요절을 내리라!"

덕상 진인과 오랫동안 친분을 나누고 있던 유운개는 그의 죽음에 꽤나 분노하고 있었다.

"그자들도 당했습니다."

"그건 또 무슨 말이냐?"

유운개가 간신히 화를 억누르며 물었다.

"싸움이 끝날 즈음 구중천이 모습을 드러냈습니다. 아마도……."

뒷말은 들어보지 않아도 뻔했다.

"망할!"

유운개가 신경질적으로 몸을 틀었다.

덕상 진인을 죽음으로 몰고 간 사도천이 몰살을 했다는 소식에 막힌 가슴이 뻥 뚫리기는커녕 오히려 더 답답했다.

"몇 명이나 살아남았나요?"

정신없이 상황을 파악하고 있던 영운설이 유운개에게 물었다.

"셋."

영운설의 안색이 어두워졌다.

"덕상 진인께서 이끌던 이들이 이십이 넘었는데… 게다가 그 어른까지……."

"덕상 진인과는 연락이 통해서 큰 피해 없이 합류할 것이라 여겼거늘. 하필이면 사도천이라니! 그 멍청한 놈들은 구중천의 존재에 대해 아직도 모른단 말인가!"

유운개가 또다시 화가 치미는지 붉어진 얼굴로 소리쳤다.

"그래도 여러 군웅들에겐 효과적으로 전파가 된 모양이에요."

영운설이 계속 증가하는 인원을 보며 나름 위안을 삼았다.

퇴각을 하려다가 수라검문에서 보내온 정보원을 통해 현재 벌어지고 있는 상황을 보다 자세히 알게 된 그녀는 그 즉시 병력을 이끌고 동굴 내부에 위치하고 있다는 작은 광장을 찾았다.

곽월이 언급한 동굴 내부의 광장, 입구 쪽의 거대한 광장보다 규모도 작았고 또 인공미가 덜해 곳곳에 장애물과 요철로 뒤덮여 있는 그곳에서 그녀는 구중천의 마수를 피해 도주해 오는 여러 군웅들을 규합하고 있었다.

"그렇다고 해도 생각보다 피해가 너무 크다."

양도선이 주위를 둘러보며 심각한 표정으로 말했다.

"이간계에 당한 것이 너무 큽니다."

무당파의 장로 운강(雲江)이 피로 물들은 도복 자락을 씁쓸히 바라보며 말했다. 그 역시 난데없는 공격에 꽤나 많은 제자를 잃고 합류한 터였다.

"예. 누가 동료고 누가 적인지 알 수가 없게 만들었으니까요. 게다가 보물에 눈이 어둡다 보니……."

양도선이 안타깝다는 표정으로 고개를 흔들었다.

"대략적인 피해가 어느 정도나 되오?"

운강이 영운설에게 물었다.

"아직 정확하게 파악은 되지 않고 있지만 현재까지 종합해 보면 최소 오 할은 잃은 것 같습니다."

"오… 할!"

질문을 던진 운강은 물론이고 엄청난 피해 규모에 유운개까지 기겁을 할 정도로 놀랐다.

"군웅들의 피해는 이보다 훨씬……."

바로 그때였다.

꽝!

광장으로 통하는 한쪽 석문이 박살이 나며 일단의 무리들이 모습을 보였다.

잔뜩 긴장하던 군웅들은 무리의 선두에서 주먹을 움켜쥐고 있는 사람을 보며 환호성을 보냈다.

소림을 이끌고 있는 무광. 바로 그였다.

"어서 오게나."

유운개가 반색을 하며 달려갔다.

지금과 같은 위기에서 무광과 같은 고수와 그를 따르는 소림무승의 존재는 축복과도 같았다.

"무사하셨군요."

영운설이 반가이 무광을 맞았다.

"운이 좋았습니다."

무광이 옷에 묻은 먼지를 툭툭 털어내며 말했다. 하지만 동굴에 얼마나 많은 위험이 도사리고 있는지 잘 알고 있던 영운설과 군웅들은 거의 피해없이 고스란히 전력을 유지한 무광의 능력에 새삼 감탄하고 있었다.

"아, 그리고 함께 온 분들도 있습니다. 오시지요."

무광이 뒤쪽을 보며 말했다.

군웅들의 시선이 일시에 석문으로 향하고 잠시 후, 지칠 대로 지친 사도천의 무인들이 모습을 드러냈다.

"사도천!"

"현음궁주!"

대정련을 비롯하여 여러 군소문파와 유난히 충돌이 잦았던 사도천의 등장에 군웅들이 술렁거렸다. 사도천과의 충돌로 치명적인 피해를 당한 이들은 노골적으로 적대감을 보였다.

방금 전, 덕상 진인의 죽음을 알게 된 유운개가 벼락같이 소리를 질렀다.

"여기가 어디라고 그 낯짝을 함부로 들이대는가!"

"어르신!"

영운설이 깜짝 놀라 유운개를 만류했지만 그는 이미 사도천을 이끌고 나타난 현음궁주 산정호에게 달려가고 있었다.

"입이 있으면 말을 해보라! 제아무리 보물이 좋다지만 어찌 약속을 어기고 그런 치졸한 공격을 감행할 수 있단 말이냐!"

"약속을 어긴 것은 그쪽도 마찬가지 아닌가?"

산정호가 불쾌한 표정으로 말했다.

"뭣이라!"

"우리 역시 처음부터 당신들을 적대시하진 않았다. 하지만 대정련의 공격. 좋아, 정확히 말하지. 대정련으로 위장한 적의 공격을 받고 방어 차원에서 공격을 감행했을 뿐이다."

"그걸 말이라고……!"

발끈하는 유운개. 그의 자세에서 자칫하다간 또 다른 충돌이 일어날 것을 염려한 무광이 둘 사이에 끼어들었다.

"지금은 그것을 논할 때가 아닌 것 같습니다."

"그건 무광 스님의 말씀이 옳습니다. 적이 언제 밀려들어올지 모르는 상황에서 누구의 잘잘못을 가리는 것은 좋지 않은 것 같네요. 처음부터 원한 것도 아니고 다들 적의 이간계에 속은 것이니까요."

'놈들은 처음부터 원한 것이었다!' 라는 말을 외치고 싶었지만 유운개 역시 현재 상황을 의식하고 더 이상의 충돌은 자제했다.

"한데 사도천의 병력은 뒤에 계신 분들이 전부인가요? 꽤나 많은 분들이 계셨던 것으로 아는데요?"

영운설의 물음에 산정호가 씁쓸한 웃음을 흘리며 고개를 흔들었다.

"잘 모르겠소. 도통 연락이 되지 않으니. 그리고 솔직히 곳곳에서 벌어진 충돌로 인해 우리도 많은 피해를 보았소."

"안타깝군요. 상황을 보다 냉정히 바라봤으면 쓸데없는 피해는 줄일 수 있었을 것을."

영운설의 말에 묘한 빈정거림이 있음을 느꼈지만 산정호는 내색하지 않았다.

"어쨌건 지금부터는 한 배를 탄 운······."

양도선의 말은 이어질 수가 없었다.

언제부터인지 사방에서 묘한 울림이 들려왔기 때문이었다.

처음엔 은은한 메아리처럼 들려오던 것이 이내 처절한 비명과 함성으로 바뀌면서 동굴을 쩌렁쩌렁 울렸다.

"크악!"

외마디 비명과 함께 광장에 모습을 드러낸 사내의 육중한 몸이 그대로 꼬꾸라졌다.

그의 등에 흉측한 기형도가 박혀 있었다.

"크호흐. 여기들 다 모여 있었군."

사내의 등에서 칼을 빼낸 흑천이대 대주 황정이 스산한 웃음을 흘렸다.

그의 좌측 동굴에서 흑천삼대 대주 위조민이 수많은 목숨을 앗아간 창을 빙긍빙글 돌리며 모습을 드러냈다.

"쥐새끼들처럼 잘들 모여 있네."

그들만이 아니었다.

광장으로 통하는 조그만 동굴 곳곳에서 마치 토끼몰이 하듯 군웅들을 학살하던 구중천의 전력이 모습을 나타냈다.

"자, 이쯤 되면 모일 놈들은 다 모인 것인가?"

흑천전단 단주 마영성이 공포감에 잔뜩 얼어 있는 군웅들을 좌측에서 우측으로 쓰윽 쓸어보며 미소를 지었다.

군웅들은 그 미소에서 흉신악살보다 더한 살기를 느끼며 두려움에 떨었다.

"제법 많이들 살아남았군."

대충 숫자를 헤아린 마영성은 생각보다 생존자의 숫자가 많자 조금은 언짢은 기색을 띠었다. 하지만 처음 동굴로 들어선 이들의 숫자가 삼천에 육박했다는 것을 감안하면 광장에 모여 있는 인원은 고작 이 할에도 미치지 못하는 수준이었다.

"놈들의 눈치가 보통이 아니어서 말입니다. 어찌나 도망을 쳐대는지."

황정이 뒤통수를 긁적이며 말했다.

"상관없다. 잠시 동안만 더 숨을 쉬도록 내버려 두거라. 명장로님께서 도착하시면 어차피 모조리 도륙을 내버릴 테니까. 살아서 돌아갈 놈들은 없어."

강초가 혈옥소를 꺼내 들며 비릿하게 웃었다.

"그 말 증명할 수 있겠느냐?"

광장이 쩌렁쩌렁하게 울리는 음성에 모든 이들의 이목이 한쪽으로 집중되었다.

선두에서 거들먹거리는 걸음걸이로 다가오는 인물은 다름 아닌 화검종. 그의 뒤로 강호포를 비롯하여 수라검문의 무인들이 줄줄이 모습을 드러냈다.

"수라검문이다!"

군웅들이 환호성을 보냈다.

평소라면 사신을 만날지언정 결코 만나고 싶지 않은 이들이 바로 수라검문이었다.
 한데 그들이 군웅들의 환호성을 받고 있었다.
 그건 곧 그만큼 구중천에 대한 공포와 증오가 그들을 사로잡고 있다는 것을 말하는 것. 다소 못마땅한 표정으로 그들을 바라보던 대정련의 사람들도 애써 모른 체해주었다. 거의 칠십에 육박하는 수라검문의 전력은 실로 막강한 힘이었기 때문이었다.
 '역시 살아 있었군.'
 소벽하와 나란히 걸어오는 도극성을 보며 영운설의 눈빛이 기이하게 빛났다.
 구양충을 통해 그의 생존 사실을 알고는 있었지만 막상 실물을 대하니 감회가 새로웠다.
 하지만 그녀와는 비교도 되지 않을 정도로 그에 대한 감정이 들끓는 사람들이 있었으니.
 "그대가 도극성인가?"
 도극성이 자신을 불러 세운 사람을 향해 고개를 돌렸다.
 도인이었다.
 입고 있는 옷이 핏빛으로 물들기는 했지만 복장 역시 도인이 입는 도복.
 "노도는 무당파의 운강이라 한다."
 도극성의 입에서 절로 한숨이 흘러나왔다.
 운강이 어째서 자신을 불러 세운 것인지 알게 된 것이다.

아마도 구중천의 간자였던 말코도사의 죽음 때문이리라.

변명은 통하지 않는다는 것은 이미 황산에서 경험한 일. 또한 굳이 변명을 하고 싶지는 않았다.

"무당파와의 일은 이곳을 벗어난 후에 처리했으면 합니다."

"음."

잠시 머뭇거리던 운강이 고개를 끄덕였다.

그러자 기다렸다는 듯 산정호가 날카로운 눈으로 쏘아보며 말했다.

"산우벽이라는 이름을 기억하느냐?"

'산우벽?'

기억에 없는 이름이었다.

도극성이 모르겠다는 표정을 짓자 산정호의 눈에 불꽃이 일었다.

"맞은 놈은 기억을 해도 때린 놈은 기억을 못해. 그래, 원래 그런 법이지."

산정호가 도극성을 향해 검을 곧추세웠다.

일촉즉발의 상황.

영문을 알 수는 없었지만 그냥 당할 수는 없는 노릇.

도극성도 그를 향해 자세를 가다듬었다.

"그만들 두세요!"

영운설과 소벽하가 동시에 외쳤다.

"당시 일은 누구라도 어쩔 수 없었어요. 상황이 너무 절묘했으니까요."

영운설의 말에 산정호가 고개를 흔들었다.

"변명일 뿐. 하지만 지금은 때가 아니라는 것은 나도 알고 있소."

산정호는 도극성을 향해 곧추세웠던 검을 거두었다. 하지만 시선은 여전히 그의 얼굴에 박혀 있었다.

[무석에서 도 공자의 손에 죽은 사도천의 무인들을 기억하시나요? 당시 그들을 이끌었던 사람이 현음궁의 궁주 산정호, 바로 저자의 아들이었어요. 산우벽은 그의 이름이고요.]

소벽하가 넌지시 건넨 전음을 듣고서 비로소 상황이 어찌 돌아간 것인지 알게 된 도극성은 죽일 듯 노려보다 몸을 돌리는 산정호의 모습에 한숨을 쉬고 말았다.

'어찌 인연이라고 하나같이 원한들뿐이니.'

운강 진인과 산정호, 게다가 아까부터 자신을 노려보는 유운개의 시선에 골머리가 지끈거렸다.

하지만 단순히 지끈거리는 것을 뛰어넘어 망치로 그의 뒤통수를 후려치는 듯한 충격이 기다리고 있었으니.

도극성의 눈에 급박하게 돌아가는 상황 속에서도 한쪽 벽에서 뭔가를 찾고 있는 사람들이 들어왔다.

"저들은 누굽니까?"

도극성이 나직이 물었다.

딱히 누구에게라고 정한 것은 아니었지만 영운설이 말을 받았다.

"사천당가의 사람들이에요."

"한데 뭐 하는 겁니까?"

불현듯 이상한 예감이 들었는지 질문을 던지는 음성이 살짝 떨렸다.

"아무래도 바깥 출입구와 연결이 되어 있는 것 같다고……."

영운설은 행여나 구중천의 사람들이 들을까 최대한 조심스레 말을 건넸다.

"미… 친!"

"예?"

"멈춰! 당장 멈추란 말이다!"

도극성이 미친 듯이 소리쳤다. 하지만 그의 말을 간단히 무시하는 듯한 굉음이 들리며 당가가 살피던 벽면 한쪽이 힘없이 무너져 내렸다.

"출구다!"

"탈출구다!"

무너진 벽면을 통해 횃불과는 차원이 다른 밝은 햇빛이 들어오자 어두운 동굴에서 죽음의 공포와 싸워야 했던 군웅들은 마치 구원을 받기라도 한 듯 함성을 내질렀다.

그 모습을 보는 구중천 사람들의 입가엔 더할 나위 없이 진한 미소가 걸려 있었다.

"훗, 멍청한 놈들이 아닌가."

구중천의 고수들이 어둠 속에서 모습을 드러낸 명인결에게 일제히 허리를 꺾었다.

"오셨습니까?"

"적혈신마님께 연락을 취해라. 토끼몰이에 성공했다고 말이다."

"알겠습니다."

"이제 마지막 사냥을 할 터. 공격 준비를 하라."

"존명."

구중천이 명인결의 명에 의해 일사불란하게 움직이는 사이 군웅들은 무너진 벽면을 통해 필사적으로 탈출을 감행했다.

적을 완벽하게 포위 공격을 하게 되었다고 기뻐하는 구중천, 탈출구를 찾았다고 환호하는 군웅들과는 달리 탈출구 쪽에 또 다른 적의 존재가 알려질 경우 사기에 막대한 영향을 미칠까 일부러 입을 다물고 있었던 도극성.

설마하니 다른 사람들이 탈출구를 찾아낼 줄은 꿈에도 생각하지 못하고 있던 도극성은 참담한 얼굴로 멍하니 군웅들의 행렬을 바라보았다. 그리고 그를 통해 이미 그 사실을 알고 있던 수라검문의 사람들 또한 당황하기는 마찬가지였다.

하지만 밖의 상황이 모든 이들의 예상을 뒤집으리라는 것을 아는 사람은 아무도 없었다.
 구중천이 꾸민 최후의 함정이 단 한 사람에 의해 완벽하게 무용지물이 되었다는 것을.

『운룡쟁천』 5권에 계속…

FANTASTIC ORIENTAL HEROES

무한 상상·공상 세계, 청어람 신무협&판타지

『한백무림서』11가지 중 『무당마검』, 『화산질풍검』을 잇는 세 번째 이야기 『천잠비룡포』의 등장!!

천상천하 유아독존!!
새로운 무림 최강 전설의 탄생!!

『천잠비룡포』
(天蠶飛龍袍)

천잠비룡포(天蠶飛龍袍) / 한백림 지음

천잠비룡황, 달리 비룡제라 불리는 남자.

그는 누군가의 명령을 받고 움직이는 남자가 아니다.
그는 자신의 적을 앞에 두고 물러나는 남자가 아니다.
그는 자신의 이름 안에 있는 자들의 원한을 결코 잊는 남자가 아니다.

그 누구보다도 결정적이고 파괴력있는 면모를 지닌 남자.
황(皇)이며, 제(帝). 그것은 아무나 지닐 수 있는 칭호가 아니다.
그는 제천의 이름으로도 제어할 수가 없는 남자였다.

무적의 갑주를 몸에 두르고
가로막은 자에게 광극의 진가를 보여준다.

유행이 아닌 자유추구 -
WWW.chungeoram.com

共同傳人
공동전인

설경구 新무협 판타지 소설

마교를 재건하라.

혈마옥에 갇히며 마교 장로들의 공동전인이 된 사무진에게 주어진 과제.
역사상 가장 착한 마교의 교주.
하지만 역사상 가장 강한 마교의 교주가 되고 싶다.

고정관념을 버려요.
마교도라고 해서 꼭 나쁜 놈일 필요는 없잖아요.
지금까지와는 다른 마교.
이제 사무진이 만들어가는 새로운 마교가 모습을 드러낸다.

 유행이 아닌 자유추구 -
WWW.chungeoram.com

Book Publishing CHUNGEORAM

설봉 新무협 판타지 소설

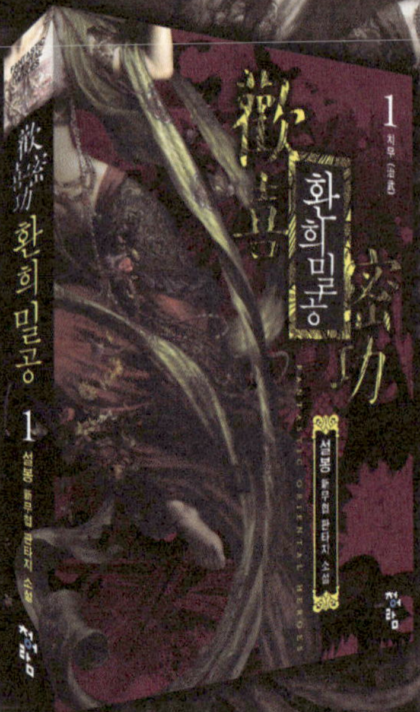

환희미공

무유칠덕(武有七德), 금폭(禁暴), 집병(戢兵), 보대(保大),
정공(定功), 안민(安民), 화중(和衆), 풍재(豊財), 자야(者也).
〈좌전(左傳), 선공 십이년(宣公 十二年)〉

무에는 일곱 가지 덕이 있다.
첫째, 난폭을 금지한다. 둘째, 무기를 거두어들인다. 셋째, 큰 나라를 보전한다.
넷째, 공적을 정한다. 다섯째, 백성을 편안하게 한다. 여섯째, 대중을 화합하게 한다.
일곱째, 물자를 풍부하게 한다.

섬서성(陝西省) 육반산(六盤山)에 신력(神力)을 바탕으로
패공(覇功)을 구사하는 가문(家門), 육반루가(六盤婁家).
세상에게 외면받고 멸시당하는 환희교(歡喜敎).
육반루가의 후손과 환희교 교주의 운명적인 만남.

"넌 환희교를 지키는 수문장(守門將)이 될 거야.
강하게, 아주 강하게 키워주마."
'아버지처럼 죽지 않을 거야. 아무도 날 죽일 수 없어.
세상에서 최고로 강한 사람이 될 거야.'

Book Publishing CHUNGEORAM